ro
ro
ro

Mira Becker lebte bis vor einem Jahr noch in ihrer Heimatstadt München und zog dann ihrer großen Liebe wegen nach Berlin. Sie hat aber immer noch einen Koffer in Bayern. Yoga praktiziert sie mindestens dreimal wöchentlich. Die Übungen sorgen stets für gute Laune und helfen nach einem arbeitsreichen Tag am Schreibtisch wieder fit zu werden.

Mira Becker

Couch-geflüster

Roman

Rowohlt Taschenbuch Verlag

Originalausgabe
Veröffentlicht im Rowohlt Taschenbuch Verlag,
Reinbek bei Hamburg, Juli 2010

Umschlaggestaltung any.way, Barbara Hanke / Cordula Schmidt
(Foto: D. Menoussi / Getty Images; neuebildanstalt / Kriwy)
Satz aus der Adobe Garamond
bei Pinkuin Satz und Datentechnik, Berlin
Druck und Bindung CPI – Clausen & Bosse, Leck
Printed in Germany
ISBN 978 3 499 25386 7

Für M.

1

Durchatmen. Und nicht nervös werden. Es gibt kein Problem.

Schnaufend liege ich ausgestreckt auf einer rosa Matte und versuche mich zu entspannen. Ach, was soll's, sage ich mir. Ich werde diesen doofen Brief einfach verdrängen und meine Aufmerksamkeit lieber auf den Unterricht richten.

«Atem fließen lassen … Konzentriert euch auf euren Körper … fühlt die Bewegungen …»

Mist.

Es funktioniert nicht. Ich kriege den Schrieb einfach nicht aus dem Kopf. Dabei muss ich mich zusammenreißen! Sonst gefährde ich meine Existenz.

Nein! Das darf nicht passieren. Deshalb sollte ich auch Ellen, die Neue in der Gruppe, genau beobachten. Sie hat zwar angegeben, Yogaerfahrung zu haben, aber manche Anfänger behaupten das nur, um nicht korrigiert zu werden. Im Moment sehen ihre fließenden Bewegungen jedoch tatsächlich so aus, als besuche sie heute nicht zum ersten Mal eine Yogastunde.

«Schulterbrücke … Beckenboden anspannen … Atem fließen lassen … auf eure Mitte konzentrieren … Ausatmen … Einatmen», weise ich meine Schülerinnen mit sanfter Stimme an.

Noch sechs Wochen Zeit. Das sind zweiundvierzig Tage.

Eintausendundacht Stunden und … Die Minuten kann ich nicht im Kopf ausrechnen.

Praktisch könnten sich aber in jeder dieser Minuten neue Yogaschüler anmelden. Theoretisch wären das dann … wahrscheinlich viel zu viele. Die hätten gar nicht alle Platz in meinem Trainingsraum. Ich habe ja nur den einen. Und der ist gerade mal fünfzig Quadratmeter groß. Ich müsste Neuanmeldungen auf eine Warteliste setzen.

Na bitte: alles ganz einfach. Ich muss mich nicht unter Druck setzen. Panik ist unnötig.

Jetzt aber Konzentration.

«Knie nach außen sinken lassen … Tief durchatmen … Becken zur Decke strecken … Atem fließen lassen …»

Oder ich könnte etwas erben. Allerdings sind Millionäre in meiner Verwandtschaft eine ausgestorbene Spezies. Ob mir jemand die ausstehenden drei Studiomieten leihen würde? Auf die Schnelle fällt mir nur leider niemand ein, der dreitausend Euro übrig hat. Ich könnte natürlich auch bei der Bank nach einem höheren Dispokredit fragen. Nein, meine Beraterin war beim letzten Termin nicht besonders freundlich. Von der kriege ich keinen Cent mehr. Höchstens, wenn ich sie überfalle. Ich musste ziemlich rumheulen, um wenigstens noch die Wohnungsmiete überweisen zu können. Total negativ die Frau. Um die dreißig, ganz hübsch, aber ständig eine hässliche Zornfalte zwischen den Augenbrauen. Nicht ein einziges Mal hat sie mein Lächeln erwidert. Ich war kurz davor, sie zu fragen, ob sie vielleicht auch Geldsorgen hat. Das wäre zwar höchst eigenartig, wo sie doch direkt an der Quelle sitzt, aber immerhin eine plausible Erklärung für ihre miese Laune. Vielleicht hätte ich ihr auch eine Gratisstunde Relaxyoga anbieten sollen, damit sie ihren Kopf von diesen ewigen Summen und Zahlen frei kriegt.

Mist. Schon wieder abgelenkt.

«Ausatmen … Einatmen … Rückenlage … Entspannen … Atem fließen lassen …»

Manchmal fällt es mir ziemlich schwer, loszulassen. Einfach mal an gar nichts zu denken. Daran sind meine starken Naturlocken schuld. *Krause Haare, krauses Gehirn*, hat meine Großmutter immer gesagt. Von ihr habe ich auch die rotblonden, wilden Locken geerbt – und die konfusen Gedankengänge. Wie bei ihr schwirrt auch mir immer unglaublich wirres Zeug im Kopf herum. Wie fleißige Ameisen rennen die Gedanken durch meine Gehirnwindungen. Dagegen hilft nur Schlaf. Viel Schlaf. Und natürlich Yoga. Damit kann jeder lernen, sich zu entspannen. Ich hab's schließlich auch gelernt. Zugegeben, heute klappt es nicht so richtig. Aber es ist ja auch verdammt schwer, wenn man nicht weiß, wie man auf so einen bescheuerten Mahnbrief des Vermieters reagieren soll. Zu dumm, dass ich das Schreiben überhaupt geöffnet habe. Normalerweise landen meine Briefe nämlich im Post-Karton. Erst am Monatsende bearbeite ich dann alles. Damit diese dröge Arbeit nicht allzu frustrierend ist, verkleide ich mich dann immer mit weißer Bluse und einem spießigen Rock und spiele Buchhalterin. Sie heißt: «Miss Zahlmeister», entstammt einem alten Buchhalter-Geschlecht und kümmert sich einmal im Monat um den Papierkram. Total effektive Methode. Kann ich nur wärmstens empfehlen. Wie ich zu meiner Überraschung nämlich festgestellt habe, erledigen sich manche Schreiben sowieso von selbst oder sind schlicht nicht mehr aktuell. Leider gibt es aber auch diese berühmten Ausnahmen von der Regel, wie ich heute erkannt habe.

Jetzt muss ich mich aber wirklich zusammenreißen! Neun Schülerinnen warten auf mein Kommando.

«Tief ausatmen … langsamer Übergang in den aufrechten Sitz.»

Ein Glück, dass dies hier ein Kurs für Fortgeschrittene ist und ich nur wenig erklären muss. Dennoch, so zerstreut wie heute habe ich schon lange nicht mehr unterrichtet. Nur gut, dass die Stunde gleich vorbei ist. Dann ist sowieso Schluss für heute.

Die letzten Töne der Entspannungsmusik verklingen. Langsam erheben wir uns, ziehen im aufrechten Stand ein Bein an, stützen den Fuß am Oberschenkel ab, nehmen die Arme für eine bessere Balance zur Seite und verweilen in der Baumstellung.

Nach einigen tiefen, gleichmäßigen Atemzügen lege ich die Hände vor der Brust aneinander und beende die Übung. «Namaste.»

Es folgt eine kleine Verbeugung, dann verabschiede ich mich mit einem philosophischen Gedanken für den Tag: «Die Eile ist der Feind der Klugheit.»

Am Ende der Stunde eine Art Botschaft zu formulieren ist ein Ritual, das ich eingeführt habe, um meinen Unterricht von den kommerziellen Studios abzugrenzen. Yoga bedeutet ja nicht nur körperliche Übungen. Es schärft auch den Geist und harmonisiert das Gemüt.

«Namaste», erwidert die Gruppe den Gruß. Zufriedene Gesichter blicken mich an. Dann schnappen sich meine Schüler ihre Handtücher und eilen zu den Duschen.

Auch ich fühle mich ungeachtet meiner wirren Überlegungen entspannt – zumindest körperlich. Mein gedankliches Abschweifen scheint unbemerkt geblieben zu sein.

«Wie hat es dir gefallen, Ellen?», spreche ich die Neue im Rausgehen an.

«Ja … ganz gut», antwortet sie zögernd und streicht sich eine aschblonde Haarsträhne aus der flachen Stirn. «Aber vielleicht brauche ich doch mehr Power, um den Babyspeck loszuwerden. Nach der dritten Geburt ist das Gewebe ziemlich ausgeleiert, und der Speck sitzt wie zementiert auf den Problemzonen. Weißt schon, hier …» Demonstrativ kneift sie sich an Bauch und Po und rollt verzweifelt mit den Augen.

Seltsam. Sie müsste doch während der Stunde gemerkt haben, dass Yoga nicht nur bedeutet, sich auf der Matte herumzurollen. Wenn sie die einzelnen Übungen genau ausgeführt hätte, wäre sie jetzt schweißgebadet. Ich sehe aber nicht das kleinste Schweißtröpfchen auf ihrer hellen Haut. Offensichtlich hat sie sich nicht genügend angestrengt.

«Schon klar», stimme ich ihr sanft lächelnd zu. «Mit drei Kindern bist du ein ganz anderes Tempo gewohnt. Gegen Babyspeck kann ich dir den Rückbildungskurs empfehlen. Der konzentriert sich speziell auf diese Partien. Ich kann dir versprechen, dass du danach außer Atem bist … Draußen im Vorraum am Empfangstresen liegt der neue Stundenplan. Einen Mutter-Kind-Kurs werde ich demnächst übrigens auch abhalten.»

«Mmm», nuschelt Ellen mäßig interessiert und verschwindet Richtung Umkleide. Im Vorraum sehe ich aber, wie sie tatsächlich nach einem Plan greift.

«Hat mich gefreut, dass du mitgemacht hast», rufe ich ihr nach und sehe plötzlich drei imaginäre Babys an ihren wohlgerundeten Hüften hochklettern. Vielleicht sollte sie ihren Speck lieber behalten. Da würden die süßen Kleinen doch viel gemütlicher sitzen als auf knochendürren Modelhüften.

«Hat sie gemeckert?»

Britta, meine beste Freundin, steht unvermittelt neben mir und sieht mich besorgt an. Sie sorgt sich oft – nicht nur um mich. Meistens sind es hochsensible Schauspieler, um die sie sich als Chefin ihrer erfolgreichen Casting-Agentur kümmert. Das Umsorgen und das Kümmern liegen in ihrer Natur. Sie ist einfach der mütterliche Typ mit großem Herzen und großer Figur. Britta selbst bezeichnet sich gern als XL-Beauty. Und mit ihren halblangen, brünetten Haaren, den blauen Augen, dem vollen Mund und dem ebenmäßigen Gesicht ist sie in meinen Augen tatsächlich eine umwerfende Schönheit – auch ohne Modelmaße.

«Nee, wieso sollte sie meckern?», frage ich irritiert und zwirble verlegen eine Haarsträhne um meinen Zeigefinger, während wir aus dem Trainingsraum schlendern.

Britta wischt sich den Schweiß aus ihrem üppigen Dekolleté. «Na ja, mir ist aufgefallen, dass du heute nicht ganz bei der Sache warst. Und du zupfst mal wieder an deinen Haaren. Du hast doch was!»

Mist, sie hat's bemerkt. Leugnen hat keinen Zweck. Britta besitzt nicht nur hypersensible Mutter-Antennen, die jedes noch so schwache Notsignal orten, sie kennt auch alle meine Marotten. Haarezwirbeln ist nur eine davon.

Für mich ist Britta die beste Freundin, die man haben kann. Wir kennen uns schon seit der Kindheit. Sie ist im Nebenhaus aufgewachsen, und obwohl sie älter ist, durfte ich sie zur Schule begleiten. Später half sie mir, meine Pickel zu überschminken und mich für meine ersten Partys zurechtzumachen. Zeitversetzt erlebten wir die erste Liebe, halfen uns über den unvermeidlichen Liebeskummer hinweg und dienten, wenn nötig, der anderen als Alibi. Als Britta dann in die Filmbranche reinrutschte, ging sie für ein paar Jahre nach München, und unser Kontakt schlief vorübergehend etwas ein. Zu meiner Schande muss ich gestehen, dass es zum größten Teil meine Schuld war, weil ich immer wieder vergaß, mich zu melden. Doch eines Tages, kurz nach der Eröffnung meines Yogastudios, stand sie plötzlich vor mir. Sie meldete sich für einen Kurs an und schickte mir auch noch jede Menge Bekannte und Freunde. Ohne ihre Unterstützung wäre mein Start in die Selbständigkeit sicher nicht so glatt verlaufen.

Seufzend zeige ich ihr den Brief des Vermieters, den ich unter dem Tresen deponiert habe. Britta liest mit hochgezogenen Brauen.

«Nelly, ich weiß ja, wie vergesslich du bist.» In ihrem Blick liegt etwas Amüsiertes. «Hat nicht auch Sven deshalb mit dir Schluss gemacht? Du vergisst ja sogar deinen eigenen Geburtstag.»

«Ach, Geburtstage», winke ich ab. «Daran erinnert mich meine Mutter. Und Sven ist ein spießiger Pünktlichkeits-Freak. Der flippt schon wegen lächerlicher fünf Minuten aus. Sein Leben verläuft genauso langweilig und schnurgerade wie sein exakter Scheitel. Wir wären niemals glücklich miteinander geworden. Wir konnten uns ja nicht mal über die Farbe der Wände einigen.»

«Aber die Miete nicht zu bezahlen!», fährt Britta vorwurfsvoll fort. «Dafür gibt es doch Daueraufträge, du Träumerin.»

«So weltfremd, wie du glaubst, bin ich auch wieder nicht. Natürlich werden Miete, Strom und so normalerweise per Einzugsauftrag abgebucht. Der blöde Überziehungskredit ist aber leider am Limit. Die Bank zahlt nicht mehr.»

Britta ist entsetzt. «Du bist bei deiner Bank so hoch verschuldet?»

«Das sind doch keine Schulden», beruhige ich sie, «ich habe nur mein Konto etwas überzogen. Das ist völlig normal.»

«Sobald man das Konto überzieht, nimmt man einen Kredit in Anspruch, und das nennt man dann Schulden, Nelly», klärt mich Britta kopfschüttelnd auf. «Die Banken berechnen ziemlich hohe Zinsen dafür. Und eh du dichs versiehst, wachsen sie dir über den Kopf. Du solltest überlegen, wo du sparen und Kosten reduzieren kannst.»

«Hab ich doch längst», verkünde ich nicht ohne Stolz. «Valerie, die bis vor kurzem den Vormittagsunterricht gab, habe ich bereits entlassen. Ich gebe jetzt alle fünf Stunden selbst. Einschließlich der ersten, um zehn Uhr morgens. Und da ich ja wieder Single bin, kann ich mich jetzt voll und ganz auf meine Karriere konzentrieren. Es wird schon wieder. Und wegen der Bank … Na ja … Sobald sich ein paar neue Mitglieder angemeldet haben, ist dieses alberne Problemchen von der Matte.»

«Ach ja?» Britta scheint nicht überzeugt. «Mir kamen die Kurse in letzter Zeit eher leer vor.»

«Ja, leider», stimme ich ihr schwermütig zu. «Seit ein, zwei Monaten flattern mehr Kündigungen als Neuanmeldungen ins Haus. Allein die beiden Vormittagskurse zwischen zehn und zwölf Uhr sind noch gut besucht, von Müttern, deren Kinder in dieser Zeit in der Schule sind. Es darf nur nicht so weitergehen, sonst bin ich …» Ich beende den Satz nicht, um nichts heraufzubeschwören.

Erschrocken sieht Britta mich an und lässt sich auf einen der weißen Stühle fallen, die im Vorraum um drei kleine

Tische stehen. In ihrem pflaumenblauen Outfit passt sie perfekt vor die weiß-lila gestreifte Wand mit der überdimensionalen Hibiskusblüte direkt hinter ihr. Nur dass ihr gerade die gesamte Lebensenergie ausgegangen zu sein scheint.

«Du meinst … sonst bist du pleite?», flüstert sie fassungslos und schüttelt ihr weißes Handtuch, als könne sie die benötigten Scheinchen damit hervorzaubern. «Hast du denn keine Rücklagen?»

Zum Glück ist niemand in der Nähe. So eine peinliche Unterhaltung könnte auch noch die letzten Schülerinnen verschrecken. Dann wäre ich tatsächlich ruiniert.

«Rücklagen? Machst du Witze?», entrüste ich mich und zeige mit ausgestreckten Armen in die Runde. «Alles, was ich hatte, steckt hier drin.»

«Du meinst, die gesamte Erbschaft deiner Großmutter?» Britta starrt mich mit weitaufgerissenen Augen an und scheint es nicht glauben zu können.

Seufzend bestätige ich ihre Vermutung. «Du hast doch gesehen, wie diese marode Hinterhofklitsche vorher aussah. Eine heruntergekommene Schusterwerkstatt, die einige Jahre leerstand und vor sich hin gammelte. Fünfzigtausend Euro reichten da gerade mal für die nötigsten Umbauten. Und ich habe weder geprotzt noch teure Materialien verwendet.» Mit einem gewissen Besitzerstolz blicke ich mich um. «Für weniger wäre mein Traum aber nicht zu verwirklichen gewesen. Die beiden Stützsäulen waren kostspielig, aber unbedingt notwendig, um aus zwei kleinen Räumen einen großen Trainingsraum zu machen. Parkett musste wegen der Hygiene sein. Umkleideraum und Duschen sowieso. Der einzige wirkliche Luxus ist die exotische Wandgestaltung. Aber du musst zugeben, dass sie dem Vorraum eine besondere Note verleiht. Jedenfalls machst du dich ausgesprochen gut vor dem farbenfrohen Kunstwerk.»

Kaum habe ich meinen kleinen Vortrag beendet, atme ich tief durch und straffe meine Schultern. Mit neunundzwanzig Jahren seinen Traumjob gefunden zu haben und selbständig zu sein ist kein Grund, depressiv zu werden. Schon eher einer, sich zu freuen.

Aufmunternd lächle ich sie an. «Zerbrich dir nicht meinen Kopf. Eine Nacht drüber schlafen, und schon sieht die Welt wieder ganz anders aus.»

Britta schüttelt den Kopf und schweigt.

«Ich war übrigens nur deshalb etwas unkonzentriert», fahre ich in meiner Verteidigungsrede fort, «weil ich nachgerechnet habe, wie viele Neuanmeldungen nötig wären, um aus den roten Zahlen rauszukommen. Ich bin da sehr zuversichtlich. Yoga ist doch total angesagt. Und so ein Mahnbrief ist noch keine Kündigung. Vermutlich meint Jacobi es nicht so ernst. Vergiss den doofen Schrieb einfach! Ich denk schon gar nicht mehr daran.»

Seufzend gibt mir Britta den Brief zurück. «Wäre *Probleme verdrängen* eine Kunst, wärst du eine begnadete Künstlerin, Nelly. Entweder, du rechnest dir die Angelegenheit schön, oder du spielst Dornröschen: Legst dich schlafen und hoffst, dass sich alle Widrigkeiten über Nacht in Luft auflösen. Aber sag mir Bescheid, bevor dir das Wasser bis zum Hals steht. Ich bin zwar selber ziemlich knapp bei Kasse, seitdem ich meine Wohnung gekauft habe, doch du kannst immer auf mich zählen.»

Spontan umarme ich Britta. «Mir wird schon was einfallen.»

Gegen halb neun verlassen wir geduscht und umgezogen das Studio. Ich trage wie üblich eine bequeme Jeans, darüber ein hellblaues Schlabbershirt und ein Käppi auf dem Kopf, um meine nervigen Haare zu bändigen. Meine Füße stecken in schlichten, blauen Flipflops, und über den Schultern baumelt ein hellbrauner Rucksack, in dem ich meine Trainingsklamotten transportiere. Alles in allem ein vollkommen unspektakulärer Look. Als Yogalehrerin muss ich ja nicht jedem Modetrend hinterherlaufen. Auch deshalb ist es mein Traumjob: Ich mach mir nämlich nichts aus Trends, und Eitelkeit ist eine Eigenschaft, die mir gänzlich fehlt.

Im Unterschied zu meiner Nichtfrisur glänzt Brittas dunkles, halblanges Haar frisch gewaschen. Und ihr Outfit ist wie immer sehr modisch. Heute trägt sie eine helle Hose mit einer taillierten, dunkelgrünen Jacke im trendigen Knitterlook, dazu helle Leinenstiefel. Brittas Garderobe setzt sich zum großen Teil aus Berliner Mode-Labels zusammen, die für meinen Geldbeutel sowieso zu teuer wären. Ein flüchtiger Beobachter hält uns sicher nicht für enge Freundinnen. Aber uns ist das egal.

Gemeinsam schlendern wir Richtung Turmstraße, wo Britta ihren Wagen geparkt hat. Es ist einer dieser milden Juliabende, an denen die Luft nach Lindenblüten riecht und keiner nach Hause will.

«Sollen wir noch einen Stopp einlegen?», fragt Britta, als wir *Beim ollen Wilhelm*, einer Urberliner Kneipe, vorbeikommen.

«Gerne, nach drei Unterrichtsstunden habe ich immer einen Bärenhunger.»

«Zu Hause ist dein Kühlschrank aber sicher leer, weil du mal wieder vergessen hast, ihn aufzufüllen, richtig?» Britta sieht mich grinsend an. «Kein Wunder, dass du nicht dick wirst. Vermutlich wiegst du keine fünfzig Kilo.»

«Keine Ahnung, ich hab doch keine Waage. Aber ich bin ja auch viel kleiner als du und trainiere …» Ich beende den Satz nicht, sonst denkt Britta noch, es wäre eine Anspielung auf ihre Figur.

Aber es ist schon geschehen. «Ach ja», stöhnt sie genervt. «Ich wünschte, mein Job würde mir mehr Zeit für Sport lassen, dann würde mich die neue Hose nicht schon wieder am Bauch zwicken.»

Und ich wünsche mir insgeheim, lediglich ein Figurproblem zu haben, denke ich und hake mich bei meiner Freundin unter. «Was hältst du von ein paar privaten Trainingsstunden? Du hast mich mit so vielen Empfehlungen unterstützt, dass ich mich gern revanchieren möchte», sage ich und biete ihr spontan den Sonntag an. «Da hab ich immer frei, und bei dir könnte es auch klappen.»

Überrascht blickt Britta mich an. «Nelly, was für eine phantastische Idee! Dafür lade ich dich zu einer Bulette ein.»

Wie gesagt: Meine Freundin hat ein großes Herz.

Unsere Stammkneipe ist ein uriges Lokal aus der Gründerzeit mit dunkel gewordener Holztäfelung an Wänden und Decke. Hier werden aber noch keine Busladungen mit Touristen vor der Tür ausgekippt, die Berliner Kneipenluft schnuppern wollen. Hier sind Krethi und Plethi noch unter sich.

Wir finden zwei freie Plätze in einer gemütlichen Ecke und bestellen Bier und Buletten bei Rudi. Für seine berühmten Fleischklopse verwendet der immer gutgelaunte Wirt ausschließlich Fleisch von garantiert freilaufenden bayerischen Glückskühen, die auf saftigen Bergwiesen nur pestizidfreies Gras gefressen haben.

«Hast du eine Ahnung, warum die Mitgliedschaften im Einzelnen gekündigt wurden?», erkundigt sich Britta, als wenig später unser Essen kommt. «Ich meine: Sind das faule, übergewichtige Couchpotatos, die lieber auf dem Sofa abhängen? Oder eher diese athletischen Fitnessfreaks, die unbedingt an coolen High-Tech-Geräten trainieren wollen?»

«Wenn ich das wüsste, Britta», seufze ich deprimiert und stippe die köstlich duftende Bulette in den Mostrich.

Verwundert blickt sie mich an. «Willst du mir weismachen, dass du deine Kunden nicht kennst? Es muss dir doch auffallen, wer nicht mehr zu den Stunden erscheint.»

«Ja, das schon», räume ich ein. «Aber den tatsächlichen Grund kenne ich leider nicht. Kündigungen kommen doch schriftlich, und jemanden direkt darauf anzusprechen wäre taktlos. Außerdem hätte da bestimmt jeder eine Ausrede parat.»

«Mmm», stimmt Britta mir kauend zu. «Dennoch würde ich mir an deiner Stelle mal die Konkurrenz in der Nähe ansehen.»

Selbstbewusst straffe ich meine Schultern. «Ach, da gibt es nur dieses Sportzentrum in der Turmstraße. Und die bieten kein Yoga an.»

«Sicher?», fragt meine besorgte Freundin.

«Ja. Deshalb war Moabit ja so ideal für mich. Der Kiez ist eben noch nicht so 'ne In-Gegend wie Mitte, wo alle naslang ein neues Studio eröffnet. Ich habe die Nebenstraßen rund um die Bremer Straße gründlich gecheckt, bevor ich den Mietvertrag unterschrieben habe. Das kannst du mir glauben. Mein Laden liegt in einer 1-a-Lage mit direktem U-Bahn-Anschluss.»

Andächtig wischt Britta den Mostrichklecks auf dem Teller mit einem Stück Schrippe zusammen. «Glaub ich dir ja alles, Nelly. Aber das war vor einer Ewigkeit, oder?»

«Zwei Jahre, beinahe auf den Tag genau», relativiere ich.

Energisch schiebt Britta ihren Teller zur Seite und mustert mich mit gerunzelter Stirn. «Aufwachen, Nelly! In zwei Jahren kann viel passieren. Man kann heiraten, ein bis zwei Kinder kriegen und sich wieder scheiden lassen. Oder eben mit einem kleinen Yogastudio Pleite machen, weil man immer noch keine eigene Website hat, ausgerechnet sonntags einen Ruhetag einschiebt und den neuen Fitnessclub in der Nachbarschaft ignoriert.» Ihre Stimme klingt vorwurfsvoll. «Moabit wird langsam, aber sicher auch hip. Ist dir nicht aufgefallen, wie in deiner Nachbarschaft immer mehr Häuser renoviert werden? Der Laden in der Turmstraße zieht die Leute magisch an wie ein Millionär arme Mädchen. Und wer auf der Suche nach einem Typen mit dicker Brieftasche ist, lernt ihn dort vermutlich eher kennen als nachts in irgendwelchen Clubs.»

«Echt?», huste ich ungläubig, weil ich mich bei dieser Hiobsbotschaft glatt an meiner Bulette verschluckt hab.

«Ja, echt, Miss-Augen-zu-und-schlafen-legen. Ich könnte mir vorstellen, dass dieser Fitnessclub nicht ganz unschuldig an deinem Mitgliederschwund ist. So leid es mir tut, dir das sagen zu müssen, Nelly: Der Laden ist nicht übel. Alles auf dem neuesten Stand. Jede Menge Geräte, dazu Sauna, Massagen und –»

«Trainierst du etwa fremd?», fahre ich sie ungewollt heftig an.

«Quatsch. Ich würde dir nie untreu werden. Vorletzte Woche wurde dort für eine Telenovela gedreht. Ich hab nur die Schauspieler abgeliefert und mich ein wenig umgesehen.

Und, Nelly …» Britta beugt sich ganz dicht zu mir. «Sie bieten auch Yoga an.»

Mist!

Habe ich die Konkurrenz wirklich unterschätzt? Na, die werden sich noch wundern!

2 Die Woche vergeht ohne eine einzige Neuanmeldung. Und trotz intensiven Nachdenkens fällt mir auch keine Lösung für meine finanzielle Misere ein. Auf die Vorstellung, mein geliebtes Yogastudio zu verlieren, reagiert mein Gehirn nur mit krausen Gedanken wie: Lotto spielen oder Spielbankbesuch, was im Prinzip keine schlechte Idee wäre, weil ich da auf einen Schlag stinkreich werden könnte – wenn ich das nötige Startkapital hätte.

Eigentlich wollte ich an diesem Sonntag ja etwas länger schlafen, aber das Sorgenkarussell in meinem Kopf hindert mich daran. Vor allem die Frage: Sollte ich mir tatsächlich mal die Konkurrenz ansehen? Heißt es nicht, dass man seine Feinde kennen muss, um sie besiegen zu können? Ich könnte eine Yoga-Probestunde nehmen und dabei spionieren und …

Ach, so komme ich nicht weiter.

Ein klarer Fall für einen ausgiebigen Kopfstand. Das hilft, die Dinge aus einer anderen Perspektive zu betrachten.

Kopfüber starre ich an die Wand im Schlafzimmer. Dort lese ich:

Im Grunde ist alles ganz einfach!

Diese Worte habe ich an die Wand gemalt – natürlich verkehrt herum. Darüber balanciert ein rosa Elefant mit einem Bein auf einem türkisfarbenen Ball. Normalerweise hellt das Bild auch die mieseste Stimmung auf. Doch irgendwie sieht der Elefant heute seltsam grau aus. Frustriert breche ich meine Morgenmeditation nach wenigen Minuten ab und schlurfe ins Bad.

Beim flüchtigen Blick in den Spiegel schrecke ich zusammen. Die Ringe unter meinen blaugrünen Augen beweisen, dass Probleme einen Menschen nicht schöner machen. Meine Haare hängen mir wie verfilzte Wolle ins Gesicht und spiegeln eindeutig meine düstere Stimmung wider. Gegen mein rotblondes Lockengestrüpp hilft aber keine noch so teure Kurpackung. Das habe ich alles schon getestet. Nicht mal die Olivenöl-Eigelb-Paste, die ich in einem Anfall von Verzweiflung auf Anraten einer Frauenzeitschrift aufgetragen habe, konnte etwas bewirken. Ich habe sogar damit geschlafen. Das hätte ich aber besser lassen sollen. Denn die Pampe war über Nacht eingetrocknet und nur sehr schwer auszuwaschen. Seitdem binde ich meinen Haarwust lieber zusammen, Käppi drauf und fertig.

Mir ist jetzt nach starkem Kaffee und etwas Salzigem. So was wie 'ne scharfe Salami oder ein Rollmops.

Doch im Kühlschrank entdecke ich lediglich eine halbleere Flasche Wasser, eine halbe ausgequetschte Zitrone und zwei leere, sauber ausgewaschene Joghurtbecher. Keine Ahnung, was ich damit vorhabe. Und in meinem antiken Küchenbüfett langweilt sich ein einsamer Teebeutel.

Aber ich brauche dringend eine Stärkung. Schließlich findet heute unser monatliches Familienessen statt. Strenggenommen fehlt ja mein Vater zur vollständigen Familie, seit die Ehe meiner Eltern vor gut vier Jahren geschieden wurde. Hätten sie noch zehn Monate länger miteinander gestritten, hätten sie es bei der Silberhochzeit krachen lassen können.

Der Scheidungsgrund war aber nicht wie so oft eine andere Frau, sondern Mamas Beruf. Sie ist Psychologin und Therapeutin, und Paps degradierte ihre Tätigkeit gerne abfällig zu einem Freizeitjob. Außerdem warf er ihr stets vor, dass sie ihre Familie vernachlässigen würde. Er habe nicht geheiratet, um dann zwei Kinder allein zu erziehen. Als Deutsch- und Geschichtslehrer war er nämlich immer derjenige, der mittags nach Hause kam und uns versorgt hat. Mama entgegnete in diesen Diskussionen meist, dass sie nicht studiert habe, um nur am Herd zu stehen.

Geheiratet haben die beiden übrigens erst, als mein jüngerer Bruder Phillip unterwegs war. Ich bin quasi unehelich, und Paps musste mich nach der Hochzeit adoptieren. Nach der Scheidung hat Mama dann nicht wieder geheiratet. Manchmal habe ich den Eindruck, dass sie für alle Zeiten genug von der Ehe hat. Ihrer Überzeugung nach glauben alle Männer, Ehefrauen seien billige Haushälterinnen.

Manchmal ging es bei den Streitereien aber auch um mich. Um genau zu sein: um meine berufliche Zukunft. Meine Unentschlossenheit in dieser Frage sei ein Erbe meiner Großmutter väterlicherseits. Auch Paps hat mich nie gedrängt. Eine Berufswahl habe schließlich erheblichen Einfluss auf das ganze Leben, war seine Begründung. Mama dagegen fand, mein Zögern sei Verplempern von kostbarer Zeit.

Vielleicht gab es wirklich nicht viele Gemeinsamkeiten zwischen meinen Eltern. Aber nach zwei Kindern und vierundzwanzig gemeinsamen Jahren muss es doch Verbindungen geben, oder? Immerhin heiße ich Antonella mit vollem Namen (ich mag es aber nicht, wenn ich so angesprochen werde), und der setzt sich aus den beiden Vornamen meiner Eltern zusammen, Anton und Ella.

Aber was weiß ich schon von der Ehe. Meine längste Beziehung waren die sechs Monate mit Sven. Mama macht sich manchmal Vorwürfe, dass meine Bindungsunfähigkeit mit der Scheidung zusammenhängen könnte. In solchen Momenten drängt sie mich dann zu einer Therapie. Aber so ein Seelenstriptease ist nichts für mich. Für meine phlegmatische Ader gibt es ohnehin eine ganz plausible Erklärung: Ich kam drei Wochen zu früh auf die Welt. Deshalb schlafe ich auch so gerne. Mein Körper versucht diese letzten wichtigen Wochen im Bauch der Mutter nachzuholen. Phillip behauptet sogar, mein Gehirn sei wegen der Frühgeburt unterentwickelt, und ich wäre deshalb so vergesslich.

So ein Quatsch: Mein Gehirn stresst sich eben nicht mit Nebensächlichkeiten, sondern sortiert Banalitäten klugerweise aus.

Das Knurren meines Magens erinnert mich daran, dass der Kühlschrank unverändert leer ist. Na, dann muss es heute mal Junkfood zum Frühstück sein. Einmal im Jahr schadet es bestimmt nicht.

Eilig schlüpfe ich in mein weißes Sommerkleid (Mama besteht auf ordentliche Kleidung) und die dazu passenden Ballerinas. Dann schnappe ich mir mein magersüchtiges Portemonnaie und verlasse die Wohnung.

Vorbei an den hundert Jahre alten Markthallen, die sonntags leider geschlossen sind, schlurfe ich Richtung Imbissbude in der Turmstraße. Von der weiß ich, dass sie um diese Zeit schon aufhat.

Beim Näherkommen weht mir vom *Curry-Eck* der sündige Duft gebratener Würstchen entgegen und lässt mir das Wasser im Mund zusammenlaufen. Und fürs Auge wird auch was geboten: Ein Typ mit breiten Schultern und hamsterbraunen Wuschelhaaren steht vor dem Tresen. Sein knackiger Hintern in den engen Jeans ist auf jeden Fall ein aufregenderer Anblick als mein leerer Kühlschrank.

Als wäre es das Normalste überhaupt, stelle ich mich dicht neben ihn und schiele unauffällig zu ihm rüber.

Er beendet soeben ein Telefongespräch und bestellt dann sein Essen. «Einmal Curry mit Pommes.»

Seine sexy Stimme klingt nach einer langen Clubnacht und wenig Schlaf.

«Für mich auch», rufe ich dem Wurstverkäufer frech zu, als würde ich tatsächlich dazugehören.

Wie erhofft, wendet sich der Wuschelkopf jetzt mir zu. Er ist gut einen Kopf größer als ich und dürfte so um die dreißig sein. Die Enden seiner hellbraunen Haare sind ausgebleicht. Von irgendeiner Wassersportart, vermute ich – auch wegen der gesunden Gesichtsfarbe und der breiten Schultern. Am besten gefallen mir aber seine kräftige Nase und die kleine Narbe auf der Stirn. Dadurch sieht er nicht wie ein langweiliger Schnösel aus, und sie verleiht ihm irgendwie sogar eine erotische Ausstrahlung.

Verzückt lächele ich ihn an. Doch irgendwie scheint er mit seinen hellgrünen Augen durch mich hindurchzusehen. Es könnte aber auch ein entsetztes Starren sein. Denn sein Blick haftet an meinem weißen Kleid, als hätte ich mich in eine Gardine gewickelt.

Vielleicht ist er ein Morgenmuffel wie ich, oder er war überhaupt noch nicht im Bett. So ein süßer Typ ist mir schon lange nicht mehr über den Weg gelaufen. Und genau wie ich muss er Single sein. Denn wer sich an einem Sonntagmorgen allein eine Currywurst gönnt, kann ja wohl kaum eine Freundin haben. Vielleicht wurde er ja genau wie ich gerade erst verlassen. Das würde auch erklären, warum er so abwesend wirkt. Ein kleines Lächeln oder wenigstens eine hochgezogene Augenbraue wäre doch das Mindeste beim Anblick meines Kleids.

«Macht jenau sechs Euro zusammen.» Der Wurstbrater serviert die Bestellung. «Noch wat zu trinken für euch?»

«Ähm … das ist ein Missverständnis», wende ich kleinlaut ein, krame in meiner Börse und lege drei Euro auf den Zahlteller.

Aus dem Augenwinkel beobachte ich, wie der Wuschelkopf einen Zehn-Euro-Schein obendrauf legt und sagt: «Für mich noch 'ne Cola.»

Enttäuscht schnappe ich mir meinen Teller und verziehe mich an einen der beiden Stehtische. Auf einen Flirt hat der Typ wohl keinen Bock, sonst würde er seine Wurst ja nicht direkt am Tresen verspeisen, sondern sich zu mir stellen.

Schade!, seufze ich still vor mich hin. Im Moment hab ich offensichtlich weder beruflich noch privat Glück. Und dabei hätte mich so ein kleiner Sonntagsflirt ganz wunderbar von meinen Problemen abgelenkt.

Auf der Fahrt nach Wilmersdorf mit meinem klapprigen Golf bin ich immer noch enttäuscht über meine mangelnde Wirkung auf den grünäugigen Typen.

Ob er das weiße Kleid zu spießig fand? Möglich wär's. Sein starrer Blick wirkte jedenfalls nicht besonders angetan von meinem Outfit. Vielleicht sollte ich doch mehr auf mein Äußeres achten und meine Weiblichkeit mehr betonen, wie Mama immer rät. Blöderweise gibt es sexy Klamotten nicht für lau. Wegen meines finanziellen Engpasses werde ich dieses Thema also notgedrungen zurückstellen müssen.

Ich will gerade tief durchatmen und mich mental auf das Sonntagsessen mit Mama und Phillip einstellen, als mein Wagen auf der Joachimstaler Straße zu stottern beginnt.

O nein, das fehlt mir gerade noch! Der Sprit ist alle. Ich hab mal wieder vergessen, den Kilometerstand aufzuschreiben. Das muss ich nämlich tun, um zu erkennen, wann der Tank leer ist, weil die olle Benzinuhr kaputt ist. Mit dem letzten Tropfen bugsiere ich den Golf in einen freien Parkplatz und steige aus. Der Weg zur U-Bahn-Station Kurfürstendamm wäre weiter, als zu Fuß in die Fasanenstraße zu laufen, wo meine Mutter wohnt. Also spare ich mir die unnötige Ausgabe für ein Ticket, raffe mein Kleidchen und renne trotz steigender Temperaturen los.

Ich bin wild entschlossen, mich nicht zu verspäten und Mama keinen Anlass zum Meckern zu geben.

Angefeuert von einem hupenden Auto und «Kiek-mal-Lola-rennt-wieder-Zurufen», erreiche ich mein früheres Zuhause dennoch zehn Minuten zu spät.

Mama lebt immer noch in derselben Vier-Zimmer-Wohnung, in der auch wir Kinder aufgewachsen sind.

Keuchend drücke ich auf die Klingel. Kurz darauf ertönt das Brummen des Türöffners.

Durchatmen, ermahne ich mich, als ich das herrschaftliche Eingangsportal betrete. Drinnen empfängt den Besucher schwarz-weiße Eleganz aus der Gründerzeit: marmorverkleidete Wände, eingelassene Spiegel und dunkelrote Kokosläufer auf gebohnerten Treppenstufen. Das Treppenhaus wird auf jeder Etage von einem Kronleuchter erhellt. Nach oben gelangt man außerdem mit einem altmodischen Lift, dessen verschnörkelte, schmiedeeiserne Tür noch mit der Hand geschlossen werden muss. Seit einigen Jahren bleibt der Aufzug aber manchmal zwischen den Stockwerken stecken. Über eine Stunde saß ich mal fest, bis endlich der Mechaniker kam und mich befreite. Seitdem nehme ich immer die Treppe in die dritte Etage.

Mama erwartet mich an der Wohnungstür. Offensichtlich kommt sie direkt aus der Küche, denn am Bund ihrer schwarzen Bundfaltenhose steckt noch ein Geschirrtuch. Sie trägt eine zartbeige Hemdbluse mit kurzen Ärmeln und flache schwarze Slipper. Wie immer sieht sie sehr elegant aus. Auch ihr von wenigen grauen Fäden durchzogenes kastanienbraunes Haar ist perfekt frisiert. In dem Outfit könnte sie auch Patienten empfangen. Denn die honigfarbene Hornbrille auf der zierlichen Nase verleiht ihr genau die Kompetenz, die sie für ihren Beruf braucht, ohne sie aber zu streng aussehen zu lassen.

«Meine Güte, Antonella, du scheinst ja völlig überhitzt zu sein.» Nach meinem Eintreten mustert sie mich vorwurfsvoll. «Bist du etwa von Moabit hierhergerannt?»

Meine Mutter hält sich selten mit zeitraubenden Begrüßungsritualen auf. Sie kommt lieber sofort auf den Punkt.

«Hallo, Mama», erwidere ich genervt, denn sie weiß genau, dass ich meinen vollen Namen ätzend finde. «Ich trainiere für den Stadtmarathon.»

Sie schließt die bleiverglaste Tür, zieht die Stirn kraus und betrachtet mich erstaunt, als sei sie soeben auf eine noch unentdeckte Verhaltensstörung gestoßen. «Hast du nicht gesagt, Sonntag wäre dein freier Tag? Den solltest du aber auch tatsächlich einhalten, Antonella. Der Körper braucht Erholungsphasen. Hoffentlich wird dieses Yoga nicht zur Obsession.»

Lächelnd übergehe ich ihren besorgten Erziehungsversuch und frage nach meinem Bruder. «Ist Phillip schon da?»

«Wo soll er denn sonst sein?», antwortet sie irritiert.

Ach so, stimmt ja. Ich habe ganz vergessen, dass Phillip vor kurzem zurück ins «Hotel Mama» gezogen ist.

«Er hat bereits Platz genommen. Wir essen heute in der Loggia. Aber mach dich bitte noch etwas frisch.»

Der unterschwellige Vorwurf in ihrer Stimme suggeriert, dass sie mein Aussehen schlampig findet. Sie belabert mich ständig, Make-up aufzulegen und mein Haar vom Friseur professionell pflegen zu lassen. Geschminkte und gutfrisierte Frauen würden mehr Kompetenz ausstrahlen. Aber ich wage zu bezweifeln, dass mich meine Schüler für fähiger halten, wenn mir nach einer schweißtreibenden Stunde Poweryoga die Wimperntusche über die Wangen liefe.

«Kann ich dir noch etwas helfen?», frage ich auf dem Weg durch den langen Flur, vorbei an meinem ehemaligen Kinderzimmer. (Meines und nicht Phillips Zimmer hat Mama zu ihrer Praxis umfunktioniert.)

«Sehr gern. Wenn du wieder bei Atem bist, kannst du den Salat waschen, die Kartoffeln aufsetzen, den Tisch decken und die Erdbeeren für den Nachtisch putzen.»

Ein Scherz. Seit Mama meine Erziehung als gescheitert ansieht, treibt ihr Humor manchmal skurrile Blüten. Es hat eine Weile gedauert, bis ich das kapiert habe.

Schuldbewusst erkläre ich mit leiser Stimme: «Das nächste Mal erscheine ich pünktlich und koche mit, versprochen.» Beinahe bin ich versucht, hinzuzufügen: mit getuschten Wimpern und Hochsteckfrisur.

Meine Mutter schüttelt nur den Kopf und verschwindet in der Küche.

Ich weiß ja, dass ich meine Zusagen nicht immer einhalte. Aber ich bin voller guter Vorsätze und will heute zur Abwechslung mal eine gute Tochter sein. Deshalb habe ich doch auch brav dieses weiße Sonntagskleid angezogen, das sie mir vor einiger Zeit gekauft hat. Na ja, um ehrlich zu sein: Eigentlich habe ich mich zurechtgemacht, weil ich mein Yogastudio retten will. Und dazu brauche ich vielleicht ihre Unterstützung.

Runtergekühlt auf normale Gesichtsfarbe, betrete ich wenig später die Loggia. Als Kinder haben wir von hier oben versucht, den Passanten auf die Köpfe zu spucken. Phillip fand das irgendwann zu langweilig und wechselte zu Wasserbomben, wenn Mama nicht zu Hause war.

Mein Bruder sitzt bereits am schöngedeckten Tisch. «Erster!», begrüßt er mich feixend und zupft selbstgerecht wie der Sieger eines großen Wettbewerbs seinen schneeweißen Hemdkragen zurecht.

Noch so ein Spiel aus unserer Kindheit: Wer ist zuerst zu Hause? Einer musste die Treppen hochrennen, der andere fuhr mit dem Aufzug, der damals noch störungsfrei funktionierte.

«Bist du nicht! Wir sind ja nicht gleichzeitig gestartet», erwidere ich patzig und ärgere mich sofort über meine unüberlegte Antwort. Phillip hasst es, zu verlieren. Keine gute Voraussetzung, wo ich ihn doch anpumpen will. Also lenke ich schnell ein und halte ihm die Hand zum Einschlagen hin. «Aber theoretisch hast du natürlich wolkenkratzerhoch gewonnen!»

Während er einschlägt, huscht ein freches Siegerlächeln über sein Gesicht. «Meine Rede!»

Phillip ist vier Jahre jünger und aus einem völlig anderen

Holz geschnitzt. Nicht nur mental. Auch äußerlich. Die hellblauen Augen, die sanften Gesichtszüge und die Grübchen hat er von Mama geerbt. Die strohblonden Haare sind von meinem Vater. Der raspelkurze Bürstenschnitt im Kampfpiloten-Look ist von Udo Walz.

Ich finde ja, mit längeren Haaren würde er gut in eine dieser Boygroups passen und Mädchenherzen zum Schmelzen bringen. Aber das hört Phillip natürlich gar nicht gerne, denn er will ein echter Kerl sein. Ein Macho, der sich mit knallharten Muskeln immer den ersten Platz erboxt.

Ich dagegen bin meiner verstorbenen Großmutter wie aus dem Gesicht geschnitten. Fotos aus ihrer Jugendzeit beweisen das. Die gleichen wilden Kräusellocken, helle Haut, siebzehn Sommersprossen auf der Nase und hohe Wangenknochen. Dazu eine eher sehnige Figur – und ewig müde. Meine Großmutter schlief genauso gern wie ich.

«Na, Schwesterherz. Heute schon Erleuchtung gefunden?», scherzt Phillip.

«Und du, schon den ersten Fehlstart hinter dir?», flachse ich zurück, wohl wissend, dass mein Bruder der Beste in der Fliegerschule ist, wo er sich zum Piloten ausbilden lässt. Als wir uns beim letzten Familienessen hier trafen, erzählte er ganz aufgeregt von seinem ersten Simulationsflug. Die teure Ausbildung ist übrigens auch der Grund, warum er wieder bei Mama wohnt.

Erstaunlicherweise bleiben Phillips übliche Angebereien heute aber aus. Schweigend erhebt er sich und verkündet, Mama behilflich sein zu wollen. Was ist denn plötzlich los?, frage ich mich. Er hilft doch normalerweise nicht freiwillig.

«Hab ich was Falsches gesagt?», erkundige ich mich vorsichtig und folge ihm.

«Falsches Thema», zischt er ungehalten, als wir die Küche betreten.

«Seid so gut und streitet euch woanders», bittet uns Mama leicht ungehalten. «Ich muss unter der Woche schon genug Auseinandersetzungen zwischen Ehepaaren schlichten. Am Sonntag möchte ich absolute Ruhe.»

«'tschuldigung», murmeln wir gleichzeitig und helfen beim Auftragen der Speisen.

Es gibt gebratene Seezungen mit neuen Kartöffelchen und zerlassener Butter. Dazu ein Gläschen eisgekühlten Chardonnay. Einträchtig nehmen wir wenig später an dem rötlichen Marmortisch in der Loggia Platz. Die Tafel ist wie jeden Sonntag mit dem guten Rosenthalgeschirr, dem Silberbesteck sowie den schönen Kristallgläsern von Großmutter gedeckt.

Als wir auf unseren angestammten Plätzen sitzen, kann Mama ihre Neugier nicht länger beherrschen. «Worum ging es denn vorhin?»

Sonntag oder nicht: Therapieren liegt ihr einfach im Blut.

Phillip wirft mir einen strengen Blick zu. Ich zucke wortlos die Schultern, falte gelassen meine Leinenserviette auseinander und hoffe, das Thema schweigend beenden zu können. Tief durchatmen und ruhig bleiben, sage ich stumm mein Mantra auf. Ich habe keine Ahnung, warum er so aufgebracht ist.

Für Mama ist das Thema aber noch nicht vom Tisch. «Phillip!?», fordert sie ihn auf. «Was gibt es für ein Problem?»

«Aaach», antwortet er zögerlich und greift nach der Platte mit dem Fisch. «Nelly hat einen bescheuerten Witz über Fehlstarts gemacht.»

«Entschuldige bitte, das war ein Scherz. Woher soll ich wissen, dass du zur Mimose geworden bist?»

Mit hochgezogenen Augenbrauen beobachtet Mama, wie ich mir reichlich Butter über die Kartoffeln auf meinen Teller kippe.

«Das ist ungezogen, Antonella», ermahnt sie mich, als sei ich drei Jahre alt. «Entschuldige dich.»

Unsicher blicke ich sie an. Spricht sie gerade von meinen Tischmanieren oder von Phillip?

«'tschuldigung», brummle ich mit der entsprechenden Büßermiene und stelle das Buttertöpfchen ab.

«Ein Fehlstart im Flugsimulator ist zwar absolut kein Weltuntergang», erklärt sie streng, «aber dennoch eine unangenehme Sache. Da ist es nur verständlich, dass Phillip deshalb etwas verschnupft ist.»

«Auweia. Du hast tatsächlich den ersten Startversuch verpatzt?» Mir fällt beinahe die Gabel aus der Hand. «Musst du deinen Traum vom Piloten jetzt begraben und bist deshalb so mies drauf?»

Betretenes Schweigen breitet sich aus. Es sagt mehr als jede Antwort. Eine Weile ist nur das Geklapper unseres Bestecks zu hören.

Mist! Wie kriege ich jetzt bloß die Kurve zu meinem eigentlichen Anliegen? Durch mein Gehirn schwirren schon wieder bedrohliche Gedanken: der Mahnbrief, mein überzogenes Bankkonto, die unnachgiebige Banktussi ... Ob es vielleicht klüger wäre, meinen Bittgang ein paar Tage zurückzustellen?

«Es könnte sein, dass auch *mein* Traum platzt», seufze ich und entschließe mich zu einem versöhnlichen Geständnis. «Wenn ich nicht ganz schnell jemanden finde, der mir ein paar tausend Euro leiht, damit ich die ausstehende Miete für mein Studio –»

«Antonella!», fährt Mama entsetzt dazwischen. «Du hast Schulden?»

«Treffer», höhnt Phillip und prostet mir überheblich zu.

Jetzt ist alles egal. Ich schenke mir Wein nach und hebe ebenfalls mein Glas. «Du könntest mir doch etwas leihen, Phillip», wage ich mich vor und trinke mir für die nächste Frage Mut an. «Vielleicht möchtest du sogar Teilhaber an meinem Studio werden?»

Mit einer großspurigen Geste greift mein Bruder zur Serviette, tupft sich theatralisch den Mund ab und scheint tatsächlich einen Augenblick lang zu überlegen. «Welch verlockendes Angebot. Aber, nein danke, Schwesterherz. Selbst wenn von Großmutters Erbe noch etwas übrig wäre, würde ich niemals in ein marodes Unternehmen wie dein Hüpfstudio investieren», verkündet er kühl und fährt belehrend fort: «Sonntags zu schließen, wo doch beruflich stark eingebundene Menschen gerade diesen Tag zu ihrem Sporttag erklärt haben, ist wirtschaftlich betrachtet aber auch glatter Selbstmord.»

Pah! Als wäre Phillip studierter Betriebswirt! Mit dem Mut einer Verzweifelten kämpfe ich weiter. «Es handelt sich doch nur um einen vorübergehenden finanziellen Engpass. So etwas kann es in jedem Betrieb mal geben. Ich brauche ja nur läppische drei- oder viertausend Euro. Du kriegst es auch bald wieder zurück.» Ich unterstreiche mein Versprechen noch mit einem bittenden Augenaufschlag.

Bevor Phillip etwas erwidern kann, mischt sich Mama ein. «Nun, Antonella, wenn du kurz vor der Pleite stehst, wäre das doch die passende Gelegenheit, noch einmal über deine Zukunft nachzudenken, oder?»

Beifällig nickt Phillip ihr grinsend zu. Damit ist seine Position (wie er es gerne nennt) klar. Als Helfer in der Not scheidet er wohl endgültig aus.

«Aber Mama», stoße ich hervor. «Das Yogastudio *ist* meine Zukunft! Und hast du nicht selbst gesagt, dass man seine Träume immer realisieren oder es zumindest versuchen sollte?»

Wie so oft, wenn sie mal wieder einen Erziehungsversuch startet, betätschelt Mama ihr Haar und mustert mich eingehend. «Um Träume zu realisieren, muss man erst mal aufwachen, Antonella. Scheinbar schläfst du aber immer noch», ergänzt sie mit therapeutisch geduldiger Stimme. «Es ist demnach unsinnig, weiter daran festzuhalten.»

«Und wenn … *du* mir etwas leihen würdest?», frage ich zögerlich. So schnell gebe ich mich nicht geschlagen!

Es folgen bange Sekunden des Schweigens, in denen ich versuche, Mamas unglaublich nichtssagenden Gesichtsausdruck eine positive Bedeutung beizumessen.

«Dir etwas leihen?», wiederholt sie und erklärt nach einer weiteren Spannungspause: «Nun, ich wäre sogar bereit, alle deine Schulden zu bezahlen.» Sie seufzt, bevor sie das endgültige Urteil verkündet: «Vorausgesetzt, du gibst dieses … dieses alberne Hobby auf.»

«Waaas?»

«Du willst doch nicht dein ganzes Leben auf einer verschwitzten Matte vergeuden. Nächsten Monat wirst du dreißig, vergiss das nicht, Antonella. Also bitte, werde endlich vernünftig und entscheide dich für einen ordentlichen Beruf, der dich ernähren kann.»

Ich fasse es nicht! Was meint sie denn damit, *mein ganzes Leben vergeuden*? Ich bin doch noch jung, da kann jeden

Tag, jede Minute etwas Großes geschehen. Ich meine, das Schicksal könnte an einer Currywurstbude zuschlagen. Das weiß doch jeder.

«Ja, Mama», antworte ich genervt, um eine weitere endlose Diskussion über *ordentliche* Berufe zu vermeiden.

3 Niedergeschlagen trete ich am frühen Nachmittag den Weg zu meinem Golf an. Wieso hat mein Plan nicht geklappt?

In meinem Kopf kreisen wirre Gedanken um den Streit mit meiner Mutter. Sie erpresst mich mit ihrer fixen Idee, ich solle Psychologie studieren und Therapeutin werden. Das sei genau der richtige Beruf für mein einfühlsames Wesen und außerdem eine krisensichere Branche, denn Probleme hätten die Menschen zu allen Zeiten. Besonders die Reichen.

Völliger Quatsch – was mich betrifft. Ich schlafe nämlich ein, wenn jemand monologisiert. Aber ich habe Mama durchschaut. So viel zu meinem einfühlsamen Wesen! Primär sucht sie doch nur eine Nachfolgerin für ihre gut eingeführte Praxis. Aber ich bin doch nicht Anna Freud! Auch unser Familienname Nitsche (nein, wir sind nicht mit dem berühmten Philosophen Nietzsche verwandt!) ist schließlich keine Verpflichtung, sich um das Innenleben anderer Menschen zu kümmern. Mir wäre es peinlich, jemanden auszufragen und so lange zu bohren, bis man glaubt, das Problem erkannt zu haben.

Mein Vater versteht mich. Er weiß, dass ich mich nicht für einen konservativen Beruf eigne. Allein der Kleiderordnung wegen! Leider kann ich ihn aber nicht anpumpen. Er hat mir schon beim Umbau des Studios mit Rat und Tat zur Seite gestanden, hat auch selbst mitgeholfen und zur Eröffnung sogar zwanzig rosafarbene Trainingsmatten spendiert. Außerdem ist er wie jedes Jahr in den Sommerferien verreist.

Es ist zum Verzweifeln! Mir fällt einfach kein legaler Weg ein, wie ich an Geld kommen könnte. Kein Hoffnungsschimmer an meinem düsteren Pleitehimmel. Und am realen Horizont ziehen jetzt auch schon bedrohlich dunkle Wolken auf. Zum Glück habe ich mein Auto gleich erreicht.

Wo steht es denn nur? Ich müsste doch längst da sein.

Suchend laufe ich die Straße entlang. So auffällig schräg, wie ich geparkt habe (aber nur, weil der Sprit für aufwändige Manöver nicht mehr gereicht hätte), kann es doch nicht zu übersehen sein. Es stand zwischen Ku'damm und Lietzenburger Straße. Ungefähr an der Ecke … ja, genau hier …

Mist! Es ist weg. Mein alter Golf wurde geklaut?

O nein! Jetzt sehe ich das Schild: Mein Wagen stand auf einem Behindertenparkplatz! Ich schwöre, vorhin war da noch kein Verbotsschild.

Tja, dann muss er tatsächlich abgeschleppt worden sein.

Mist!

Es wird ein Vermögen kosten, den Wagen auszulösen. Keine Ahnung, wie ich auch die Kohle noch auftreiben soll.

Nach einigen tiefen Atemzügen fällt mir auf, dass ich mir jetzt zumindest keine Sorgen mehr über den leeren Benzintank machen muss. Aber wieso tröstet mich das nicht?

Vollkommen durchnässt und erschöpft betrete ich eine halbe Stunde später meinen Wohnblock. Die Regenwolken haben mich auf den letzten Metern erwischt, und ich musste schon wieder rennen. Vielleicht sollte ich tatsächlich beim Stadtmarathon mitlaufen? Zwei volle Trainingseinheiten pro Tag sind kein schlechter Anfang.

Aus dem Briefkasten lugt etwas Gelbes heraus. Eine Sonntagsüberraschung? Es ist eine Plastiktüte, und darin befindet sich, eingewickelt in Klopapier, mein Wohnungsschlüssel.

Auch das noch! Sven muss hier gewesen sein und seine Sachen abgeholt haben. Der Mistkerl hat meine Abwesenheit ausgenutzt, um schnell alles auszuräumen. Und natürlich hat er keine Nachricht hinterlassen. Immerhin warte ich noch auf seinen Anteil an der letzten Miete.

Fluchend schleppe ich mich die vier Stockwerke rauf ins Dachgeschoss.

Im Flur meiner Wohnung stolpere ich dann beinahe über einen Umzugskarton. Ein signalgelber Aufkleber klebt daran:

Hi, Nelly,
die Kiste hat leider nicht mehr ins Auto gepasst.
Ich hole sie demnächst ab.
Wenn sie dich nervt, bring sie einfach in den
Keller.
Sven.

Ist der übergeschnappt? Ich bin doch keine Möbelpackerin!

Verärgert bugsiere ich den Karton mit kräftigen Fußtritten zur Seite und marschiere in die Küche, um zu sehen, ob Sven dort vielleicht seinen Mietanteil hinterlassen hat.

Nichts!

Ist das zu fassen? Seinen Müll lässt er hier, aber kein Wort über meine Kohle.

Wutschnaubend laufe ich durch die jetzt ziemlich leere Wohnung. Ist es tatsächlich erst fünf Monate her, dass wir diese Drei-Raum-Wohnung gemietet haben? Glücklicherweise läuft der Mietvertrag auf meinen Namen, sodass ich hier erst mal beruhigt wohnen bleiben kann. Sven hatte damals kein Geld für die Kaution, dafür besaß er aber Möbel und eine nagelneue Waschmaschine. Dummerweise muss ich feststellen, dass die mit ihm ausgezogen ist.

Stöhnend lasse ich mich im Schlafzimmer auf meinem lindgrünen Bett mit den Rosenranken nieder. Wenigstens das ist mir geblieben. Doch statt der ersehnten Erholung nagen weiter trübsinnige Gedanken wie blutrünstige Piranhas an mir: Kann ich mir diese Wohnung alleine überhaupt leisten? Werden mich die Erinnerungen an Sven depressiv machen? Sitze ich dann nur noch heulend in der Ecke? Sollte ich vielleicht ein Zimmer untervermieten? Andererseits – was hält mich eigentlich noch hier? Also, besser gleich umziehen?

Ich könnte mich verkleinern. Billiger wäre es auf jeden Fall, und für meine wenigen Möbel, die Bücher und das bisschen Nippes genügt eigentlich ein kleines Apartment.

Aber Moment mal … Vermieter wollen doch immer eine Schufa-Auskunft, oder? Und mit meinen Bankschulden dürfte die nicht gerade vertrauenerweckend aussehen. Also bleibt nur eine WG. Am besten in Studionähe, dann könnte ich auch mein Auto verkaufen.

Dummerweise muss ich vorher aber noch ein winziges Problem lösen: Um das Auto verkaufen zu können, muss ich es erst mal wiederhaben und dann auch noch auftanken.

Diese hinterhältigen Wegelagerer haben meinen Wagen nach Schmargendorf geschleppt! Das hat mir jedenfalls der Mann vom Abschleppdienst erklärt, den ich nach langem Herumtelefonieren endlich an der Strippe hatte. Warum nicht gleich nach Potsdam? Und für diese Gemeinheit kassieren die auch noch kräftig ab: knapp zweihundert Euro für die sogenannten Umstellkosten (so heißt das korrekt, wie mir eben am Telefon erklärt wurde) und zwanzig Euro Standkosten pro Tag! Das bringt meine gesamte Kalkulation durcheinander. Dazu kommen dann noch die Kosten für einen vollen Benzinkanister, um von Schmargendorf auch wieder wegzukommen.

Was tun?

Kopfstand!

Als mir das Blut in den Kopf läuft, erinnere ich mich an mein Notgroschenschwein. Warum ist mir diese kleine rosa Sau nicht früher eingefallen? Das liegt vermutlich nur daran, dass sie seit der Eröffnung meines Studios nicht mehr gefüttert wurde. Dementsprechend ausgehungert blickt sie mich an.

Einhundertachtzig Euro und dreiundzwanzig Cent sind die Ausbeute der Schlachtung.

Mir ist klar, dass meine lausige Barschaft nicht genügt, um den Wagen auszulösen. Doch ich habe bereits die Lösung: Ich werde den Golf in Zahlung zu geben. Und wenn ich clever verhandle, könnte sogar noch ein nettes Plus dabei rauskommen.

Erneut greife ich zum Telefon.

«Den Witz kenne ick noch nicht», poltert der Chef der Umstellfirma los, als ich ihm meinen Wagen zum Kauf anbiete. «Letzte Woche war een Pyrotechniker aus Babelsberg hier, wa. Hat nach eem roten Auto mit hübschen Rostlöchern jesucht. Der hätte een juten Preis für den ollen Spritfresser jelöhnt. Du könntest den Schädling aber och über eBay in die Mongolei verticken. Hahaha!»

Er scheint sich prächtig auf meine Kosten zu amüsieren. Aber ich lasse mir meinen Frust nicht anmerken.

«Der Wagen ist tipptopp in Ordnung und der TÜV erst ein halbes Jahr alt. Für eine alte Rostlaube hätte ich sicher keine Plakette bekommen.»

Die Verhandlung zieht sich etwas, aber letztlich lässt er sich dann doch auf den Deal ein.

«Die geblümten Schonbezüge passen jut zu meinem Hawaiihemd», erklärt er lachend und bestellt mich für den nächsten Tag zu ihm, um den Kaufvertrag gegen die Wagenpapiere auszutauschen.

Obwohl ich so sehr gehofft hatte, es würde nach Abzug der Umstellkosten mindestens ein Tausender übrig bleiben, ist der Autodeal ein Plus-minus-null-Geschäft. Ich fürchte, ich werde lange auf dem Kopf stehen müssen, bis ich diesen Pleitesonntag vergessen habe.

Phillip darf von diesem peinlichen Minusgeschäft natürlich nichts erfahren, sonst verhöhnt er mich wieder als miserable Geschäftsfrau.

Aber wozu dem alten Golf nachtrauern? Der Typ von der Abschleppfirma hat schon ganz recht: Eigentlich kann ich froh sein, die Dreckschleuder los zu sein. Ich wundere mich sowieso, warum es nicht schon längst Autos gibt, die mit Wasser fahren. Eigentlich ein fauler Witz, dass die Dinger immer noch mit Benzin betrieben werden und die Umwelt verpesten! Also, wenn ich Autokonstrukteur wäre, würde mir dazu bestimmt etwas einfallen. Im Grunde ist es doch ganz einfach. Man nehme etwas, das es im Überfluss gibt … Meerwasser, zum Beispiel. Oder Abwasser. Oder meinetwegen auch Urin.

Ha! Das wäre überhaupt die Lösung! Niemand würde mit seinem Gefährt mehr auf halber Strecke liegenbleiben oder falsch parken müssen, weil der Sprit alle ist. Männer könnten direkt in den Tank pinkeln.

Eigentlich unverständlich, dass noch kein Mann auf diese superpraktische Idee gekommen ist!

4 Tief durchatmen und nach vorne blicken, motiviere ich mich, als ich am Montagmorgen von Schmargendorf zum Studio hetze.

Doch in meinen krausen Gehirnwindungen drängeln sich die ungelösten Fragen wie eine Horde schreiender Kinder im Schwimmbad an der Rutschbahn. Und wenn ich an meinen riesigen Schuldenberg denke, fühle ich mich, als würde ich mutterseelenallein auf einer Eisscholle sitzen und aufs offene Meer treiben. Ich muss unbedingt mit Britta darüber sprechen. Sie ist eine clevere Geschäftsfrau und weiß sicher eine Lösung.

Tatsächlich erscheint Britta zur letzten Vormittagsstunde. Als hätte sie geahnt, dass ich ihre Unterstützung brauche. Leider kommt sie mit etwas Verspätung. Deshalb können wir uns erst nach dem Unterricht unterhalten.

«Das war klasse», bemerkt Britta lobend, als wir im Umkleideraum auf frei werdende Duschen warten.

«Wirklich?», frage ich ungläubig.

Verwundert sieht sie mich an. «Aber ja, warum zweifelst du?»

«Weil ich ziemlich unkonzentriert war und über so viele Dinge nachgegrübelt habe.» Leicht überdreht sprudele ich los. «Sven hat am Sonntag seine Sachen abgeholt, und nun stellt sich die Frage, ob ich in der Wohnung bleiben soll. Sie ist viel zu teuer, und drei Zimmer benötige ich alleine doch gar nicht … Ich überlege also, ob ich nicht in eine WG ziehen soll. Am besten in Studionähe … Gestern wurde nämlich mein Auto abgeschleppt, und dann musste ich es verkaufen.»

Staunend lauscht Britta der absurden Story meines Autoverkaufs.

«Ich wusste gar nicht, dass du so realistisch denken kannst, Nelly», stellt sie am Ende fest. «Das ist für deine Verhältnisse geradezu spektakulär! Aber mal 'ne andere Frage: Wie hoch ist denn die Mietkaution deiner Wohnung? Könntest du damit alle Schulden bezahlen?»

«Na ja, die üblichen drei Monatsmieten. Also, dreihundertsiebzig mal drei …»

«Eintausendeinhundertzehn», rechnet mir meine Freundin blitzschnell vor.

«Och, nur so wenig», seufze ich enttäuscht und schäle mich aus meinen Trainingssachen. «Dann muss ich die Banktussi eben doch davon überzeugen, dass ich eine Investition wert bin.»

Ungläubig betrachtet mich Britta. «Und eben dachte ich noch, bei dir wäre der Realismus ausgebrochen.» Sie stellt sich unter eine der frei gewordenen Duschen und dreht das Wasser auf. «An deiner Stelle würde ich erst mal alle deine Hosen- und Jackentaschen durchsuchen. Vergesslich, wie du bist, findest du da sicher noch ein paar Scheinchen», scherzt sie durch den prasselnden Wasserstrahl.

Ich greife nach dem Rosenduschgel und schäume mich gründlich ein. «Veräppeln kann ick mir alleene!», schieße ich zurück und puste eine Schaumwolke zu Britta rüber.

Kichernd dreht sie sich zu mir. «Nicht böse sein, Nelly, aber deine Träumereien eignen sich nun mal besonders gut für ein kleines Späßchen. Doch jetzt mal im Ernst. Dass du wieder in eine WG ziehen willst, ist ein Scherz, oder? Ich kann mich noch erinnern, wie genervt du wegen der ständigen Diskussionen um leere Kühlschränke, verdreckte Klos und den Putzdienst warst. Ist zwar erst ein halbes Jahr her, aber offensichtlich hast du das bereits vergessen.»

«Hm, man muss sich ja nicht jede Kleinigkeit im Leben merken.» Grummelnd drehe ich den Wasserhahn zu und wickle mich in mein Handtuch.

Britta ist ebenfalls mit Duschen fertig. «Ich hätte da einen anderen Vorschlag.»

Gespannt blicke ich sie an. «Echt?»

«Wir haben uns doch erst vor kurzem darüber unterhalten, dass ich es nur selten rechtzeitig zum Yoga schaffe.» Britta verknotet ihr Handtuch vor der Brust. «Und du hattest mir doch ein paar Privatstunden versprochen. Wie wär's also, wenn du zu mir ziehen würdest? Als mein Personal Trainer sozusagen!»

Ich bin sprachlos. Was für ein großzügiges Angebot!

Brittas Wohnung in der Charlottenburger Kantstraße ist ein Traum. Drei Zimmer, ein weitläufiger Eingangsbereich, eine Wohnküche, ein großes Bad und ein kleines Duschbad verteilen sich auf einhundertzwanzig Quadratmeter. Mir gefallen vor allem die kunstvollen Stuckdecken, die renovierten Fassettentüren und die hohen Bogenfenster. Außerdem geht von der Küche ein schmiedeeiserner Balkon zum Hinterhof nach Osten, auf dem man in der Morgensonne frühstücken kann.

«Du weißt», fährt Britta fort, «dass in der Wohnung genug Platz für zwei ist. Aus dem hinteren Raum wollte ich sowieso ein Gästezimmer machen. Im Moment fehlt mir nur die Kohle. Aber mit deinen Sachen und ein bisschen Farbe könnte es ganz gemütlich werden. Du hättest sogar ein eigenes Duschbad.»

Gerührt falle ich ihr um den Hals. «Britta, meinst du das wirklich ernst?»

«Logo!», bestätigt sie. «Aber ich will fair sein, Nelly. Die Wohnung dient mir auch für kleinere Castings, vor allem für Statisten und so. Andererseits bin ich häufig auf Reisen, dann hättest du die Wohnung ganz für dich.» Erwartungsvoll sieht sie mich an. «Und noch etwas: Normalerweise stehe ich morgens um sieben auf. Ich werde dich dann wecken, um meine Miete zu kassieren.» Während sie sich abtrocknet, zwinkert sie mir zu.

Einen Moment lang sehe ich mich, verschlafen die Augen reibend, mit Britta und dem «Sonnengruß» im Morgengrauen den Tag beginnen. Die Vorstellung lässt mich erschauern. Ob ich das schaffe?

«Äh, keine Sorge, Britta», antworte ich mit bemüht fester Stimme. «Um mein Studio zu retten, bin ich bereit, ohne zu murren auch mitten in der Nacht aufzustehen.»

Aus lauter Dankbarkeit lade ich Britta für heute Abend zum Essen ein. Der Teilerfolg in Sachen Schuldenbekämpfung muss gefeiert werden! Und wenn ich mein Sparschweingeld in einen Einkauf investiere, kann ich auch etwas Feines für uns zaubern.

Vor dem Einkauf für unser Festmahl will ich die Mittagspause aber noch schnell nutzen, um den nächsten Punkt auf meiner Liste abzuarbeiten: Meine Vermieterin anrufen.

«Guten Tag, Frau Pusch, hier ist Antonella Nitsche», melde ich mich, als sie endlich rangeht. «Aus der Bremer Straße», füge ich noch schnell an, da ich weiß, dass sie mehrere Mietshäuser besitzt.

«Ach, die Kleene mit dem netten Verlobten, der uff Anwalt studiert.»

Na toll, an Sven erinnert sie sich sofort.

«Wie isses, schon wat Kleenes unterwegs? Sind Se jetzt uff der Suche nach eener größeren Bleibe?», erkundigt sie sich neugierig.

Auwei, das läuft ja völlig falsch. «Nee, ähm … eigentlich nicht», nuschle ich zerknirscht. «Also mein Verlobter … äh, mein ehemaliger Verlobter –»

«Na, det klingt aber jar nich jut», findet sie. «Streit jehabt?»

«Schlimmer», antworte ich, atme tief durch und gebe die Verlassene, weil ich weiß, dass Frau Pusch Witwe ist und daher sicher ein großes Herz für einsame Frauen hat. «Er ist plötzlich ausgezogen.»

«Muffensausen, wa?»

Schniefend bestätige ich ihre Vermutung. «Ja, und nun sitze ich allein in der großen Wohnung …, und … und ehrlich gesagt, ist mir die Wohnung jetzt auch zu teuer.» Ich schniefe nochmal und drücke auf die Tränendrüse. «Aber am Schlimmsten ist, dass mich jede Ecke an meinen Ex-Verlobten erinnert», jammere ich leise. «Ich wollte daher fragen, wie schnell ich ausziehen kann.»

«Ach, det tut mir aber leid, meine Kleene.» Ihre Anteilnahme klingt echt. «Aber wenn de mir nen seriösen Nachmieter hast, kannste sofort raus aus der Wohnung. Und wenn allet in Ordnung iss, kriegste och die Kaution sofort zurück.»

«Ja, danke, das ist sehr freundlich. Ich kümmere mich darum.»

Grummelnd lege ich auf. Ich hab's doch gewusst: Listen

sind doof! Kaum hat man einen Punkt erledigt, steht schon wieder ein neuer drauf: Nachmieter suchen!

Doch jetzt muss ich mich erst mal sputen, um vor der ersten Yogastunde am Nachmittag noch die nötigen Lebensmittel zu besorgen.

Im Supermarkt laufe ich orientierungslos durch die Regale. Was will ich überhaupt kochen? Warum habe ich keine Einkaufsliste geschrieben? Gibt es hier Biofleisch? Dann könnte ich ein asiatisches Hühnergericht zaubern. Und wo ist das frische Gemüse?

Puh, ist das anstrengend, zwischen all diesen Angeboten das Richtige zu finden. Konzentration, Nelly Nitsche, Konzentration!

Nach ungefähr fünfzehn Minuten (mein Zeitgefühl ist durch das Training meiner Yogastunden ziemlich präzise) habe ich tatsächlich alles gefunden. Es wird aber auch Zeit, gleich beginnt die nächste Trainingsstunde, und mir ist noch ganz schwindelig von der Hetzerei.

Nervös reihe ich mich in die Kassenschlange ein. Ich möchte rechtzeitig zurück sein, damit niemand vor der Studiotür warten muss und womöglich noch auf die absurde Idee kommt, es wäre geschlossen.

Noch drei Kunden vor mir.

Noch zwei.

Einer.

Eilig lege ich meine Waren auf das Förderband, und schon dringt die piepsige Stimme der schwarzhaarigen Kassiererin an mein Ohr.

«Macht jenau zweiundzwanzig Euro und zweiundzwanzig Cent. Meine erste Schnapszahl heute!», kichert sie vergnügt und wirft fröhlich ihre dunkle Haarpracht über die Schulter.

Ich krame in der Plastiktüte nach dem Geld und finde – nichts.

Panik steigt in mir auf. Wo ist denn der Fünfzig-Euro-Schein aus dem Sparschwein, den ich in die Tüte gesteckt habe? Ist er beim Auspacken der Lebensmittel rausgefallen?

Hektisch suche ich auf allen vieren den Fußboden nach meinem Geld ab.

In der Reihe hinter mir vernehme ich unwilliges Zischen, das mich noch nervöser werden lässt. Mir wird heiß. Meine Hände werden feucht. Und ich spüre rote Flecken an meinem Hals aufblühen.

Ungeduldig nuckelt die Kassiererin an ihrem Lippenpiercing rum. «Wat denn nu?», nörgelt sie genervt.

«Mist, ich muss ihn verloren haben», fluche ich leise vor mich hin und streiche mir verlegen ein paar Strähnen aus dem Gesicht. Wieso habe ich nur vergessen, mir ein Käppi aufzusetzen oder die Haare zusammenzubinden?

«Tut mir leid, tut mir wirklich leid», entschuldige ich mich mit gesenktem Kopf bei den hinter mir anstehenden Kunden. «Ich muss mein Geld verloren haben ... Ich weiß genau, dass ich es in die Tüte gesteckt hatte.»

Die meisten der Kunden scheinen in Eile zu sein. Ihr Unmut über die Verzögerung ist deutlich spürbar. Verzweifelt überlege ich, ob ich die Waren wieder zurückbringen oder vor Wut über meine Schusseligkeit explodieren soll, als plötzlich der süße, grünäugige Typ von der Currywurstbude vor mir steht.

Ja! Er ist es tatsächlich!

Aber er scheint sich nicht an unsere gestrige Begegnung

zu erinnern. Das liegt sicher an meinen Haaren. Wenn ich sie offen trage, verändert mich das gewaltig. Aber mit der wilden Mähne und den roten Flecken sehe ich bestimmt schrecklich aus.

«Ist mir auch schon passiert», bemerkt er mitfühlend und lächelt mich verständnisvoll an.

Hilflos zucke ich mit den Schultern und lächle unsicher zurück. Seine warme Stimme jagt mir einen heißen Schauer über den Rücken. Mir wird ganz schlecht. Ich kann nicht anders, ich starre ihn an und bin unfähig, mich zu bewegen.

Sein rosa Hemd steckt nachlässig in einer hellen, ausgewaschenen Jeans, und auf seiner rechten Wange sehe ich eine Schlaffalte. Sieht aus, als wäre er gerade erst aus dem Bett gestiegen und ohne aufwendigen Badezimmeraufenthalt direkt in den Supermarkt geeilt. Am Nachmittag? Ist er etwa Türsteher in einem Club? Oder DJ?

Durchatmen, ermahne ich mich. Dabei entfährt mir unbeabsichtigt ein erschöpftes Stöhnen. Hoffentlich deutet er mein Geseufze nicht wieder als plumpe Anmache.

Die Kassiererin hat leider überhaupt kein Verständnis für Kundinnen, die rumstöhnen und ihr zeitraubende Extraarbeit bescheren.

«Denn muss ick det ja allet stornieren», verkündet sie ungehalten und richtet sich dann zu den Wartenden in der Schlange. «Det kann dauern, Herrschaften.» Energisch beugt sie sich zu dem Mikrophon neben ihrer Kasse und drückt auf einen Knopf. Kurz darauf erschallt im gesamten Supermarkt ein schriller Klingelton.

«Sylviaaa, Stornooo», brüllt die Kassiererin.

«Nicht nötig», mischt sich der Wuschelkopf ein und zieht

mit einer lässigen Geste ein dickes Bündel Scheine aus der Tasche seiner Jeans. «Ich regele das.»

Entnervt brüllt die Kassiererin erneut ins Mikro: «Iss juuut, Sylviaaa, hat sich erledigt.»

Perplex von so viel unerwarteter Hilfsbereitschaft starre ich meinen Retter an und stottere: «Ähm, danke, das … das ist … nett.»

Während ich die Sachen in die Tüte packe, könnte ich mich selber ohrfeigen. Was rede ich denn für einen Müll? *Nett* ist doch die kleine Schwester von *langweilig*. Und jetzt lächelt der Typ mich schon wieder so unverschämt süß an!

Wow! Mein schiefes Grinsen ist ganz bestimmt super dämlich. Doch ich kann einfach nicht anders: Vor meinem geistigen Auge sehe ich meinen Held in einer glänzenden Rüstung auf einem weißen Pferd aus dem Supermarkt reiten.

Draußen, auf der Straße, habe ich mich wieder gefangen. Von dem wolkenlos blauen Himmel strahlt die Julisonne, und ein leichter Sommerwind zerzaust meine Haare.

Ich atme tief ein.

Langsam lässt meine Übelkeit nach. Die Vision ist verschwunden – mein Ritter ist es zum Glück nicht.

Befangen wandert mein Blick nach unten, zu seinen Füßen. Es sind äußerst gepflegte Füße in schwarzen Flipflops. Möglichst unauffällig versuche ich auch den Rest von ihm zu betrachten, was nicht so einfach ist. Er ist um einiges größer, und ich muss den Kopf heben.

«Das war wirklich … ähm … sehr hilfsbereit von dir», stottere ich eine Spur zu süßlich, presse meine Tüte an mich und trete unbeholfen von einem Bein aufs andere. «Wohnst du hier in der Nähe? Dann flitze ich schnell zur Bank und …» Ich stocke, als mir einfällt, dass ich dort ja keinen Cent kriege.

«Meine Adresse?», fragt er zögernd, während er seine Einkäufe zwischen seinen Füßen abstellt. Dabei blinzelt er mich nachdenklich an und senkt dann unvermutet den Blick, als hätte ich ihm ein unsittliches Angebot unterbreitet.

«Oder ich schicke es dir per Post», ergänze ich schnell, um keine neuerliche Vision aufkommen zu lassen. Aber es ist zu spät. In Gedanken liege ich schon in seinen Armen.

«Ja, also … meine Adresse …» Stirnrunzelnd kratzt er sich am Kopf, als wäre ihm die Antwort entfallen. «Wie wär's stattdessen mit … äh … einem Kaffee?»

Wieso hat er jetzt gestottert? Hegt er etwa ähnlich schlüpfrige Gedanken wie ich? Nein, das kann nicht sein. Wahrscheinlich hat er eher schlechte Erfahrungen mit Frauen gesammelt, die ihm auf die Pelle rücken – so süß, wie er aussieht. Der Gedanke kam mir ja schon bei unserer ersten Begegnung am *Curry-Eck*.

Ich schiebe meine Haare aus dem Gesicht und suche seinen Blick. «Oh … ähm, ja … dazu würde ich dich natürlich gerne einladen, aber leider hab ich ja kein Geld bei mir … wie du weißt. Ich müsste also auf jeden Fall erst mal welches besorgen. Geld, meine ich.» Ich stelle mir vor, wie wir in einem Café sitzen und uns plötzlich küssen.

Schmunzelnd unterbricht er meine Gedanken. «Wie wär's dann mit Abendessen?»

Auweia, das gibt aber einen wirklich teuren Einkauf, denke ich resignierend. In welchem Restaurant kann man zu zweit für zwanzig Euro essen? Außer *Beim ollen Wilhelm* ein paar Buletten.

Unsere Blicke treffen sich. Mir wird schon wieder flau. Ich kann es nicht genau benennen, aber da ist etwas in seinen hellgrünen Augen, das geht mir durch und durch – wie ein Messer durch weiche Butter.

Was mache ich jetzt? Ich will ihn unbedingt wiedersehen! «Wie heißt du eigentlich?», wechsle ich unvermittelt das Thema.

«Ben. Und du?»

«Nelly. Mir gehört das Yogastudio in der Bremer Straße», informiere ich ihn ungefragt. «Wir könnten uns später dort treffen. Meine letzte Stunde endet um acht.»

«Oh, das Yogastudio», antwortet er, als sei das die Überraschung des Jahres. Schließlich nickt er lächelnd. «Was hältst du davon, wenn ich dich dort abhole. So um halb neun?»

«Ja, gerne», hauche ich verzückt.

Er nimmt seine Einkäufe hoch und wendet sich zum Gehen. «Dann bis heute Abend, Nelly. Ich freu mich.»

Beschwingt wackle ich in Richtung Studio. Wer hätte gedacht, dass Einkaufen ohne Geld doch Spaß macht? Mein Magengrummeln ist weg, dafür flattert jetzt ein ganzer Schwarm Schmetterlinge durch meinen Bauch. Denn dieser süße Typ hat nicht nur meine Lebensmittel bezahlt, sondern auch mit mir geflirtet! Eigentlich wollte ich mich ja auf meine Arbeit konzentrieren. Doch jetzt kann ich nur noch an Ben denken.

Was für ein Blick!

Was für ein Lächeln!

Was für ein Tag!

Ist das die vielgerühmte Liebe auf den ersten Blick?, schießt es mir durch den Kopf.

Quatsch! Ich bin doch keine sechzehn mehr und schon

lange immun gegen solch unüberlegten Blödsinn der Hormone. Mich muss ein Mann überraschen, damit ich Feuer fange. Er muss etwas Außergewöhnliches tun. Knöpfe annähen, zum Beispiel. Oder ungefragt den Kühlschrank auffüllen oder …

Immerhin gehört Ben offensichtlich nicht zu den Männern, die sofort nach der Handynummer fragen und sich dann doch nicht melden. Nein, Ben ist ein Mann der Tat!

Und ich werde heute Abend für ihn kochen und –

Was bin ich doch für eine vergessliche Träumerin! Als würde mir jemand einen Faustschlag verpassen, fällt mir in diesem Moment ein, dass ich heute Abend ja für Britta kochen wollte.

Ich werde noch vor der Yogastunde versuchen, sie auf ihrem Handy zu erreichen. Aber jetzt muss ich erst mal nach Hause flitzen, die Lebensmittel verstauen und mir eine paar Klamotten für heute Abend aussuchen.

Und als hätte Brittas hypersensible Notantenne es mal wieder geortet, in welcher Zwickmühle ich stecke, finde ich zu Hause eine SMS von ihr auf meinem Handy:

Sorry, bei mir klappt es heute leider doch nicht!
LG, Britta.

Schnell simse ich zurück, dass wir das Essen verschieben, und atme erleichtert auf. Ihre unerwartete Absage beweist erneut: Manche Dinge erledigen sich auch ohne Zutun.

Nach der letzten Poweryogastunde kann ich es kaum erwarten, Ben wiederzusehen. Unter der Dusche sehe ich ihn vor mir: seine grünen Augen, das Lächeln und wie er «Bis heute Abend, Nelly» zu mir gesagt hat. Trotz des heißen Wassers jagt mir die Erinnerung einen Schauer über den Körper.

Allmählich leert sich auch das Studio, und um zwanzig nach acht bin ich allein. Nervös verschanze ich mich hinter meinem Tresen, schiebe die ungeöffnete Post von einer Ecke in die andere, nestle an den Stundenplänen herum und fixiere die große runde Bahnhofsuhr an der Wand hinter mir. Als die Zeiger auf zwanzig vor acht rücken, fange ich an zu grübeln. Er wird mich doch nicht versetzen?

Als ich zum x-ten Mal vor den Spiegel in der Umkleide laufe, um meine sowieso nicht zu bändigende Frisur zu überprüfen und mir noch einen Tropfen *Daisy* hinters Ohr zu tupfen, vernehme ich endlich seine Stimme.

«Nelly?»

Er ist da! Ich hab's gewusst! Ben gehört nicht zu diesen unzuverlässigen Typen, die Frauen nur so aus Jux anmachen, um zu testen, ob sie jede kriegen könnten.

Aufgeregt, wie ich bin, muss ich mich zu einem gemäßigten Schritttempo ermahnen. Ich bin doch keine notgeile Tussi, die einem Mann gleich am ersten Abend ihre Liebe erklärt und eindeutige Zugeständnisse verlangt.

Ein letztes Mal zupfe ich die Spaghettiträger meines geblümten Sommerkleids zurecht, verknote die rosa Strickjacke um die Hüfte und biege langsam von den Duschräumen zum Eingang.

Ben wartet mitten in dem kleinen Vorraum und strahlt, als er mich kommen sieht. Er trägt eine schmalgeschnittene, schwarze Hose, dazu ein schwarzes Hemd mit roten Punkten, dessen Ärmel aufgekrempelt sind, und schwarze Turnschuhe mit roten Schnürsenkeln. Sein Haar ist unverändert wuschelig, wirkt aber frisch gewaschen, und das markante Kinn ist glatt rasiert.

«Hi.» Lächelnd schreite ich auf ihn zu.

«Hi, Nelly.»

Einen sehnsüchtigen Augenblick lang hoffe ich, er würde sich vorbeugen, um mir ein Begrüßungsküsschen zu geben. Doch er streckt mir nur die Hand entgegen.

«Du siehst zauberhaft aus.»

Meine Knie werden weich, als ich die Wärme seiner Hand spüre und seinen herbfrischen Duft einatme.

«Danke», flüstere ich verlegen. «Schickes Hemd.»

Ben scheint meine Nervosität nicht zu bemerken. «Bitte entschuldige die Verspätung. Normalerweise bin ich eher überpünktlich. Aber ich musste noch einen Anruf mit …» Er stockt. «Äh, leider hat das Gespräch länger gedauert.»

Ich ahne sofort, dass Ben mit einer Frau telefoniert hat. Aber wieso habe ich den Eindruck, dass ihm das unangenehm ist?

«Hast du auch ordentlich Hunger?», fragt er.

«Und wie!», platze ich wie ein Kind heraus und spüre, dass ich rot werde. Zu sagen, dass ich abends immer Riesenportionen verdrücke, kann ich mir gerade noch verkneifen.

«Super.» Er sieht tatsächlich begeistert aus. «Ich hatte schon befürchtet, du wärst …» Er stockt erneut.

«Du meinst, weil ich so schlank bin, esse ich nichts?»

Er grinst verlegen. «So ähnlich.»

«Da musst du keine Bedenken haben», erwidere ich. «Diäten sind nichts für mich. Mit Essen kannst du mich immer kriegen … ähm …» Also nicht, dass er das jetzt missversteht! Hastig versuche ich die Situation durch eine Erklärung zu retten. «Wenn ich Yoga unterrichte, bin ich danach immer sehr hungrig. Außerdem esse ich einfach gerne.»

«Na, dann los», fordert Ben mich auf und blinzelt mich lächelnd an. «Was hältst du von Mädchen ohne Abitur?»

«Hm … Tja, also, wer einen akademischen Beruf anstrebt, braucht sicher Abitur, aber mit meinen Noten würde ich trotzdem keinen Studienplatz bekommen.»

«Ich spreche von dem Restaurant in Kreuzberg. Das heißt *Mädchen ohne Abitur*.» Seinem Gesichtsausdruck nach zu schließen, amüsiert Ben sich. «Hat mir ein Freund empfohlen. Soll super sein.»

«Äh, weiß ich doch», behaupte ich grinsend, als wäre das mein Stammlokal. Dabei habe ich in Wahrheit noch nie davon gehört. Irgendwie traue ich mich auch nicht mehr, eine Einladung zu mir nach Hause auszusprechen. Zwar liegen da die leckersten Zutaten bereit, aber eigentlich ist es mir sogar lieber, einen wildfremden Mann nicht beim ersten Date in meinen vier Wänden zu haben – auch wenn er so attraktiv ist wie Ben.

Das kleine Lokal gefällt mir auf Anhieb. Dunkle Holztische für zwei oder vier Personen und bequeme Lederstühle vor rottapezierten Wänden. Die verspielten Wandlampen verbrciten gedämpftes Licht, das meine romantische Stimmung verstärkt.

Ich bin erstaunt, dass Ben dieses Lokal ausgesucht hat. Normalerweise bevorzugen Männer doch eher die coolgestylten Läden. Ob er etwas mit Kunst zu tun hat? Künstler tragen doch auch vorwiegend Schwarz, oder ist er etwa …

Huch!

Er wird doch nicht schwul sein?, schießt es durch meine krausen Gehirnwindungen. Das wäre auch eine Erklärung für seine weibliche Ader.

«Ein wirklich schräger Laden, oder?», bemerkt Ben, der meine Verunsicherung offensichtlich gespürt hat.

Ich studiere angestrengt die Speisekarte, auf der zu lesen ist, dass das *Mädchen ohne Abitur* im Jahr 1956 von der Schauspielerin Rosita di Capri gegründet wurde. Mit bürgerlichem Namen hieß sie Doris Bullenberg. Verständlich also, dass sie sich ein glamouröses Pseudonym verpasste.

Als ich bei den Gerichten angelangt bin und im Stillen die Preise überschlage, bleibt mir die Spucke weg. Der Sparschwein-Fünfziger, den ich zu Hause auf meinem Küchentisch wiedergefunden habe, reicht gerade mal für zwei Hauptgerichte mit Getränken. Sollte Ben aber auch noch eine Vorspeise und ein Dessert bestellen wollen, werde ich wohl Teller spülen müssen.

«Du bist natürlich mein Gast», dringt Bens Stimme in meine panischen Überlegungen.

Er kann wirklich Gedanken lesen! Und so ein Traummann läuft frei rum? Kaum zu glauben. Aber da sich unsere Wege nun mal gekreuzt haben, hoffe ich, dass Fortuna mir auch weiterhin helfen wird.

«Dann lass mich aber wenigstens die Drinks bezahlen»,

antworte ich. «Irgendwie muss ich mich doch bei dir für deine Spontanhilfe im Supermarkt bedanken.»

«Okay», sagt er schmunzelnd. «Einladung angenommen. Für einen Absacker in einem Club später. Und jetzt verrate mir, worauf du Appetit hast.»

Er sieht nicht nur aus wie ein Traummann, er benimmt sich auch noch so, stöhne ich lustvoll in mich hinein und widme mich schnell wieder der Speisekarte, auf der so exotische Bezeichnungen wie *Verschollen in Rio*, *Flammendes Inferno* oder *Abends in der Mondscheinallee* zu finden sind. Dahinter verbergen sich Fischfilet in Kokosmilch, Thaicurry mit Garnelen und Brotkuchen mit Vanillesauce.

«Hm, ich schwanke zwischen *Rio* und *Inferno*», erwidere ich und verschweige lieber, dass ich ohne weiteres beides verdrücken könnte. Sonst denkt Ben noch, ich wäre verfressen.

«Also ich würde am liebsten beides essen», erklärt er.

Jetzt entfährt mir doch ein Seufzer. «Ich auch.»

Ben strahlt mich an. «Dann bestelle ich beides, und wir probieren voneinander.»

Wäre ich nicht sowieso schon hin und weg von diesem gutaussehenden Mann, wäre es spätestens jetzt um mich geschehen. Meiner Meinung nach erkennt man einen Traummann nämlich nicht daran, ob er gute Manieren hat, einen schick ausführt oder mit dicken Geschenken überhäuft. Mein Traummann muss meine geheimsten Wünsche erraten – und zwar genau im richtigen Moment.

Wir bestellen die Hauptgerichte und die Getränke beim Kellner. Ben möchte alkoholfreies Bier und ich ein Mineralwasser. Als wir wieder allein sind, wird er plötzlich ungewöhnlich ernst.

«Seit einem alkoholgetränkten Abend, der traumatisch endete, nehme ich Bier nur noch in homöopathischen Dosen zu mir.»

«Und ich muss morgen wieder unterrichten», erkläre ich meine Abstinenz.

Übereinstimmung in den kleinen Dingen des Lebens soll ja angeblich die beste Voraussetzung für eine glückliche Ehe sein … Stopp!, ermahne ich mich. Wir haben uns noch nicht einmal geküsst. Ach was, geküsst, wir kennen uns gerade mal einen halben Tag!

Nachdem die Getränke serviert wurden, erhebt Ben sein Glas. «Auf eine ganz besondere Frau.»

Ich wollte schon immer etwas Besonderes sein. Aber dass mich Ben dafür hält, macht mich nun doch verlegen. Mit hochrotem Kopf sehe ich ihm beim Anstoßen kurz in die Augen.

«Das ist kein hohler Spruch», erklärt Ben. «Die Taxifahrt hierher eingerechnet, haben wir jetzt über eine halbe Stunde miteinander verbracht, und du hast noch immer nicht *die* Frage gestellt.»

Ratlos blicke ich ihn an und muss dabei wohl ziemlich naiv aussehen, denn Ben lacht herzhaft. «Du ahnst nicht mal, wovon ich spreche, oder?»

«Nein.» Ich zucke die Schultern, als wäre es mir gleichgültig. Aber selbstverständlich brenne ich darauf, zu erfahren, wovon er spricht.

Ben genehmigt sich erst noch einen Schluck Bier. «Ich meine die Frage: *Und was machst du beruflich?* Alle Frauen fragen das gleich zu Beginn. Sie wollen möglichst schnell abklären, ob man sie angemessen mit Austern, Kaviar und Trüffel füttern kann. Oder ob sie sich auf Dosenfutter einstellen müssen. Aber dich scheint Geld nicht die Bohne zu interessieren, und das finde ich erstaunlich.»

«Stimmt. Ich nehme ja nicht mal welches zum Einkaufen mit», erwidere ich kichernd. «Aber mich interessiert schon, was du machst. Einfach, weil ich gerne alles über dich wissen möchte.» Oje, kam das jetzt zu offenherzig rüber? «Ähm, ich meine, sonst würde ich ja auch nicht hier sitzen … Aber ich bin vielleicht einfach zu schüchtern oder zu gut erzogen, um gleich mit der Tür ins Haus zu fallen.»

Erstaunt zieht er seine schöngeschwungenen Augenbrauen hoch. «Ein Mädchen aus gutem Haus.»

Mama wäre begeistert, das zu hören. Und von Ben klingt es tatsächlich wie ein Kompliment. Dennoch könnte er es ja auch scherzhaft meinen, und deshalb frage ich etwas provokant: «Mit was für Frauen bist du denn sonst so zusammen?» Darauf kann er jetzt aber nicht ausweichend antworten.

Seine Miene verfinstert sich kurz, und die Narbe auf der Stirn rötet sich. «Ach, das willst du gar nicht wissen», behauptet er ausweichend.

Das will ich wohl! Vor allem will ich aber wissen, ob er eine Freundin hat. Doch bevor ich etwas erwidern kann, wird unser Essen serviert. Also zähme ich meine Neugier.

«Das riecht köstlich!»

«Wer bekommt was?» Ungeduldig balanciert der Kellner die Teller vor sich her. Als wir uns ratlos ansehen, stellt er die Gerichte einfach auf den Tisch und schlägt schmunzelnd vor: «Jut, ihr könnt es ja ausknobeln, wa?»

Ben überlässt mir die Auswahl.

Zu meiner Gemütslage passend, entscheide ich mich fürs *Inferno*. Und nachdem ich die leckeren Garnelen gekostet habe, stelle ich ihm dann noch eine weitere heikle Frage: «Erinnerst du dich eigentlich nicht an mich?»

Irritiert blickt Ben auf. «Wir sind uns heute Mittag im Supermarkt begegnet.»

«Ja, du warst mein Retter in allerhöchster Not.»

«Jederzeit wieder», scherzt Ben, während er vorsichtig sein Fischfilet zerteilt.

«Danke, sehr beruhigend. Ich lasse dich wissen, wenn ich wieder mal ohne Bargeld shoppen möchte ... Aber wir sind uns tatsächlich schon vorher über den Weg gelaufen. Gestern Morgen.»

Ben lässt sein Besteck auf den Teller sinken und sieht mich ungläubig an. «Das wüsste ich.»

«Mein Kühlschrank war leer, und ich wollte was Deftiges frühstücken», beginne ich. «Und da –»

«Und da bist du zur Currywurstbude gegangen, richtig?»

Mir wird ganz warm ums Herz. Er erinnert sich also doch. «Genau. Und zwar zum *Curry-Eck*, und du warst auch da und hast was gegessen.»

«Tut mir leid», unterbricht mich Ben. «Ich versuche gerade ... na ja, mit einem unangenehmen Problem fertig zu werden. Deshalb bin ich zurzeit gedanklich oft total abwesend.»

«Entschuldigung angenommen», erwidere ich und schildere ihm die Situation an der Wurstbude.

«Stimmt», erinnert sich Ben nun. «Ich war gerade dabei, zu telefonieren ... Nun, wie gesagt, es war ziemlich unangenehm, und da habe ich meine Umgebung wohl total ausgeblendet.»

«Ist doch nicht schlimm», entgegne ich leichthin. «Ich hatte meine Haare ja auch unter einem Käppi versteckt. Und ohne meine rote Mähne erkennt mich nicht mal meine eigene Mutter.»

«Magst du deine Haare denn nicht?» Ben kann es anscheinend nicht fassen.

«Nicht immer, diese Kräuselwolle ist oft nur schwer zu ertragen», erkläre ich schulterzuckend.

«Also ich mag deine Haare. Ganz besonders, wenn du dir eine Strähne um den Finger wickelst und scheinbar vor dich hin träumst.» Ben schaut mir direkt in die Augen und grinst. «Du weißt, was man über Frauen mit roten Haaren sagt?»

«*Krauses Haar, krauses Gehirn*, hat meine Großmutter immer gesagt», erkläre ich ablenkend. Denn natürlich weiß ich, dass man Rothaarigen nachsagt, sie wären besonders leidenschaftlich im Bett. Aber ich will nicht, dass unser erstes Treffen in eine schlüpfrige Richtung abrutscht. Na ja, jedenfalls nicht gleich. Ich möchte wenigstens noch aufessen. «Von ihr habe ich die Haare geerbt. Genaugenommen bin ich aber rotblond.»

Offensichtlich hat Ben mein Ablenkungsmanöver durchschaut. «Aha, also eigentlich fast blond», entgegnet er augenzwinkernd. «Und deshalb stehst du dann schon mal ohne Geld an der Supermarktkasse …»

Er sieht nicht nur gut aus, er hat auch noch Humor!

«Nein», erkläre ich schlagfertig, «das ist ein uralter Trick, um reiche Männer kennenzulernen. Der funktioniert aber nur bei rothaarigen Frauen.»

Wir blödeln noch eine Weile so weiter, tauschen irgendwann unsere Teller und unterhalten uns prächtig über dies und das. Zwar verrät Ben im Laufe des Gesprächs tatsächlich kaum etwas über seinen Beruf (nur, dass er für seine Firma geschäftlich viel unterwegs ist und sich ständig auf Flughäfen rumtreiben muss). Aber ich hatte schon lange nicht mehr einen so vergnüglichen Abend. Außerdem ist es ja auch sehr angenehm, dass Ben keiner dieser Typen ist, die den ganzen Abend über sich und ihren ach so wahnsinnig tollen Job monologisieren. Meistens merken die Kerle nicht einmal, dass sie einen mit ihren Vorträgen tödlich langweilen. Noch schlimmer allerdings ist, wenn sie sich die ganze Zeit über die Ex-Freundin auskotzen. Bei Ben bin ich aber so schrecklich neugierig. Ich will unbedingt wissen, ob er Single ist und ich mir Hoffnungen machen darf.

Gerade als ich mir eine entsprechende Fangfrage überlege, piepst sein Handy. Er entschuldigt sich für die Störung, angelt sein iPod aus der Hosentasche und wirft einen kurzen Blick darauf. Wie mir seine zusammengekniffenen Augen verraten, fühlt er sich von der SMS gestört.

Ich weiß, dass Neugier unhöflich ist, aber ich kann mich nicht beherrschen. «Probleme?», frage ich leise.

«Ach», wehrt er unwillig ab und schaltet das Handy aus. «Manche Menschen kapieren einfach nie, wann … äh … wann eine Sache gelaufen ist. Gleich morgen besorge ich mir eine neue Handynummer, dann ist das Problem gelöst.»

Offensichtlich will er nicht darüber sprechen. War das seine Ex? Lange kann ich meine Neugier nicht mehr zügeln. Ich werde einfach das Gefühl nicht los, dass Ben etwas belastet. War mit «Sache gelaufen» eine beendete Beziehung gemeint? Ob er von einer Frau bedrängt wird? Oder hat es vielleicht mit der dicken Geldrolle zu tun, die er im Supermarkt aus der Tasche zog?

Sofort kommt mir ein schrecklicher Gedanke: Er wird doch nicht in irgendwelche krummen Geschäfte verwickelt sein? Drogen?!

Ich spüre, wie mir das Blut in die Wangen schießt und mein krauses Gehirn Purzelbäume schlägt. Drogenhändler sind doch auch viel mit dem Flugzeug unterwegs. Bleibt er deshalb so vage, was seinen Beruf betrifft?

Berlin ist bestimmt ein lukrativer Platz für jegliche Art von Drogen. Wie man inzwischen weiß, dröhnen sich ja nicht nur Künstler und Schauspieler, sondern auch Politiker regelmäßig zu.

Ach du Schreck, bin ich etwa dabei, mich in einen Kriminellen zu verlieben?

«Ist dir nicht gut?» Ben blickt mich aufmerksam an. «Du glühst ja.»

«Ähm … nein», stottere ich. «Das *Inferno* war wohl doch etwas zu scharf. Aber auch unheimlich lecker», schiebe ich eilig hinterher, damit er nicht denkt, das Essen hätte mir nicht geschmeckt.

«Dann brauchen wir jetzt dringend eine Abkühlung», schlägt er vor und winkt dem Kellner. «In Mitte gibt es ein einen ziemlich coolen Jazz-Club. Da kannst du mir einen Absacker ausgeben.»

Als die Rechnung kommt, zieht Ben wieder einen Packen Scheine aus der Hosentasche.

«Du kannst Kreditkarten wohl nicht leiden?», frage ich und zwirble verträumt eine Haarsträhne um meinen Finger.

Kein Wunder, dass ihn alle Frauen als Erstes fragen, womit er sein Geld verdient. Ist doch eher ungewöhnlich, dass man heutzutage noch so viel Bares mit sich rumschleppt, oder? Und jetzt fallen mir auch seine gepflegten Hände auf. Nach körperlicher Arbeit sehen die jedenfalls nicht aus. Die Chance, dass Ben sein Geld als Surflehrer oder in einem seriösen Beruf wie Schreiner oder Installateur verdient, sind gleich null.

«Aha, du stehst also auf Kreditkarten», stellt Ben scherzhaft fest, bezahlt die Rechnung in bar und legt noch zehn Euro Trinkgeld drauf.

Puh! Das nenne ich großzügig. Oder ist das schon großkotzig? Ich spüre einen Stich in der Herzgegend. Nur eine Idiotin würde nicht merken, dass dieser Mann etwas verheimlicht.

Durchatmen und keine Panik!, ermahne ich mich. Es muss doch eine Möglichkeit geben, ihn ein bisschen auszufragen.

Als wir wenig später, jeder mit einer Flasche Bier in der Hand, im *b-flat* der Jazzmusik lauschen, beginne ich mit der dümmsten Frage aller Zeiten.

«Kommst du oft hierher?»

«Seit einiger Zeit nicht mehr», erwidert Ben knapp. Mehr will er offensichtlich nicht verraten.

«Dabei ist es doch ganz cool hier», werfe ich ein.

«Na ja, um ehrlich zu sein, ist die Musik hier immer ziemlich laut. Wirklich unterhalten kann man sich dabei natürlich nicht.»

Tja, unglücklicherweise ist es hier nicht so voll, dass man zwangsläufig auch miteinander kuschelt, denke ich und nehme noch einen Schluck Bier.

Also bleibt es beim Austausch von Blicken und bei verlegenem Lächeln. Nach einer Weile spielt die Band einen melodischen Blues, und schon bei den ersten Klängen würde ich mich gerne an Bens Schulter schmiegen. Aber ich kann mich ihm ja wohl schlecht so einfach an den Hals werfen. Und ich bin auch keine dieser tollpatschigen Filmdarsteller, die in solchen Momenten grundlos taumeln. Ich werde einen anderen Weg finden müssen.

Vorsichtig trete ich von einem Bein aufs andere und rücke unauffällig näher, bis ich Bens Hemdsärmel auf meiner Haut spüren kann. Als ich gerade überlege, ob ich nicht doch mal eben über meine eigenen Füße stolpern sollte, legt Ben plötzlich seinen Arm um mich und beugt sich zu mir. Sein Gesicht ist ganz nah an meinem Ohr.

«Lass uns abhauen, ja?», flüstert er.

Das tiefe Timbre seiner Stimme kribbelt so sehr in meinem Kopf, dass ich mich beherrschen muss, um nicht zu erwidern: *Zu dir oder zu mir?*

«Ähm, ja, gern», höre ich mich stattdessen sagen. «Ist sowieso schon spät.»

Auf dem Weg nach draußen dreht sich Ben mehrmals nervös um.

Merkwürdig. Fühlt er sich etwa verfolgt? Wird er beschattet? Von der Drogenmafia? Ist das der Grund, warum er die Kneipe so unvermittelt verlassen will? Oder hat er womöglich genug von mir?

Auf der Straße steht die unausgesprochene Frage nach dem Was-jetzt-und-Wohin? zwischen uns wie eine unüberwindbare Mauer. Und ehe sich mein Traummann von mir verabschieden kann, komme ich ihm zuvor.

«Danke, Ben, das war wirklich ein wunderbarer Abend.»

«Willst du etwa schon nach Hause, Nelly?»

Verwundert sehe ich ihn an. «Ähm, eigentlich nicht, aber ich muss leider.» Irgendwie werde ich nicht schlau aus ihm. «Also wenn ich nicht ausreichend schlafe, fallen mir morgen im Unterricht die Augen zu, sobald ich ein paarmal tief durchatme.»

«Das leuchtet mir ein.» Ben nickt verständnisvoll. Er winkt einem vorbeifahrenden Taxi und besteht darauf, mich nach Hause zu bringen.

Ich lächle ihn verzückt an und sage wohlerzogen: «Danke, gern.»

Auf der Fahrt von Mitte nach Moabit sitzen wir schweigend im Fond. Vielleicht war ich doch zu spröde und zugeknöpft?, überlege ich. Ben sieht ständig aus dem Fenster, beugt sich vor und zurück, als wären wir auf einer Stadtrundfahrt. Ob er enttäuscht ist von mir? Vielleicht hat er sich den Abend ganz anders vorgestellt. Wir leben schließlich in raketenschnellen Zeiten, wo man einen Traummann nicht so einfach von der Bettkante schubsen sollte – wenn er sich überhaupt darauf setzen möchte. Ich kann schließlich nicht behaupten, dass mich die Männer umschwärmen, als wäre ich *Germanys next Topmodel.* Ich ärgere mich schon, weil ich es vermasselt habe, als Ben plötzlich nach meiner Hand greift und sie liebevoll drückt.

Augenblicklich lasse ich meinen Kopf auf seine Schulter sinken und seufze. Nicht zu dramatisch, es ist mehr ein sanftes Durchatmen, aber intensiv genug, damit er merkt, wie wohl ich mich neben ihm fühle.

Als der Wagen vor meinem Haus anhält, bittet Ben den Fahrer, er möge noch einen Moment warten. Zuvorkommend steigt er mit mir aus und begleitet mich zur Haustür.

Gibt es einen schlimmeren Moment als das Ende eines Rendezvous, wenn man sich gar nicht verabschieden möchte? Wenn man fürchtet, den anderen vielleicht nie wiederzusehen? Wenn man lieber die ganze Nacht auf Zehenspitzen vor der Haustür balancieren würde, als den Traummann im Taxi davonfahren zu lassen? Wenn einem die richtigen

Worte fehlen? Was sagt man in solchen Situationen, ohne sich zu blamieren oder preiszugeben, dass man bereits hemmungslos verliebt ist?

«Sehen wir uns wieder, Nelly?» Mitten in meinen konfusen Ängsten dringt Bens Stimme zu mir.

Mein Herz schlägt mit einem Mal so heftig, dass es noch drei Häuser weiter zu hören sein muss. Verunsichert krame ich in meiner Handtasche nach dem Hausschlüssel. Ich versuche, klar zu denken und mich so normal wie möglich zu verhalten.

«Warum nicht.» Ich unterbreche meine Schlüsselsuche und könnte mich im gleichen Moment selbst ohrfeigen. Was rede ich denn da für einen hirnverbrannten Blödsinn? Ben hat mich doch nicht gefragt, ob ich eine Zeitung abonnieren möchte! «Ähm … ich meine … Ja, sehr gerne.»

Wortlos nimmt Ben meinen Kopf in seine Hände und sieht mich schmunzelnd an. «Gut, dann wäre das ja geklärt.»

Ich komme nicht dazu, etwas zu erwidern, denn er zieht mich an sich und küsst mich. Erst nur ganz zart, dann immer drängender. Sein Mund ist weich und warm, und ich lasse mich einfach in dieses berauschende Gefühl der Begierde fallen. Ich wünsche mir, für immer in seinen Armen liegen zu können – oder wenigstens für ein paar Stunden mit ihm in einem altmodischen Lift stecken zu bleiben. Ungewollt sehe ich mich in einem weißen Traumkleid mit Krönchen und Schleier zum Altar schreiten, als mich plötzlich eine Hupe aus meinen Träumen reißt.

Dieser verdammte Taxifahrer!

Ben löst sich von mir, hält mich aber immer noch fest in seinen Armen. «Ich ruf dich an.»

«Ist das nicht der Spruch, den man zu einer Frau sagt, wenn man sie garantiert nicht wiedersehen will?», frage ich amüsiert.

Ben lacht direkt an meinem Ohr leise auf und flüstert: «Du bist nicht nur die schönste Frau, die ich je getroffen habe, sondern auch die außergewöhnlichste. Schon allein deshalb kannst du sicher sein, dass ich dich garantiert anrufen werde. Oder nein! Wir müssen gar nicht erst lange telefonieren … Wie wär's mit einem kleinen Mittagessen morgen? Du machst doch eine Pause?»

«Ja», hauche ich verzückt.

6

Am nächsten Vormittag schwebe ich während der beiden Unterrichtsstunden über der Matte wie ein Yogi auf allerhöchster Meditationsstufe. Ich bin so glücklich, dass ich die wenigen Schülerinnen kaum wahrnehme.

Ach, was soll's, denke ich übermütig, es sind immerhin noch drei.

Immer wieder muss ich mich von schwülstigen Tagträumen losreißen und auf die Übungen konzentrieren. Das Leben ist rosarot, alles ist mit magischem Feenstaub überzogen, und ich bin so übermütig wie schon lange nicht mehr. Statt mir Gedanken über meine Probleme (hatte ich überhaupt welche?) zu machen, schlängelt sich nur noch ein einziges Wort durch meine entspannten Gehirnwindungen:

Ben.

Ben.

Ben.

Kurz vor zwölf ist dann die letzte Vormittagsstunde endlich vorbei. Ben wollte gegen halbeins hier sein. Also habe ich noch über dreißig Minuten. Zeit, um nach Hause zu sausen und mich in sexy Klamotten zu werfen. Heute Morgen habe ich in meiner trunkenen Glückseligkeit vergessen, mir gleich etwas mitzunehmen. Was ich hingegen nicht vergessen habe, ist, dass Ben gestern sagte, er sei normalerweise überpünktlich. Also klebe ich zur Sicherheit noch einen «Bin-gleich-zurück-Zettel» an die Tür und düse los.

Obwohl die Menge meiner verführungstauglichen Outfits sehr übersichtlich ist, dauert die Auswahl doch länger als geplant. Schließlich entscheide ich mich für einen weiten dunkelgrünen Rock und ein hellgrünes ärmelloses Top mit stilisierten Blüten und kleinem Stehkragen im asiatischen Stil. Dann schlüpfe ich schnell in schwarze Ballerinas, in denen ich rennen kann, denn inzwischen ist es allerhöchste Zeit.

Abgehetzt erreiche ich das Studio, wo vor der Tür eine meiner Schülerinnen wartet, eine ältere Schauspielerin. Ben ist nicht zu sehen.

«Hallo, Desiree. Kommst du mich besuchen?», frage ich verwundert, denn sie ist meine treueste Schülerin und trainiert gewöhnlich am Abend.

Wie immer ist sie bunt gekleidet – heute komplett in Rot-orange. Desiree hat immer noch die perfekte Figur eines jungen Mädchens (ihr tatsächliches Alter schätze ich allerdings auf Anfang fünfzig). Sie kann sich die knallengen Caprihosen leisten, in denen ihre schmalen Beine stecken. Aus den feuerroten Sandalen lugen rotlackierte Zehennägel hervor.

«Ach, ich würde liebend gerne mal nur zum Kaffeeklatsch vorbeikommen», erklärt sie und kramt in ihrer Tasche. «Aber du weißt ja: In meinem Alter kann nichts mehr die Cellulite aufhalten. Also muss ich rund um die Uhr auf der Matte liegen.»

Nur gut, dass sie bis jetzt noch nicht in dem neuen Fitnessclub hängengeblieben ist, denke ich und nicke ihr verständnisvoll zu. Ich schließe die Tür auf und lasse sie rein.

Verlegen überreicht sie mir einen Umschlag. «Das ist … äh … eine Kündigung, aber eine ganz freundliche. Soweit das überhaupt möglich ist …»

Also doch!

Sofort verfliegt meine gute Laune. «Hast du dich über irgendwas geärgert?», frage ich sie direkt. Britta hat recht, ich muss den Kündigungsgrund meiner Schüler erfahren, sonst weiß ich ja nicht, ob ich meinen Stundenplan oder sonst irgendetwas ändern muss.

Desiree schüttelt den Kopf. «Nein, es geht mir nur um den Sonntag, Nelly. Leider gibt's dann hier kein Training, und ich werde in den nächsten Monaten unter der Woche überhaupt keine Zeit mehr haben. Stell dir vor, mir wurde eine große Rolle angeboten. Die schrille Schwiegermutter in einer Telenovela. Eine echte Traumrolle! Ich kann es immer noch nicht fassen. Wo sich die Konkurrenz inzwischen doch bei jedem Casting auf die Füße tritt.» Verlegen fährt sie sich durch ihr kastanienbraunes Haar. «Ich hoffe, du verstehst, dass meine Kündigung nichts mit dir oder deinem Unterricht zu tun hat?»

Niemandem gönne ich ein lukratives Rollenangebot so sehr wie Desiree. Abgesehen von ihrem Talent als Schauspielerin, das sie viel zu selten zeigen darf, weiß ich von Britta, wie hart es für eine ältere Schauspielerin ist.

«Herzlichen Glückwunsch, Desiree.» Ich bemühe mich um ein aufrichtiges Lächeln. «Ich freu mich für dich, ehrlich. Aber darf ich dich etwas fragen? … Na ja, also, deine Kündigung ist nicht die erste. Und ich glaube, daran ist dieser neue Fitnessclub in der Turmstraße –»

«Genau!», unterbricht sie mich energisch. «Ich hab dort eine Probestunde genommen, damit ich meine alten Knochen auch am Sonntag bewegen kann, und einige Gesichter kamen mir ziemlich bekannt vor.»

«Das habe ich befürchtet.» Hilflos zucke ich die Schultern.

Wenn ich ihr jetzt mein Leid klage, fange ich noch an, mich wie ein Kleinkind an ihrer Schulter auszuheulen.

«Es tut mir echt leid», erklärt Desiree. «Schade, dass ich kein Promi bin wie meine Namensvetterin Desiree Nick. Ich bin ja höchstens ein C-Promi. Aber sobald ich es in die A-Klasse geschafft habe, trommle ich sämtliche Paparazzi Berlins zusammen und gebe eine Pressekonferenz.» Ihre goldbraunen Augen blitzen erheitert auf. «Desiree Engels in Yogi-Position oder so … Das wäre ein riesiger PR-Rummel und würde dir garantiert 'ne Menge Zulauf bringen. Aber bis ich olle Schachtel berühmt werde, das kann dauern. So lange können wir nicht warten. Du musst jetzt schon was unternehmen, Nelly. Auf gar keinen Fall darfst du tatenlos zusehen, wie alle zur Konkurrenz abwandern.»

«Ja, aber was soll ich bloß machen?»

«Hast du schon mal überlegt, sonntags doch Stunden anzubieten? Also ich wäre dann sofort wieder da», verspricht sie freudestrahlend.

Niemand kann einem so gut Mut machen wie Desiree. «Ich weiß, dass mein Stundenangebot nicht optimal ist», antworte ich. «Aber mit den großen Studios werde ich nie konkurrieren können, egal, ob ich nun sonntags auch noch unterrichte oder nicht. Ich versuche im Moment Kosten zu sparen und werde auch meine Wohnung aufgeben müssen. Falls dir also jemand über den Weg läuft, der eine Drei-Raum-Wohnung hier im Kiez sucht, meine wird frei.»

Mit sicherem Gefühl für theatralische Gesten lässt sich Desiree erschöpft auf einen der Stühle vor dem Wandgemälde nieder.

«Dann gib mir mal gleich deine Nummer.» Sie schlägt ihre langen schlanken Beine übereinander und angelt ihr

Handy aus der Tasche. «Schon möglich, dass von meinen Kollegen aus der Telenovela jemand eine Bleibe sucht.» Mit flinken Fingern tippt sie ein, was ich ihr diktiere.

«Danke, das ist wirklich nett von dir, Desiree, damit würdest du mir sehr helfen.»

Sie erhebt sich und erklärt: «Für ’ne gute Yoga-Lehrerin mach ich das doch gerne.»

Traurig sehe ich ihr hinterher. Ich werde sie vermissen. Besonders ihr aufmunterndes Lächeln, das mir schon oft half, weiterzumachen.

Also: durchatmen und sich dem Positiven zuwenden, sage ich mir und öffne den Briefkasten. Zwischen drei anderen Schreiben steckt auch eins vom Studiovermieter.

Nanu, was will der denn schon wieder von mir? Er hat mir doch eben erst geschrieben. Irritiert öffne ich das Kuvert.

Sehr geehrte Frau Nitsche,

leider haben Sie nicht auf meinen Brief vom 3. Juni reagiert. Auch die rückständigen drei Mieten sind weiterhin offen. Hiermit möchte ich Sie letztmalig bitten, den Betrag innerhalb von zehn Tagen zu begleichen. Andernfalls sehe ich unser Mietverhältnis als beendet an und muss Sie zur unverzüglichen Räumung des Mietobjekts auffordern.
Sollte sich dieses Schreiben mit der säumigen Zahlung überschneiden, sehen Sie es bitte als gegenstandslos an.

Mit freundlichen Grüßen
Hermann Jacobi

Unverzügliche Räumung? Was soll der Blödsinn?

Ich werde doch bezahlen. Ich habe das Geld von der Kaution ja schon so gut wie in der Tasche. Theoretisch könnte ich noch heute einen Nachmieter finden, der dann morgen den Vertrag unterschreibt, und spätestens nächsten Montag habe ich die Kaution auf meinem Konto. Es handelt sich also nur noch um ein paar lächerliche Tage.

Wieso ist Jacobi denn so ungeduldig?, frage ich mich, als mir schlagartig einfällt, dass ich vergessen habe, ihn anzurufen. Aber jetzt passt es mir leider auch nicht. Jeden Moment wird mein Traummann auftauchen, und so ein unerfreuliches Telefonat würde mir nur jede Menge Sorgenfalten einbringen. Ich will doch fröhlich aussehen und Ben auf keinen Fall mit meinen finanziellen Schwierigkeiten belatschern, dazu kennen wir uns noch zu wenig.

Bei Jacobi melde ich mich später, auf ein, zwei Stunden kommt es nun auch nicht mehr an.

Doch meine Geduld wird auf eine harte Probe gestellt. Ein Blick auf die Uhr verrät mir, dass Ben sich offensichtlich schon wieder etwas verspätet. Von Minute zu Minute wird mein Magenkribbeln stärker.

Um mich abzulenken, öffne ich auch noch die anderen drei Briefe, die unbeachtet auf dem Tresen liegen. Das hätte ich aber besser lassen sollen. Die Kuverts enthalten weitere Kündigungen. Langsam kann ich anfangen, zu zählen, wie viele Mitglieder mir überhaupt noch bleiben.

Meine Laune sinkt in ein tiefes schwarzes Loch, aus dem mich nur das Auftauchen meines strahlenden Helden holen könnte. Doch der lässt auf sich warten.

Als er eine Stunde später immer noch nicht aufgetaucht ist, suche ich halbherzig nach Entschuldigungen für seine

Verspätung. Ich rede mir ein, dass es bestimmt eine plausible Erklärung für alles geben wird. Vielleicht ist er ja auch selbständig und kann nicht einfach alles stehen- und liegenlassen, nur, weil er verabredet ist.

Mist, wir hätten doch Handynummern tauschen sollen.

Möglicherweise stimmt es ja auch, dass emanzipierte Frauen im wahren Leben von Männern gemieden werden. Dass sie lieber ein doofes Weibchen wollen, das sich bereitwillig an den Herd stellt und widerspruchslos die Blagen aufzieht, während er sich seinen Erfolg außer Haus sucht. Happy Ends gibt's eben doch nur im Kino.

In einem türkisfarbenen Trainingsanzug und einem extra netten Lächeln bin ich wenig später bereit, die Nachmittagsstunden abzuhalten. Ich will alles so perfekt machen, dass garantiert keiner mehr kündigt.

Doch der Trainingsraum füllt sich wieder nur spärlich. Zur Bodyshaping-Stunde, eigentlich eine der beliebtesten, erscheinen ganze fünf Frauen.

Es ist deprimierend.

Plötzlich sehe ich mich vor meinem geistigen Auge allein in meinem Studio frustriert auf eine leere Matte starren und tagelang vergeblich auf Schülerinnen warten. Irgendwann steht der Vermieter drohend in der Tür und fordert den Schlüssel, weil ich die ausstehende Miete nicht bezahlen konnte.

Der absolute Supergau.

Die anschließende Einsteiger-Stunde beginne ich mit einer Entspannungsübung für Nacken und Schultern, die ich selbst am allernötigsten habe.

«Auf die Fersen setzen … Bauch auf die Oberschenkel sinken lassen … Arme weit nach vorn … Hände vor euch auf den Boden legen … Finger spreizen … Tief ausatmen.»

Mit ganzer Kraft versuche ich alle Horrorvorstellungen von einer Pleite zu verbannen und nur an den Ablauf der Übung zu denken.

«Einatmen ... Kopf anheben ... Stellt euch vor, ihr müsst mit dem Hinterkopf eine schwere Last hochdrücken ... Ausatmen ... Kopf senken ... Lasst euren Atem dem Rhythmus der Bewegung folgen ... Und jetzt zwölf Wiederholungen», erkläre ich mit halblauter Stimme.

Zwischen den Anweisungen sehe ich immer wieder kurz hoch, um zu kontrollieren, ob eine der Schülerinnen meine Hilfe braucht. Eigentlich unnötig, es sind keine Neulinge gekommen. Seit Wochen hat sich niemand mehr angemeldet. Die Einsteigerstunde kann ich vermutlich auch bald vom Stundenplan streichen.

«Jetzt langsam nach oben in den Vierfüßlerstand kommen ... Ausatmen ... Der Hund dehnt sich ... Einatmen ... Den Po nach oben drücken ... Ausatmen ... Den Rücken strecken ... Das Gewicht auf die Hände verlagern.»

Ich lenke all meine Aufmerksamkeit auf meinen Körper und versuche die Übungen noch intensiver auszuführen. Ich spüre, wie meine Glieder warm werden und sich langsam Schweiß auf meiner Haut bildet. Es fühlt sich gut an, Hände und Füße auf die Matte zu drücken, jede einzelne Muskeldehnung zu verfolgen und mich nur auf den Atem zu konzentrieren. Ganz bei mir zu sein. An nichts zu denken ...

Ben!

Wie eine blinkende Neonschrift in dunkler Nacht leuchtet sein Name vor meinem geistigen Auge auf.

Stopp! Konzentration auf das Hier und Jetzt.

«Einatmen ... Ausatmen ...»

Am Ende der Stunde konnte ich Ben noch immer nicht

aus meinem Kopf vertreiben. Meine sonst so zuverlässige Vergesslichkeit hat hier versagt. Wie ein falsches Mantra drängt er sich mir immer wieder auf.

«Namaste», verabschiede ich meine fünf Schülerinnen und spreche den philosophischen Gedanken des Tages aus. «Stärke bedeutet nicht physische Kraft, sondern den unbeugsamen Willen, etwas erreichen zu wollen.»

Moment mal. Diese Weisheit von Mahatma Gandhi sollte ich nicht nur an meine Yoga-Klasse weitergeben, sondern vor allem selbst befolgen.

Also gut, den unbeugsamen Willen, mein Studio nicht aufzugeben, habe ich. Allerdings werde ich doch ein paar Muskeln brauchen – so ein Umzug ist schließlich immer mit Möbelschleppen verbunden. Und eine professionelle Umzugsfirma kann ich mir im Moment nicht leisten. Es wird mir also nichts anderes übrig bleiben, als mich selbst körperlich anzustrengen.

«Namaste.»

Die Antwort meiner spärlichen Schülerschaft unterbricht mein verzweifeltes Grübeln. Danach leert sich der Raum, und wenig später bin ich allein. Unfähig, mich zu bewegen, sitze ich da und warte auf den Mann, mit dem ich erst gestern den schönsten Abend seit langem verbracht habe. Auf den Mann, der mich so leidenschaftlich geküsst hat. Auf meinen Traummann.

Nach einer Stunde sind meine Entschuldigungen endgültig aufgebraucht. Enttäuscht gestehe ich mir ein, dass es in Wahrheit nur einen Grund für Bens Ausbleiben gibt: Ich bin versetzt worden! Ben hat kein Interesse an mir, und der gestrige Abend war eine einzige Lüge. Von wegen, ich sei eine außergewöhnliche Frau! Mister-ehrlicher-Blick dachte sicher nur an schnellen Sex. Und als er den nicht bekam, ist er ins Taxi gestiegen und hat mich an der nächsten Ecke schon vergessen. Und sollten wir uns mal zufällig begegnen, wird er vermutlich die Straßenseite wechseln.

Frustriert schnaufe ich vor mich hin. Traummänner gibt es eben nur im Traum. Mama hat recht: Ich muss aufwachen und mich um die Wirklichkeit kümmern. Und die ist nicht rosarot oder zuckersüß und auch nicht mit Feenstaub überzogen. Sie ist einfach nur grausam: vier Kündigungen, ein Drohbrief von Jacobi und ein Traummann, der sich als Albtraummann entpuppt hat.

Das war der absolut schwärzeste Tag meines Lebens.

7 Am nächsten Morgen hängen dicke, schwarzviolette Wolken über Moabit. Sie sehen aus, als brächten sie den Weltuntergang. Ein scharfer Wind verbiegt die Baumwipfel, und ein heftiges Sommergewitter scheucht die letzten Passanten übers Pflaster.

Tage, die so dunkelgrau beginnen, bringen garantiert nichts Gutes.

Als Kind habe ich es geliebt, vom Fenster aus Blitze zu beobachten und dicke Regentropfen an die Fensterscheiben trommeln zu sehen. Nach so einem Unwetter stapfte ich mit Britta durch die Pfützen in unserem Hinterhof, bis wir klatschnass waren. Hinterher steckte mich Mama in ein heißes Bad, dann durfte ich wieder ins Bett, um nicht krank zu werden.

Auch heute würde ich am liebsten zurück unter meine Bettdecke kriechen und so lange schlafen, bis alles vorbei ist – bis ich Ben vergessen habe.

Aber ich widerstehe der Versuchung. Pah! Wäre doch gelacht, wenn ich mich unterkriegen lassen würde. Die Ausbildung auf der Yoga-Akademie in Schöneberg habe ich schließlich auch geschafft. Und ich kann mich noch gut erinnern, wie schwer es war, die erforderliche Körperbeherrschung zu erlangen. Vor allem beim Kopfstand. Zu Beginn konnte ich mich nicht allein im freien Raum halten und musste die Beine gegen die Wand stützen. Aufgeben kam aber nicht in

Frage. Ich wusste, dass ich es schaffen würde – weil ich es schaffen wollte. Jeden Tag ging es etwas besser. Und eines Tages waren meine Bauch- und Beinmuskeln stark genug, die Balance zu halten. Es ist eine alte Weisheit: Wenn man eine Sache erst mal ans Laufen gebracht hat und dranbleibt, kommt der Rest von allein. Ab sofort werde ich mein Ziel fixieren und mich nur noch um mein Business kümmern. Männer können mir in Zukunft gestohlen bleiben!

Durchatmen und Konzentration auf das Wesentliche.

Also, warum warten, bis ich einen Nachmieter gefunden habe? Wer sagt denn, dass man eine bestimmte Reihenfolge bei der Problembewältigung einhalten muss? Es ist ja bereits beschlossene Sache, dass ich meine jetzige Wohnung aufgebe und bei Britta einziehe. Dann kann ich das auch sofort tun, oder nicht?

Aufgeregt drücke ich Brittas Kurzwahlnummer.

«Ja, Sonntag würde passen», erklärt sie unkompliziert wie immer. «Ich bin dieses Wochenende in Berlin und kann dir sogar beim Umzug helfen.»

«Du bist wirklich die allerbeste Freundin, die man sich wünschen kann, Britta.»

«Ach was, reine Berechnung», wehrt sie kichernd ab. «Sobald meine *Personal Trainerin* bei mir wohnt, erspart mir das viel Zeit.»

Als ich gegen halb neun auf dem Weg ins Studio bin, hört es endlich auf zu regnen.

Kaum habe ich die Tür aufgeschlossen, erscheint Ellen mit einem Baby, das sie in einem buntgemusterten Tuch auf den Hüften trägt.

Mit großen blauen Augen starrt die Kleine verwundert

auf mein geblümtes Käppi, bevor ein Lächeln über ihr niedliches Puppengesicht huscht.

«Das ist meine Suzy», erklärt Ellen. «Hast du eigentlich auch Kinder?»

«Nein … ähm, dazu fehlt mir noch der passende Vater», flachse ich, und ohne es zu wollen, muss ich wieder an Ben denken. Aber der scheint als zuverlässiger Vater so wenig geeignet zu sein wie ich als Psychotante.

Schnell verdränge ich den unzuverlässigen Surfertypen aus meinem krausen Gehirn und grinse Suzy breit an. Es muss ein tolles Gefühl sein, so ein kleines Wesen auf seinen Hüften zu schaukeln, denke ich versonnen und höre meine biologische Uhr ticken.

«Wie alt ist sie denn?», frage ich Ellen.

«Sechs Monate. Seit gestern», antwortet sie strahlend.

«Sie ist wirklich sehr süß.» Mehr fällt mir mangels Kindererfahrung auch nicht ein.

«Ja, wenn sie schläft, auf jeden Fall», seufzt Ellen und wirkt schon eine Winzigkeit weniger glücklich. «Aber ich bin wegen der Yogastunden hier.»

«Oh … ähm, prima!», erwidere ich begeistert. Ob sie ihr Kind mit in die Stunde nehmen will?

Ellen schiebt das Baby mit einer routinierten Bewegung von der linken auf die rechte Hüfte und zupft danach ihr verrutschtes rosa T-Shirt zurecht. «Ja, dein Unterricht ist nämlich der beste.»

«Danke, das freut mich», antworte ich und bedaure, dass meine Mutter das Kompliment nicht hören konnte. Vielleicht würde sie ihre Meinung über mein *Hobby* dann endlich ändern.

«Keine Übertreibung», untermauert Ellen ihr Kompliment. «Ich hab einige Studios ausprobiert, auch in Mitte und im Hansaviertel –» Sie bricht ab, um Suzy daran zu hindern, mit ihren kleinen Patschehändchen Mamas blonde Haare einzeln auszureißen.

«Konkurrenz belebt das Geschäft», behaupte ich großmütig, dabei brenne ich auf Einzelheiten.

«Dein philosophischer Satz am Ende der Stunde, zum Beispiel, hat mir besonders gut gefallen», fährt Ellen fort. «Er hat so etwas Aufbauendes. Und dass hier nur Frauen trainieren, finde ich auch sehr gut. Bei dir ist es irgendwie so … na ja, so alternativ.» Unsicher blickt sie mich an. «Hoffentlich empfindest du das nicht als abwertend, Nelly?»

«Nein, nein, ich fühle mich geschmeichelt», versichere ich lächelnd. «Ich will mich ja auch von anderen Studios unterscheiden.»

Suzy gibt unwillige Quieklaute von sich, als würde ihr unsere Unterhaltung schon viel zu lange dauern.

«Gleich gibt's was zu essen, meine Süße», flüstert Ellen ihr ins Ohr und wendet sich dann wieder an mich. «So, jetzt muss ich aber los, sonst fängt die Kleine noch an zu schreien.»

«Aha, verstehe», erkläre ich, weil ich keine Ahnung habe, was ich darauf antworten soll.

Ellen schultert ihren Rucksack und wendet sich zum Gehen.

War es das also? Wollte sie nur von der Konkurrenz berichten und mir ihren Nachwuchs vorführen?

Konsterniert betrachte ich das Mutterglück. Ganz allerliebst – wirklich. Aber will Ellen sich nicht endlich als neues Mitglied anmelden? Das würde mich vollends entzücken.

Ich beschließe, die souveräne Geschäftsfrau zu geben, die

es nicht nötig hat, auf Kundenfang zu gehen, und reiche ihr mit einer lässigen Geste einen Stundenplan über die Theke.

«Falls dich mal wieder die Trainingslust überkommt.»

Kopfschüttelnd nimmt sie den Rucksack wieder ab und kramt ihre Geldbörse hervor. «Über unserem kleinen Schwätzchen hätte ich jetzt beinahe vergessen, dass ich wegen eines Zehner-Tickets hier bin. Und sobald ich die Unterbringung der Kinder organisiert habe und weiß, wie oft ich trainieren kann, unterschreibe ich einen Mitgliedsvertrag.»

Innerlich breche ich in Freudenjubel aus. Ellens Besuch bringt einhundert Euro Cash ein!

Ich bin doch eine gute Geschäftsfrau. Noch dreißig solcher Tickets, und die ausstehende Miete ist drin!

Auch die drei folgenden Yogastunden sind einigermaßen normal besucht, und mittags scheint sogar wieder die Sonne.

Alles wird gut, denke ich erleichtert, als ich mich zur Mittagspause faul in den Liegestuhl in den Hinterhof lege.

Ich überlege gerade, wie ich die Nachmietersuche angehen soll, als eine attraktive, in Schwarz gekleidete Frau den Hof betritt. Ihr glänzendes, platinblondes Haar fällt glatt über die Schultern und schwingt bei jeder Bewegung sanft mit. Sie ist sehr schlank und trägt eine enge knielange Hose und eine extravagante Schluppenbluse mit kleinen Puffärmeln. Darunter ahnt man eine üppige Oberweite in Spitzendessous.

Push-up-Alarm, nennt mein Bruder diesen Look.

Wow! Die kauft bestimmt nicht bei der Firma mit den zwei großen Buchstaben ein, denke ich, und mein Blick wandert die langen goldbraun schimmernden Beine entlang bis zu den Highheels.

Die Schönheit schaut sich kurz um und stöckelt dann

zielstrebig auf mich zu. Ihrem dunklen Outfit nach zu urteilen, könnte sie den Bestatter suchen, obwohl dessen Eingang sich vorn auf der Straße befindet und eigentlich nicht zu übersehen ist.

«Guten Tag.» Lässig stellt sie ihre weiße Kroko-Handtasche ab, schiebt die überdimensionale schwarze Sonnenbrille ins Haar und sieht mich aus leuchtend blauen, stark geschminkten Augen an. «Ist hier geschlossen?»

Oh! Sie will doch zu mir?

«Meinen Sie das Yogastudio?»

Die schöne Fremde nickt gelangweilt.

Nur eine kleine Portion ihrer Laszivität, und Ben hätte mich bestimmt nicht … Stopp! Den Typen wollte ich doch vergessen, ermahne ich mich und gebe eine lässige Ein-Wort-Auskunft: «Mittagspause.»

«Schade», bedauert die Schwarzgekleidete und wird gesprächig. «Ich wollte zu Nelly Nitsche, die soll einen Nachmieter für ihre Wohnung suchen. Wissen Sie vielleicht, wo ich sie finden kann?»

Begeistert springe ich aus dem Liegestuhl hoch. «Ich bin Nelly Nitsche.»

«Paulsen.» Lächelnd streckt sie mir die Hand entgegen.

An ihrer Linken sehe ich einen Ring mit einem beeindruckend großen Stein blitzen. «Freut mich, Frau Paulsen», sage ich breit grinsend und biete ihr etwas zu trinken an.

«Danke, ein kaltes Wasser … wenn Sie so freundlich wären.»

«Wasser ist immer im Haus», beeile ich mich zu versichern und bitte sie, mir ins Studio zu folgen.

«Ich trinke mindestens drei Liter Wasser am Tag, das hält die Haut straff.»

Für eine Nachmieterin würde ich sogar extra teure Flaschen aus dem Supermarkt holen, denke ich und greife in den Minikühlschrank unter dem Tresen. Frau Paulsen setzt sich an einen der Tische, kramt beiläufig ein Eau-de-Toilette-Spray aus ihrer weißen Kroko-Tasche und sprüht sich damit ein. Ein erfrischender Duft steigt mir in die Nase.

«Desiree Engel hat mir von der Wohnung berichtet», sagt sie nun. «Drei Zimmer, richtig?»

Ich stelle zwei Gläser und eine Flasche Evian auf den Tisch. «Genau. Und sie liegt nur fünf Häuser entfernt von hier. Vierte Etage … leider ohne Lift, aber dafür in U-Bahn-Nähe. Sämtliche Einkaufsmöglichkeiten sind ebenfalls fußläufig zu erreichen», beeile ich mich zu versichern.

Gelassen winkt die Blondine ab. «Treppensteigen ist doch ein super Beintraining.»

«Finde ich auch», stimme ich erleichtert zu und betrachte fasziniert ihre guttrainierten Beine und das Tattoo an ihrem rechten Fuß. Eine züngelnde Schlange kriecht aus den Highheels und windet sich um die Fessel.

Frau Paulsen leert ihr Glas in einem Zug, bevor sie weiterspricht: «Aber das ist nebensächlich. Ich mag Moabit, ist irgendwie im Kommen.»

Seltsam, sie sieht aus wie jemand, der genug verdient, um sich eine repräsentative Wohnung in Charlottenburg zu kaufen.

«Es wäre eine Zweitwohnung», erklärt sie, als könne sie meine Gedanken lesen. «Eigentlich wohnen wir in Frankfurt, aber viele unserer Freunde leben in Berlin. Mein Verlobter und ich verbringen die Wochenenden oft hier. Er hat diverse berufliche Kontakte in der Stadt.»

«Aha», erwidere ich interessiert. Ich würde zu gerne wissen, womit eine Frau mit so einer eleganten Ausstrahlung ihre Brötchen verdient. Vielleicht spielt sie ja mit Desiree in der Telenovela. Oder sie ist Maklerin an der Frankfurter Börse. Das würde der Witwe Pusch bestimmt gefallen: Mieter, die viel Kohle verdienen, immer pünktlich bezahlen, aber selten zu Hause sind.

«Wann könnte ich das Objekt besichtigen?», unterbricht sie meine Gedanken.

Um mir meine Euphorie (ich habe eine Nachmieterin!) nicht zu sehr anmerken zu lassen, nicke ich unschuldig. «O ja, logisch, Sie wollen die Wohnung natürlich erst mal anschauen. Wir könnten gleich jetzt hingehen. Es sind ja nur ein paar Schritte die Straße hoch.»

«Sehr schön», entgegnet sie erfreut.

Eilig ziehe ich mir was über, schließe das Studio ab und laufe mit meiner potenziellen Nachmieterin los. Neben dieser mondänen Frau fühle ich mich in meiner schlabberigen Latzhose und dem alten T-Shirt ein bisschen wie Aschenputtel. Aber wen kümmert's? Hauptsache, sie übernimmt die Wohnung.

Kurz darauf betreten wir den Wohnungsflur.

«Wissen Sie denn bereits, wann Sie ausziehen werden?», erkundigt sich Frau Paulsen und läuft im Stechschritt alle Räume ab. Im leeren Wohnzimmer bleibt sie am Fenster stehen und blickt hinunter auf die Straße.

«Am kommenden Sonntag», verkünde ich.

Erfreut strahlt sie mich an. «Das wäre ja perfekt.»

«Demnach gefällt Ihnen die Wohnung?»

«Ja, die Aufteilung ist sehr hübsch und die Miete günstig. Alles andere ist eine Frage des Designs. Und wenn ich möglichst schnell einziehen kann, müssen Sie nicht mal den rosa Elefanten entfernen», erklärt sie mit einem Grinsen.

«Umso besser. Die Vermieterin ist übrigens eine sehr nette und unkomplizierte Witwe. Frau Pusch», erkläre ich. «Und wenn ich Ihnen noch einen Tipp geben darf: Sie vermietet vorzugsweise an verheiratete Paare.»

Verträumt blickt Frau Paulsen auf ihren Diamantring. «Da muss ich nicht mal lügen. Wie gesagt, ich bin mit dem Mann meiner Träume verlobt und werde bald heiraten. Das Brautkleid –»

«Oh! Gratuliere», unterbreche ich sie, weil ich es heute nicht ertrage, vom Glück anderer zu hören. Ich werde bald dreißig und hab noch nicht mal eine feste Beziehung! Schlimmer noch: Gerade erst bin ich schäbig versetzt worden.

«Danke schön», lächelt die glücklich Verlobte und wechselt das Thema. «Haben Sie vielleicht die Telefonnummer der Hauseigentümerin parat?»

«Logo», erwidere ich und suche im Register meines Handys nach der Nummer. Im Grund ist mir eine nüchterne Unterhaltung auch viel lieber, denn ich will auf keinen Fall an diesen … diesen …

Nein! Ich beschließe, seinen Namen zu vergessen, und widme mich dem Telefonregister.

Frau Paulsen tippt in ihr weißes Handy ein, was ich vorlese.

«Vielen Dank», erklärt sie. «Gleich nach der Mittagspause werde ich dort anrufen. Ich gebe Ihnen dann Bescheid, sobald ich den Mietervertrag unterschrieben habe.»

«Das klappt bestimmt», erwidere ich zuversichtlich und zähle noch einmal auf, welche Unterlagen die Witwe von ihren Mietern verlangt. Besonders betone ich die Wichtigkeit der Gehaltsbestätigung, um möglichst unauffällig Nachforschungen anzustellen. Ich würde doch zu gerne erfahren, womit diese Frau ihr Geld verdient.

Leider geht sie nicht auf meine Anspielung ein. Sie nickt nur lächelnd und meint: «Kein Problem, Frau Nitsche. Ich bin fest angestellt.»

Also gebe ich mich damit zufrieden. Eine Fremde direkt nach ihrem Beruf zu fragen, würde ich nie wagen. Dazu bin ich viel zu schüchtern. Was die Menschen nicht von selbst erzählen, wollen sie meist aus gutem Grund nicht verraten. Neugier ist außerdem unhöflich – manchmal aber auch hinderlich, wenn man sich nur wegen der guten Manieren die Telefonnummern eines gewissen Typen nicht hat geben lassen …

Stopp!

Wer ständig zurückschaut, kommt nicht vorwärts, lautet einer meiner philosophischen Gedanken, und die wollte ich doch befolgen.

8

Zwei Samstage später ist die Katastrophe vorerst abgewendet. Frau Paulsen übernimmt tatsächlich meine Wohnung, und ich bin bei Britta eingezogen. Auch die Witwe hat Wort gehalten und mir die Kaution sofort überwiesen.

Punkt eins auf meiner Liste ist erfolgreich erledigt!

Nummer zwei dagegen liegt mir so schwer im Magen, als hätte ich Tonnen rohes Fleisch verzehrt: Wie erkläre ich Jacobi glaubwürdig, warum ich die letzten drei Mieten schuldig geblieben bin und auch nicht auf seinen Brief geantwortet habe? Ich kann ihm doch nicht vorjammern, dass mein Studio unter Mitgliederschwund leidet.

Eigentlich wollte ich den Bittgang ja telefonisch erledigen. Aber Herr Jacobi gab sich während des Gesprächs überraschend leutselig und meinte, er handle dergleichen lieber persönlich ab. Am Sonntag wäre er zufällig in der Nähe und würde gerne auf einen Sprung vorbeischauen.

Was bleibt mir also anderes übrig, als meinen heiligen Sonntagsschlaf frühzeitig zu unterbrechen und mich in das anständige weiße Kleid von Mama zu werfen.

Während ich also am Eingang auf Jacobi warte, werde ich unsicher. Wie eine giftige Spinne krabbelt plötzlich die Frage durch mein Gehirn: Warum will ein Vermieter seine Mieterin unbedingt persönlich aufsuchen? Doch nur, um sie aus dem Studio zu werfen und den Schlüssel abzunehmen, oder?

Als Herr Jacobi endlich den Hinterhof betritt, grinst er mich schon von weitem an. Mein Vermieter ist ein großer, korpulenter Mann um die sechzig. Er stammt aus Kreuzberg und nennt inzwischen fünf Wohnblöcke sein Eigen.

«Tachchen och», begrüßt er mich und streckt mir die Hand entgegen.

Ich atme tief durch und besinne mich auf meine Manieren. «Schön, Sie zu sehen, Herr Jacobi. Bitte kommen Sie doch herein. Wie geht es Ihnen?»

«Jut, jut», antwortet er, nimmt an einem der Tische vor der Hibiskusblüte Platz und kommt gleich zum Wesentlichen. «Nu bin ick aber neugierig, junge Frau, warum se nich uff meene Briefe jeantwortet haben.»

Obwohl Herrmann Jacobi in seinem beige-braunen Freizeitlook mit den gemusterten Socken und den braunen Sandalen aussieht, als wäre er ein netter Mann auf Verwandtenbesuch, bringt mich seine Freundlichkeit völlig aus dem Konzept. Ich hatte mich darauf vorbereitet, dass er wütend wäre und ich mich Millionen Mal entschuldigen müsste.

«Ja, ähm … Also, es waren unglückliche Umstände», stottere ich, als ich ihm schnell noch einen Orangensaft serviere. Zum Glück fällt mir dann aber doch eine plausible Ausrede ein. «Normalerweise beantworte ich Geschäftspost natürlich sofort, aber … Ich war verreist.»

«Iss ja och Urlaubszeit, wa?» Er greift gierig zu dem Glas und leert es in einem Zug.

Ich kann es kaum fassen. Jacobi scheint mir tatsächlich zu glauben! Um Zeit zu gewinnen, schüttle ich den Kopf. «Ähm … nein, kein Urlaub.» Mist. Wo kann ich denn bloß gewesen sein? «Ähm, ich war in Indien bei einem Yogi auf Fortbildung.»

Was rede ich denn da für einen Stuss? Wenn mich Jacobi jetzt über Indien ausfragt, bin ich geliefert.

«Ach, kick mal eener an», staunt er mit weitaufgerissenen Augen. «Ick wusste ja nich, dat man fürs Beeneverschränken um de halbe Welt jetten muss. Und in de Zwischenzeit ham Se den Laden jeschlossen und allet schleifen lassen, wa?»

«Nein, ja ... ähm, also, es war ...» Verdammt. Ich kann ihm doch nicht erzählen, dass «Miss Zahlmeister» die Post nur alle vier Wochen öffnet.

Gespannt mustert mich Jacobi mit hochgezogenen Augenbrauen über seine Halbbrille hinweg.

«Ach, wissen Sie, meine Buchhalterin hat mich hintergangen», stöhne ich verzweifelt. «Sie hat mein Vertrauen missbraucht, mich glauben lassen, alles sei in Ordnung, und hinter meinem Rücken das Geschäftskonto abgeräumt. Leider habe ich den Schaden erst bemerkt, als ich aus Indien zurückkam und Ihre beiden Schreiben vorfand, Herr Jacobi. Na, und so kam es, dass sich die ganze Sache verzögert hat.»

Möglicherweise habe ich etwas zu dick aufgetragen, aber schließlich steht meine Existenz auf dem Spiel.

«Det iss ja een Ding!» Mitfühlend sieht mich mein Vermieter an. «Ick sach ja och immer: Hermann, sach ick immer, nur wat de selbst erledigst, iss jut ... Und wat nu?»

Ich bin platt! Jacobi kauft mir die Story ab. Nun kann ich durchatmen. «Also, ich wollte Sie noch um einen Monat Aufschub bitten, verehrter Herr Jacobi», schleime ich. «Binnen vier Wochen werden aber alle Rückstände beglichen, versprochen.»

Hermann Jacobi kratzt sich nachdenklich am Kopf und murmelt: «Vier Wochen ... hmm ... mal kiecken ... Aber wat iss, wenn Se de Kohle bis dahin nich zusammenkriegen?»

Puh! So einfach scheint er sich also doch nicht abspeisen zu lassen. «Das wird garantiert nicht passieren», versichere ich mit fester Stimme.

Er mustert mich erneut, diesmal ist sein Blick zweifelnd. «Ick globe Ihnen ja, dat Se zahlen wollen, Frolleinchen, aber ick hab schon Pferde vor de Apotheke kotzen sehen. So een Versprechen is mir einfach zu wenig.»

Will er etwa mit mir feilschen? «Tja, sollte dieser Fall tatsächlich eintreten, räume ich unverzüglich den Laden und überlasse Ihnen die gesamte Ausstattung.» Ich drehe mich um und zeige in den Raum. «Wie Sie sehen, ist das Studio in bestem Zustand und perfekt ausgestattet. Allererste Sahne, wenn Sie so wollen. Sie könnten es sofort für eine viel höhere Miete weitervermieten.»

«Na jut.» Jacobi zögert nicht, sondern ergreift die Chance sofort. «Denn lassen Se uns den Handel aber noch schriftlich festhalten.»

Nachdem Jacobi mit dem Pfandschein abgezogen ist, düse ich schnell zu Britta.

Sie sitzt an ihrem Schreibtisch und reagiert verärgert, als ich ihr von meinem Deal berichte.

«Du träumst mal wieder, Nelly», erklärt sie streng. «Kein Wunder, dass er sich darauf eingelassen hat: Ein besseres Geschäft wird der Mann so bald nicht wieder machen.»

«Aber ich hatte doch keine Wahl», verteidige ich mein ungewöhnliches Verhalten. «Zugegeben, ein kleines Risiko bin ich eingegangen. Vier Wochen sind schnell rum. Andererseits kann in dreißig Tagen auch viel Positives passieren.»

Verständnislos rollt Britta mit den Augen. «Ziemlich naiv, sich auf Zufälle zu verlassen.»

«Finde ich nicht», setze ich dagegen. «In den letzten zwei Wochen haben zwei neue Schülerinnen und deine nette Kollegin Eva Henze, die Kostümbildnerin, ein Zehner-Ticket erstanden. Auch meine Nachmieterin hat versprochen, bei mir zu trainieren, wenn sie in Berlin ist.»

«Freut mich, dass du so zuversichtlich bist», entgegnet Britta wenig überzeugt.

«Warum auch nicht?», frage ich provokant. «Läuft doch alles super. Ich gewinne neue Kunden und kann Geld sparen. Sogar der Umzug war günstiger als gedacht. Nicht zuletzt dank deiner und der Hilfe meiner Mutter, die –»

Kopfschüttelnd blickt mich Britta an. «… die in einem eleganten Kostüm, hochhackigen Pumps und aufwändig frisiert zum Kistenschleppen erschienen ist. Nennst du das etwa Hilfe? Während wir eingepackt und geschleppt haben, saß deine Mutter in der Küche, meckerte rum und behandelte dich wie ein unmündiges Kind. Ob du daran gedacht hättest, das Telefon umzumelden, den Stromzähler abzulesen, den Keller leer zu räumen, und ob die Wohnung noch gestrichen werden müsse … Ich versteh einfach nicht, warum du dir das immer noch gefallen lässt.»

«Na ja …», antworte ich schulterzuckend. «Sie wirkt in letzter Zeit ungewöhnlich gestresst und ist bestimmt nur deshalb so schnell wieder abgerauscht, weil sie viel um die Ohren hat. Aber mit Phillip und seinem Kollegen waren wir immerhin noch zu viert, und das war für mein bisschen Kram doch völlig ausreichend.»

«Mmm …», murmelt Britta unkonzentriert und blickt wieder auf ihren Computer.

Also verzieh ich mich lieber in mein Zimmer, damit sie ungestört weiterarbeiten kann.

Obwohl ich inständig hoffe, dass sich Britta in puncto Jacobi täuscht, bin ich jeden Tag aufs Neue glücklich, eine Freundin zu haben, die mich gegen ein paar lächerliche Trainingsstunden in ihrer Luxuswohnung aufgenommen hat. Bis jetzt hat sie allerdings kaum etwas von ihrer «Miete» kassiert. Gleich nachdem ich bei ihr eingezogen war, ist sie für eine Woche nach Hamburg abgedüst, um Darsteller für einen großen Kinofilm zu casten. Meine anfänglichen Bedenken, nie wieder ausschlafen zu können, haben sich also nicht bewahrheitet. Auch an die langen U-Bahn-Fahrten ins Studio habe ich mich bereits gewöhnt. Dennoch muss ich jetzt früher aufstehen.

Damit ich aber auf keinen Fall verschlafe, habe ich mir noch einen zweiten Wecker angeschafft. Einen von diesen altmodischen Dingern, die so unerträglich laut rappeln. Zur Sicherheit habe ich ihn ganz oben ins Regal gestellt, auf einen mit Münzen gefüllten Porzellanteller.

Doch heute wird keiner meine wohlverdiente Sonntagsruhe stören. Ich werde den Rest des freien Tages im Bett genießen und mir keine Sorgen über Katastrophen machen, die frühestens in vier Wochen eintreten.

Ich lasse mich aufs Bett fallen, blinzle träge in die hereinscheinende Sonne, lausche dem Vogelgezwitscher und stelle mir vor, wie schön ein Sonntagsausflug an einen See wäre. Sofort drängt sich mir wieder das Gesicht von Ben auf. Mit aller Macht fixiere ich daher einen anderen positiven Gedanken, der seit ein paar Tagen durch mein krauses Gehirn saust: Nelly Nitsche, Kantstraße. Das hat doch was Philosophisches!

Das durchdringende Schrillen des Handys unterbricht meine Gedanken. Auf dem Display leuchtet der Name meines Bruders auf.

Komisch, unser nächstes Familienessen ist doch erst nächste Woche Sonntag.

«Jemand gestorben?», scherze ich launig.

«Was soll der Scheiß?», schnauzt er mich an. «Ich rufe wegen Mama an. Es geht ihr nicht gut. Ich glaube, sie hat was mit den Nerven.»

«Wie bitte?» Ich kann nicht glauben, was ich da höre.

«Mit! Den! Nerven!» Phillip betont jedes einzelne Wort, als wäre ich bescheuert.

Das ist ein ganz schlechter Witz: Ella Nitsche, die erfahrene Psychotherapeutin, dreht durch … So ein Quatsch! Es ist wohl eher mein Bruder, der nicht mehr alle Tassen auf dem Brett hat. «Wie kommst du denn auf diese absurde Idee?»

«Weil sich Mama höchst sonderbar verhält», erklärt er mir. «Als ich gestern spät nachts nach Hause kam, geisterte sie im Bademantel durch die Wohnung. Um zwei Uhr morgens!»

«Mmm, das ist allerdings sonderbar», stimme ich meinem Bruder zu. Unsere Mutter geht nämlich immer vor elf ins Bett. Sie vertritt die überkommene Ansicht, dass nur der Schlaf vor Mitternacht wirklich Erholung brächte.

«Aber es kam noch schlimmer», seufzt Phillip. «Sie schien mich gar nicht richtig wahrzunehmen, stellte sich in der Küche ans Spülbecken, hielt die Hände unter den laufenden Wasserhahn und murmelte unverständliches Zeug. Ich –»

«Das finde ich jetzt aber noch nicht sooo merkwürdig», falle ich Phillip ins Wort. «Ich plappere auch schon mal vor mich hin. Deshalb ist man doch nicht gleich reif für die Klapse.»

Ein hämisches Lachen ist die Antwort. «Ja, bei dir fände ich das auch nicht weiter auffällig, Nelly. Aber bei Mama ist das sehr ungewöhnlich. Außerdem lacht sie immer wieder plötzlich laut auf, irgendwie total hysterisch. Ich glaube, dass sie die ganze Nacht nicht im Bett war. Als ich heute Morgen aufgestanden bin, hatte sie noch denselben Bademantel an und lief weiter ziellos in der Wohnung umher.»

«Tja, das ist tatsächlich etwas merkwürdig, aber –»

«Du musst sofort herkommen!», fordert mein Bruder, und seine Stimme klingt ungewohnt drängend.

Unwillkürlich richte ich mich aus meinen Kissen auf. «Um was zu tun?» Ich meine, natürlich bin ich jederzeit bereit, meiner Mutter zu helfen, wenn sie krank ist. Aber ich finde, ungewöhnliches Benehmen oder eine schlaflose Nacht ist doch noch kein Grund zur Panik, oder? Und wer weiß, ob sie mein Auftauchen nicht noch mehr aufregen würde …

«Was ist denn das für eine Frage?», herrscht Phillip mich an.

«Reg dich nicht auf», versuche ich ihn zu beruhigen und springe schnaufend aus dem Bett. «Ich bin ja schon unterwegs.» Langsam habe ich den Verdacht, dass Phillip derjenige ist, der Hilfe braucht.

Seufzend lege ich auf, greife nach der Latzhose und einem Shirt, binde mir die Haare mit einem Stoffgummi zusammen, setze ein Käppi auf und sause los.

Als ich eine Stunde später völlig außer Atem in der Fasanenstraße auf die Nitsche-Klingel drücke, ertönt augenblicklich der Summer.

Phillip muss direkt an der Tür auf mich gewartet haben. Mit klopfendem Herzen sprinte ich in die dritte Etage.

«Na, endlich», empfängt er mich mit sorgenvoller Mine.

Mamas Liebling wirkt müde. Phillip hat dunkle Ringe unter den Augen, und das zerknitterte, weiße Hemd verstärkt den übernächtigten Eindruck. Zwischen seinen Augenbrauen erkenne ich eine tiefe Falte, die mir jetzt doch ein bisschen Angst macht.

«Wie geht's Mama?», erkundige ich mich. «Hat sie dir inzwischen gesagt, was los ist?»

«Nein. Sie scheint komplett neben sich zu stehen», murmelt Phillip verstört und schließt leise die Tür, als fürchte er, Mama könne uns hören.

Automatisch verfalle auch ich ins Flüstern. «Wo ist sie?»

«Im Bad. Geh hin und sieh dir das Drama selbst an», drängt er und schiebt mich dann durch den langen Flur.

Vorsichtig öffne ich die angelehnte Tür zum Bad – und presse mir beim Anblick meiner Mutter schockiert die Hand auf den Mund, um einen Schrei zu unterdrücken.

So zerfleddert habe ich sie noch nie gesehen. Ihr lachsfarbener Bademantel weist dunkle Flecken auf. Das Augen-Make-up ist verschmiert, und das sonst perfekt frisierte Haar hängt ihr strähnig ins Gesicht. So, wie Mama in dem weißen Marmorbad am antiken Säulenwaschbecken lehnt und mit halbgeöffneten Lidern in den Kristallspiegel starrt, sieht sie aus, als wäre sie einem Stummfilmdrama entsprungen.

«Mama, was hast du denn?», frage ich mit zittriger Stimme.

Ihre flackernden Augen suchen meinen Blick. Sie mustert mich, ohne mich wirklich anzusehen, und lacht kurz auf. «Dildos! Kistenweise Dildos!», ruft sie mit sich überschlagender Stimme und lässt den Kopf sinken.

Erschrocken schnappe ich nach Luft. Nicht, dass Mama prüde wäre. Aber sie legt Wert auf einen gepflegten Umgangston, und anstößiges Vokabular gehörte noch nie zu ihrem Wortschatz.

«Wir müssen sofort einen Arzt holen», raunzt mir Phillip ins Ohr und hält sich weiter wie ein ängstliches Kind hinter mir versteckt. «Sie scheint ernsthaft krank zu sein.»

«Ernsthaft krank?» Ich atme tief durch, ziehe die Badezimmertür wieder zu und benehme mich wie eine besonnene große Schwester. «Du dramatisierst, Bruderherz», erkläre ich betont ruhig, auch, um mich selbst zu beruhigen.

«Bei dir muss man wohl erst Schaum vor dem Mund haben, bevor du Hilfe holst, wie?», zischt er hinter vorgehaltener Hand.

Doch ich lasse mich nicht provozieren. Mir ist Mamas Zustand zwar auch nicht geheuer, aber Panik hilft jetzt niemandem. «Hat sie sich in den letzten Tagen vielleicht über etwas aufgeregt? Ein größeres Problem mit Patienten? Oder läuft die Praxis nicht mehr, und sie hat Existenzängste?»

«Keine Ahnung.» Phillip zuckt mit den Schultern. «Ich war viel unterwegs.»

Das hätte ich mir ja denken können. Was meinen Bruder nicht direkt betrifft, kriegt er auch nicht mit.

«Na gut, dann koche ich ihr jetzt erst mal einen starken Kaffee, der belebt», behaupte ich und marschiere Richtung Küche. «Denn Mama sieht aus, als könne sie eine Stärkung gebrauchen.»

«Kaffee???», kreischt Phillip und hält mich am Arm fest. «Ich fasse es nicht. Mama verfällt dem Wahnsinn, und du willst Kaffee kochen!»

Auf so einen überzogenen Schwachsinn antworte ich nicht. Ich mache mich frei und wende mich ab.

«Dann lass uns wenigstens Papa anrufen», jammert er und schlurft hinter mir her in die neu eingerichtete Küche. Vor einem Jahr hat Mama eine knallrote Einbauküche mit schwarzen Arbeitsflächen und modernen Geräten angeschafft.

Verwundert blicke ich Phillip an. «Es sind Ferien. Paps ist verreist, falls du das vergessen hast. Außerdem weißt du genau, wie allergisch Mama auf ihn reagiert. Die streiten doch nur, wenn sie zusammentreffen. Das wäre genau so, als wollte man einen Laktose-Allergiker mit heißer Milch kurieren.»

Meine Argumente lassen Phillip verstummen, doch er beobachtet lauernd, wie ich die chromglänzende Kaffeemaschine bediene und Tassen aus dem Schrank hole.

«Na gut», brummelt er dann gnädig, «versuchen wir es also mit Kaffee.»

Der plötzlich so milde Unterton verrät mir, dass er ebenfalls gerne ein Tässchen trinken würde. Er hat auch garantiert noch nichts im Magen. Phillip ist nämlich eine stinkfaule Zecke und glaubt, er müsse sich nur an den Tisch setzen, und schon wird ihm das Essen serviert.

Kurz darauf gelingt es mir tatsächlich, Mama aus dem Bad in die Küche zu locken. Wie eine fürsorgliche Krankenschwester fasse ich sie sanft am Arm, rede ihr leise zu und führe sie einfach in die Küche.

Einträchtig sitzen wir dann am Frühstückstisch. Mama rührt abwesend in ihrer Tasse und starrt dabei auf die Cognacflasche, die sie sich in der Nacht aus ihrem Behandlungszimmer geholt haben muss. Phillip streicht dick Leberwurst auf eine Scheibe Brot und sieht schon wieder etwas zuversichtlicher aus.

Ich versuche, unauffällig in Erfahrung zu bringen, was meine Mutter so aus der Bahn geworfen hat. «Wie war denn deine Woche?», frage ich sie und schenke noch etwas Kaffee nach.

Sie schweigt.

Durchatmen, sage ich mir und starte einen neuen Versuch. «Hast du Ärger mit Patienten gehabt?» Sie würde zwar niemals irgendwelche Details ausplaudern, aber sie könnte ja zumindest auf die Frage reagieren.

Sie schweigt immer noch.

«Mama, erzähl uns doch bitte, was dich so aufregt», sage ich nun ganz direkt und appelliere an ihren Mutterinstinkt. «Du machst uns Angst.»

Unsicher blickt sie auf. «Dildos, überall nur Dildos!», platzt es plötzlich wieder aus ihr heraus. Ihre Stimme kippt dabei in ein seltsam fremdes Krächzen, gleich darauf lacht sie schrill auf und wirft mit einer fahrigen Handbewegung ihre Tasse um. «Das muss man sich mal vorstellen! Hunderte von Dildos!»

Eilig wische ich die Kaffeepfütze mit einer Papierserviette auf. «Vielleicht … Vielleicht sollten wir doch einen Arzt holen, Phillip», gestehe ich zögernd ein.

Mein Bruder fischt eine Essiggurke aus dem Glas vor ihm und grinst mich triumphierend an, als hätten wir einen Wettstreit ausgefochten.

Ohne ihn jedoch weiter zu beachten, gehe ich in Mamas Büro, um zu telefonieren. Den Notarzt zu holen erscheint mir übertrieben. Aber ich werde Tante Tessa anrufen. Dr. Theresa Tokay ist eine Studienkollegin und enge Freundin meiner Mutter. Sie wird wissen, was zu tun ist. Denn beim Anblick eines fremden Arztes könnte Mama komplett ausflippen, und wer weiß, ob sie dann nicht in eine Nervenheilanstalt eingewiesen würde, aus der sie so schnell nicht wieder rauskommt.

Mama hatte tatsächlich einen lehrbuchmäßigen Nervenzusammenbruch. Jedenfalls war das Tessas Diagnose, und sie bestand darauf, unsere Mutter ins Park-Sanatorium zu bringen. Selbstverständlich sind Phillip und ich mitgefahren. Dass Mama tatsächlich durchgedreht sein sollte, fanden wir alarmierend.

Wie sich herausstellte, ist Tessa in dieser Klinik mit der halben Ärzteschaft befreundet, was eine Vorzugsbehandlung ermöglicht. Dennoch mussten wir eine Stunde warten, bis der Chefarzt uns endlich mitteilte, dass Mama nur überarbeitet wäre und dringend eine Auszeit brauche. Drei, vier Wochen Reha, und sie wäre wieder die Alte. Was es mit diesen geheimnisvollen Dildos auf sich hat, konnte er aber auch nicht herausfinden. Schade. Ich muss zugeben, dass es mich doch brennend interessiert, was hinter dem ominösen Ausraster meiner Mutter steckt.

Phillip und Tessa haben mehr oder weniger über meinen Kopf hinweg beschlossen, dass ich die Praxis übernehmen soll – jedenfalls das Telefon, nicht die Patienten. Die Praxis müsse unbedingt besetzt sein, meinte Tessa, die selbst stark eingebunden ist. Sonst bestünde die Gefahr, dass die Patienten zur Konkurrenz abwandern. Menschen in therapeutischer Behandlung seien schnell frustriert, wenn ihr Therapeut durch einen leblosen Anrufbeantworter ersetzt würde. Psychisch labile Menschen müsse man behutsam behandeln.

Pah! Als ob ich das nicht wüsste.

Der Telefondienst bleibt damit an mir hängen. Phillip kann seine Ausbildung unmöglich unterbrechen – hat er jedenfalls behauptet. Zum Glück behandelt Mama nur nachmittags und nur Privatpatienten. Vormittags ist sie ehrenamtlich bei einer psychologischen Jugendberatung tätig. Um diese Termine will sich Tessa kümmern.

Tja, nun werde ich in den nächsten Wochen also wie eine fleißige Arbeitsbiene am Vormittag meine zwei Yogastunden geben, dann in die Praxis hetzen und am späten Nachmittag wieder zurück ins Studio sausen. Die Fünf-Uhr-Stunde muss ich leider streichen. Dafür habe ich mich jetzt doch durchgerungen, in Zukunft am Sonntagvormittag zu unterrichten.

Montagmittag betrete ich dann zum ersten Mal die Praxis von Dr. Ella Nitsche, als deren «Assistentin». Ich habe mir dafür extra passende Klamotten von Mama ausgeliehen. Tessa hatte mir nämlich nahegelegt, mich ordentlich zu kleiden, falls unverhofft ein Patient vor der Tür stünde. In meinen eigenen Sachen könne man mich sonst für die Putzhilfe halten.

Ein enger grauer Rock und eine dazu passende hellgraue Seidenbluse erscheinen mir akzeptabel. Da ich etwas kleiner und schlanker als Mama bin, sind mir die Blusenärmel zu lang und der Rock eine Nummer zu groß. Kurzentschlossen schlage ich die Ärmelmanschetten einmal um und schnüre den Rock mit einem schwarzen Gürtel in der Taille zusammen. Das Ganze ist zwar ziemlich unbequem, aber so müsste es gehen.

Die für heute angesetzten Termine konnte ich bereits

gestern absagen. Gut, dass Mama gewohnheitsmäßig die Telefonnummern neben den Namen notiert. Nur bei einem Patienten lauschte ich einer Computerstimme, die Nummer sei nicht vergeben. Im Kalender steht für 14 Uhr der Name Reuther und daneben: *r. a.???* Keine Ahnung, was das bedeutet. Ich werde den Patienten also empfangen, die Situation erklären und Tessas Visitenkarte überreichen.

Etwas mulmig ist mir schon dabei. Vielleicht bedeutet r. a. ja so was wie *radikale Aggressionen*? Ich meine, was mache ich, wenn er oder sie mir aus lauter Frust über die ausfallende Therapiesitzung an die Kehle springt?

Durchatmen und bloß keine Panik aufkommen lassen, spreche ich mir Mut zu. Ich lege mir noch Mamas silberne Armbanduhr um und schlüpfe in ein Paar schwarze Slipper aus ihrem Schuhschrank. (Sogar ein Modemuffel wie ich weiß, dass grüne Flipflops unmöglich in einer Praxis aussähen.) Nur leider kann ich kaum darin laufen. Watscheln würde eher zutreffen. Ich beschließe daher, sie erst später anzuziehen. Meine krause Haarpracht stecke ich im Nacken mit Nadeln und Klammern zu einem strengen Knoten zusammen und betoniere das Ganze mit einer Ladung Haarspray.

Als ich mein vollendetes Werk im Spiegel betrachte, muss ich grinsen. Puh! Ich sehe ziemlich verändert aus. Irgendwie so seriös. Und mindestens zehn Jahre älter. Jetzt muss ich nur noch Mamas Brille aufsetzen, und ich erfülle alle Klischees einer typischen Therapeutin, die eine eigene Kolumne in «Psychologie heute» schreibt. Aber das ist natürlich nebensächlich, da ich nicht vorhabe, Herrn oder Frau Reuther zu therapieren. Ich werde sie oder ihn noch im Flur abfertigen. Das dauert höchstens fünf Minuten, dann ist mein Job erledigt. Anschließend kann ich wieder in meine bequemen Latzhosen steigen.

Doch Patient Reuther lässt auf sich warten. Ob Mama in so einem Fall die Stunde dennoch berechnet?

Als die Klingel schrillt, rase ich in meinen Flipflops zur Tür. Während der Woche ist die Haustür nämlich nicht verschlossen, deshalb dürfte der Patient schon vor der Wohnungstür warten und –

Ben!?

Mir bleibt die Luft weg. Das kann doch nicht sein! Halluziniere ich etwa? Was will Ben denn in der Praxis meiner Mutter?

In einem ersten Impuls schließe ich vor lauter Schreck die Augen. Könnte ja sein, dass ich mir das tatsächlich nur einbilde. Doch als ich sie wieder öffne, steht Ben immer noch da und lächelt mich irritiert, aber freundlich an. Er trägt einen sandfarbenen Sommeranzug, dazu ein rosa Hemd ohne Krawatte. Er sieht ein bisschen feingemacht aus, aber genauso süß, wie ich ihn in Erinnerung habe. Seine grünen Augen blitzen unverändert sexy, er ist rasiert und duftet nach Aftershave.

Aber wie kommt er hierher?

Hat er mich etwa gesucht? Will er sich entschuldigen? Aber woher sollte Ben wissen, dass ich hier bin? Moment mal …

Sollte er etwa Mamas Patient sein? Nein, das ist doch nicht möglich.

Oder?

Ben blickt mich fragend an. «Dr. Nitsche?»

Ach, du großer Sigmund Freud! Er ist der Zwei-Uhr-Patient! Und hält *mich* für die Therapeutin!

Aber erkennt er mich denn nicht? Was ist bloß los mit ihm?

Verunsichert mustert Ben mich eingehend. Seine Augen flackern nervös, und er sieht irgendwie hilflos und beinahe unglücklich aus.

Mist. Was mache ich denn jetzt? Ich muss etwas sagen! Jetzt sofort!

«Ja … ähm … Bitte, kommen Sie doch herein», stottere ich und trete einen Schritt zur Seite. Dabei wäre ich beinahe über Mamas schwarze Slipper gestolpert. «Verzeihen Sie, ich war gerade dabei … ähm … mir ein Paar bequeme Schuhe anzuziehen.»

Er lächelt erleichtert. «Ach, kein Problem. Zu Hause laufe ich auch nur barfuß. Aber eigentlich muss *ich* mich für die Verspätung entschuldigen. Ich hatte den Termin aber nicht *vergessen*, wenn Sie wissen, was ich meine.»

Nein, weiß ich nicht. Und wieso überhaupt vergessen? Verständnislos blicke ich ihn an.

«Wie Sie bereits am Telefon vermutet hatten, Dr. Nitsche, scheint es sich tatsächlich nur um eine retrograde Amnesie zu handeln.»

Amnesie???

Was bedeutet das denn? Dass sein Gedächtnis voller schwarzer Löcher ist?

Am liebsten würde ich ihm ja um den Hals fallen, aber ich muss vorsichtig sein und genau überlegen, was zu tun ist. Auf keinen Fall lasse ich ihn wieder gehen. Nie wieder!

Also erst mal durchatmen und sich der Situation anpassen, biegsam wie der Wind im Bambus gegen das Leben im Sturm … Oder war es andersrum? Den genauen Wortlaut kriege ich jetzt in der Aufregung nicht zusammen. Außerdem muss ich mich konzentrieren. Und vor allem diese nervige kleine Stimme in meinem Hinterkopf verdrängen, die mir dauernd zuflüstert, dass ich mich nicht für Mama ausgeben darf. Ich weiß ja, dass es nicht richtig ist. Aber es handelt sich hier eindeutig um einen Notfall!

«Ähm, ja. Also bitte hier entlang.» Lächelnd weise ich mit einer Handbewegung den Flur entlang, als wäre ich hier die Hausherrin. Eilig schlüpfe ich in die Slipper und folge ihm dann, soweit das in diesen Schuhen überhaupt möglich ist.

Ben wartet geduldig im Flur, doch als ich an ihm vorbeihusche und das Behandlungszimmer betreten will, bleibt er stehen.

«Haben Sie an den weißen Raum gedacht?»

Hä?

Was hat das denn zu bedeuten? Ich habe zwar keine Ahnung von Therapien oder wie Therapeuten sich verhalten, aber Mama beantwortet Fragen gerne mit Gegenfragen. Ein Versuch kann also nicht schaden.

«Ähm … weißen Raum?» Meine Stimme verrutscht etwas, und ich hoffe, dass Ben meine Unsicherheit nicht bemerkt.

«Ja, weiße Möbel, weiße Teppiche, weiße Vorhänge oder so», erklärt er.

Na, das hat schon mal ganz gut geklappt. Aber soll das jetzt heißen: Er kann sich nur in weißen Räumen aufhalten? Oder hasst er Weiß?

«Tja, leider sind nur die Wände weiß», sage ich, öffne die Tür und bleibe an der Schwelle stehen. «Sehen Sie selbst.»

Mein ehemaliges Kinderzimmer wurde in einen lichtdurchfluteten Wohnraum mit modernem Mobiliar verwandelt. Quer zu den beiden Fenstern befindet sich ein zierlicher antiker Schreibtisch aus hellem Kirschholz mit einem gepolsterten Lederstuhl. Davor stehen zwei Thonet-Stühle mit Armlehnen, wie man sie aus Cafés kennt. Hinterm Schreibtisch lockert ein großes farbenfrohes Gemälde den Raum auf. Ebenso wie die diversen Sitzgelegenheiten. Unbestritten ist aber die dunkelrote Samtcouch an der Wand das Prunkstück des Zimmers. Man liegt darauf so bequem wie in einem Bett und hat alles im Blick. Soweit ich mich erinnere, hat Mama extra einen Farb-Coach engagiert, damit sich Patienten so wohl wie möglich fühlen. Hoffentlich findet Ben die Farben nicht so ätzend, dass er kehrtmacht und mich wieder verlässt.

Nein, Ben bleibt.

Zögernd betritt er den Raum, sieht sich kurz um und seufzt erleichtert. «Weiße Wände sind okay.»

Aha! Jetzt hab ich es kapiert. Er hat ein Problem mit weißen Sachen. Eine Phobie? Wäre möglich. Mir fällt unser erstes Zusammentreffen an der Currywurstbude ein und wie er mein weißes Kleid fixiert hat.

Ich tue jetzt mal so, als sei ich tatsächlich seine Therapeutin und diagnostiziere: Ben leidet unter retrograder Amnesie und obendrauf unter einer Weißphobie. Mann, das wird spannend. Vor allem, weil ich nicht weiß, was «retrograd» bedeutet.

«Wo?» Bens Stimme dringt in meine Gedanken.

Was hat die Frage denn jetzt schon wieder zu bedeuten?

«Wo?», wiederhole ich automatisch und fühle mich ein bisschen so, als würde ich mit einem Kleinkind sprechen. Aber vielleicht funktioniert der Wiederholungstrick ja.

«Wo soll ich mich hinsetzen?», präzisiert Ben.

«Oh, ach so. Ähm … Sie haben freie Platzwahl», antworte ich und zeige mit beiden Händen lässig in die Runde. «Suchen Sie sich was aus. Es gibt keine Vorschriften. Manchmal lege auch ich mich auf die Couch, und … ähm … die Patienten sitzen neben mir.»

O nein! Was rede ich da für einen Stuss?

Nelly Nitsche, du bist weder Therapeutin, noch hast du Patienten!, ermahne ich mich. Aber ein sanftes Lächeln ist auf keinen Fall verkehrt. Therapeuten müssen wahrscheinlich einfach dauernd lächeln, um Gelassenheit und Ruhe auszustrahlen. Jedenfalls stelle ich mir das so vor.

Ben taxiert erst den hellen maskulin wirkenden Ledersessel und danach die Couch.

«Wenn Sie möchten, können Sie auch gerne ausprobieren, was Ihnen zusagt», ermuntere ich ihn. «Fühlen Sie sich ganz wie zu Hause.»

Unschlüssig bleibt er stehen. Offensichtlich fällt ihm die Entscheidung schwer. Oder kann es sein, dass er sofort wieder vergisst, was er gerade wollte? Ich muss dringend nachsehen, was das für eine spezielle Amnesie sein soll, unter der er leidet.

«Wo sitzen Sie denn?», wendet er sich jetzt an mich.

Ich? Huch, das habe ich mir ja noch gar nicht überlegt.

«Ähm, auch da gibt es kein Muss», antworte ich souverän und schlage vor: «Wir könnten uns ja mit den beiden Thonet-Stühlen an den kleinen Tisch am Fenster setzen. Ganz ungezwungen, wie in einem Café … Möchten Sie vielleicht etwas trinken?»

Ben lächelt dankbar. «Ja, ein Glas Wasser, bitte. Es ist ziemlich heiß heute. Noch lieber wäre mir natürlich ein Erinnerungsshake, falls Sie so etwas haben.»

«Mal sehen, was sich machen lässt.» Amüsiert steige ich auf seinen Scherz ein und entschuldige mich dann für einen Moment. Beim Rausgehen greife ich beiläufig in das Regal mit den Fachbüchern nach dem «Lexikon der Psychologie» und eile damit in die Küche.

Als ich wenig später mit zwei Gläsern und einer Flasche Mineralwasser auf einem Tablett erscheine, hat Ben vor dem Schreitisch auf einem der Stühle Platz genommen.

Fragend sieht er mich an, als ich eintrete. «Ist das okay?»

«Oh, ja … ganz prima», versichere ich erleichtert. Denn auch ich werde mich am Schreibtisch wohler fühlen. Dann kann ich unterm Tisch unauffällig die Hände ringen, falls ich in meiner Unwissenheit nicht weiterweiß.

Ich stelle das Tablett ab, gieße uns Wasser ein und nehme ihm gegenüber Platz.

Erwartungsvoll blickt mich Ben mit seinen grünen Augen an.

Nein, ich kann das nicht. Ich kann nicht einfach Mamas Platz einnehmen und so tun, als hätte ich den totalen Durchblick. Dabei würde ich Ben doch so gerne helfen! Er sieht so unglücklich aus und braucht ganz offensichtlich Hilfe. Und ich wäre im Moment auch äußerst dankbar für ein paar Hinweise, wie man eine Therapie beginnt.

Welche Fragen stellt man? Gibt es vielleicht Fragebögen? Muss man die Personalien irgendwo eintragen?

Huch! Sehe ich da ein fragendes Flackern in seinen Augen? Hat er sich jetzt doch an mich erinnert? Ach du Schreck, was ist, wenn er mich durchschaut? Ich darf gar nicht daran denken, was das für Folgen haben könnte, wenn er mich entlarvt.

Durchatmen, ermahne ich mich. Vielleicht sollte ich so tun, als würde ich im Computer etwas lesen? Das sähe doch bestimmt schon mal superprofessionell aus, oder?

Bemüht gelassen öffne ich den Laptop. Während der Rechner hochfährt, nippe ich an meinem Wasser und lächle Ben freundlich an. Ob er schon mal eine Therapie hatte, überlege ich, und somit eine gewisse Ahnung hat, wie so was abläuft?

«Ähm, zunächst mal eine grundsätzliche Frage, Herr Reuther», beginne ich mit gleichmütigem Unterton, der Ben suggerieren soll, dass ich diese harmlose Frage jedem Erstpatienten stelle. «Waren Sie bereits in psychotherapeutischer Behandlung?»

«Ja … Nein … Na ja, nicht direkt.» Er fährt sich durch die Haare. «Ich hatte in den letzten Wochen oft Kopfschmerzen, und mir war häufig schwindelig. Deshalb habe ich meinen Hausarzt aufgesucht, der mich wiederum an einen Neurologen überwiesen hat. Dort wurden diverse Tests mit mir gemacht, um körperliche Beschwerden auszuschließen. Dann empfahl man mir, mich an Sie zu wenden», sprudelt Ben los.

Dauerkopfschmerzen? Das wird ja immer verzwickter.

«Nun, ich benötige die Information natürlich nur für die Unterlagen», informiere ich ihn und blicke dabei auf den Laptop, als würde ich seine Antwort irgendwo eintragen wollen. Nur leider will das blöde Ding ein Passwort von mir wissen.

Mist! Das bringt mich jetzt total aus dem Konzept.

Inzwischen hat Ben einen großen Schluck Wasser genommen und das Glas wieder abgestellt. «Darf ich Ihnen auch eine Frage stellen, Dr. Nitsche?»

Ich schenke ihm ein verkrampftes Lächeln. «Bitte schön.»

«Kennen wir uns nicht?»

Für eine Schrecksekunde glaube ich, mein Herzschlag würde aussetzen.

«Wie bitte?», krächze ich und versuche den Kloß in meinem Hals runterzuschlucken.

Ben mustert mich eine gefühlte Ewigkeit. «Für einen kurzen Augenblick dachte ich, wir wären uns vielleicht schon mal begegnet.»

Er erinnert sich also doch! Logisch. Er leidet ja auch nicht unter totalem Gedächtnisverlust. Wie ich in der Küche im Lexikon nachlesen konnte, umfasst die retrograde Amnesie nur einen bestimmten Zeitraum. Aber kann die Erinnerung plötzlich wiederkommen? Wird Ben jetzt gleich aufstehen, mich als Betrügerin beschimpfen und empört den Raum verlassen?

Panisch suche ich den Schreibtisch nach irgendetwas ab, das mich retten kann. Mein Blick fällt auf Mamas Brille. Ohne lange zu überlegen, setzte ich sie auf die Nase und hebe selbstbewusst den Kopf. Leider sehe ich Ben jetzt total verschwommen.

«Nein», seufzt er, «ich fürchte, ich habe mich getäuscht. Wir kennen uns doch nicht.»

Puh, gerettet von einer Hornbrille! Erleichtert atme ich auf.

Und mit einem Mal blitzt ein verrückter Gedanke in meinem krausen Gehirn auf: Theoretisch könnte ich ja behaupten, Ben und ich wären verheiratet und er sei nur zum Zigarettenholen gegangen und dann spurlos verschwunden. Nun hätte uns ein glücklicher Zufall wieder zusammengeführt und …

Mannomann, wäre das romantisch. Leider fehlt mir dazu der Mut. Außerdem müsste ich dann eine gemeinsame Vergangenheit erfinden. Und ich weiß ja fast gar nichts aus seinem Leben. Nicht mal, wie alt er ist, wo er wohnt, und auch nicht, welchen Beruf er ausübt. Lediglich, dass er Nichtraucher ist und gerne im *Mädchen ohne Abitur* isst, weiß ich aus eigener Erfahrung.

«Ach», erwidere ich deshalb leichthin und klappe den Laptop wieder zu. «Das ist mir auch schon passiert.»

Verlegen rutscht Ben auf seinem Stuhl rum, und ich merke, dass ich jetzt endlich mit der Therapie anfangen muss.

«Nun … Herr Reuther …», beginne ich stotternd.

«Entschuldigung», unterbricht mich Ben. «Ich hätte da noch eine Frage.»

Irgendwie läuft das hier alles total verkehrt. *Ich* bin doch diejenige, die ihn ausfragen sollte!

Neugierig sehe ich Ben über den Brillenrand an, so, wie Mama das immer macht, wenn sie vorgibt, interessiert zu sein.

«Aber sicher doch», erkläre ich so gelassen wie möglich, während ich unter dem Tisch meine Finger knete. «Sie können mich selbstverständlich alles fragen.»

Hoffentlich fragt er mich nur nicht nach den Kosten für diese Sitzung. Ich kann doch unmöglich Geld von ihm nehmen.

«Danke. Also, ich … na ja», stottert er. «Ich war angenehm überrascht, dass Sie keine alte … äh, ich meine, dass Sie nicht die Klischees einer Therapeutin erfüllen, wie man sie aus Filmen kennt. Sie wissen schon: eine Frau kurz vor der Rente und ziemlich unattraktiv.»

«Bin ich nicht?», entgegne ich geschmeichelt und muss mich beherrschen, nicht breit zu grinsen. Ich gefalle ihm also auch in spießigen grauen Klamotten!

«Na ja, man hat Sie mir als renommierte Therapeutin empfohlen. Deshalb hatte ich eigentlich eine Frau um die fünfzig mit grauen Haaren und so erwartet … Äh, was ich eigentlich sagen will … Also, mir wäre wohler, wenn wir dieses … äh … dieses formelle Siezen lassen könnten. Unser Gespräch wäre dann wie eine Unterhaltung mit einer Freundin. Also, natürlich nur, wenn es nicht gegen irgendwelche … Regeln verstößt.»

Er will mich duzen!? Ich schmelze dahin. Er ist ja sooo süß.

«Nein, nein», erwidere ich eine Spur zu hastig.

«Oh, dann verzeihen Sie bitte.» Er klingt befangen und sieht plötzlich ziemlich verkrampft aus.

Ach du Schande! Jetzt hat er mich aber völlig falsch verstanden.

«Nein, ich meine, es spricht nichts dagegen. Ich bin …» In letzter Sekunde fällt mir noch ein, dass ich ja gar nicht *ich* bin. «Ich bin Ella.»

«Ben.» Er entspannt sich sichtlich.

«Sehr erfreut, Ben», grinse ich selig.

Jammerschade, dass wir keinen Schampus zu unserer Verbrüderung trinken können!

Gleich darauf ereilt mich ein etwas weniger schöner Gedanke: Wenn ich nicht Nelly Nitsche bin, wie erkläre ich dann die Situation, wenn Bens Erinnerung zurückkommt?

Ach, du Schande, das wird ja immer komplizierter. Ich muss sofort anfangen, wie eine professionelle Therapeutin denken. Ben war schließlich noch nie bei einem Therapeuten, somit hat er keine Vergleichsmöglichkeiten – und ich freie Hand. Im Prinzip kann ich also machen, was ich will. Ich könnte ihn gleich hier auf der Couch …

Stopp!

«Nun, vielleicht erzählst du mir einfach, wie es zu deiner … deiner Erinnerungslücke kam», beginne ich mit einem neugierigen Blick über die Brille hinweg. «Berichte mir doch erst mal alles, was dir zu deinem Problem in den Sinn kommt.»

«Nichts.» Hilflos zuckt Ben die Schultern. «Ich meine, ich kann mich an überhaupt nichts erinnern. Das ist es ja eben. Aber darüber haben wir ja schon am Telefon ausführlich gesprochen.»

«Stimmt», bestätige ich geistesgegenwärtig. «Das war nur eine Testfrage, um zu sehen, wie … ähm … wie vergesslich du bist.»

Das war gut, lobe ich mich insgeheim. Oder auch nicht, weil ich jetzt nicht nachfragen kann, was er bereits alles erzählt hat.

«Du hast also keine Ahnung, wodurch diese … ähm … diese retrograde Amnesie ausgelöst wurde?»

Mannomann, bin ich gut. Ich wusste gar nicht, dass ich so gestelzt daherreden kann. Im Lexikon konnte ich immerhin nachlesen, dass partieller Gedächtnisverlust meist durch ein traumatisches Erlebnis im Zusammenhang mit Kopfverletzungen verursacht wird.

«Ausgelöst?» Ben wirkt verunsichert.

«Ein Unfall könnte zum Beispiel die Ursache sein», präzisiere ich. «Oder auch ein Schock.»

Ben scheint angestrengt nachzudenken, schüttelt dann aber den Kopf. «Nein. Da ist absolut nichts. Also, ich erinnere mich an nichts. Aber vor zwei oder drei Wochen muss etwas geschehen sein.»

«Mmm», hake ich ein und wiederhole stoisch: «Zwei oder drei Wochen also?»

Vor zwei Wochen haben wir uns kennengelernt, würde ich ihm am liebsten ins Ohr säuseln. An einem Montagabend saßen wir im *Mädchen ohne Abitur*, haben gegessen und geflirtet und uns am Ende leidenschaftlich geküsst. Dabei fällt mir ein, dass er damals etwas von einem traumatischen Erlebnis erzählt hat. Also muss nach unserem Abend etwas geschehen sein, das seine Amnesie ausgelöst hat, kombiniere ich. Aber dieses Frage-Frage-Spielchen kann ich wohl nicht viel länger betreiben. Also versuche ich es mit einer naheliegenden Frage.

«Wann genau hast du denn festgestellt, dass dir die Erinnerung für einen bestimmten Zeitraum fehlt?»

«Auf einem Flug von Berlin nach München», antwortet Ben, ohne nachdenken zu müssen.

Als ich interessiert nicke, rutscht mir die Brille von der Nase, und ich schiebe das Gestell schnell wieder hoch. Eine Geste, die ich von Mama kenne, als sie mir noch bei meinen Schulaufgaben geholfen hat.

Fahrig greift Ben nach seinem Glas, stellt es dann aber wieder zurück. «Bereits während der Fahrt zum Flughafen war ich ungewöhnlich nervös. Ich war ziemlich spät dran und dachte, mein Zeitproblem wäre der Grund dafür. Doch als ich am Check-in-Schalter stand und auch noch feuchte Hände bekam, wusste ich, dass etwas nicht stimmte. Ich hab dir ja bei unserem Telefonat schon erzählt, dass ich für meine Firma viel unterwegs bin.»

Klasse! Meine Mutter weiß also, womit Ben sein Geld verdient. Aber jetzt bin *ich* Ella Nitsche und kann wohl kaum behaupten, es vergessen zu haben. Wer würde schon zu einer vergesslichen Therapeutin Vertrauen fassen? Aber zumindest weiß ich schon mal, dass Ben eine eigene Firma leitet. Das könnte eine Erklärung für sein Geldbündel Bargeld sein. Na gut, dann versuche ich es einfach nochmal mit dem Wiederholungstrick.

«Du bist also viel unterwegs?»

Ben greift erneut nach seinem Wasserglas. Und wie ich sehe, zittert seine Hand. Nur ganz wenig. Aber sie zittert.

«Macht dich bereits der Gedanke an einen Flug nervös?», hake ich nach.

Erschöpft blickt er aus dem Fenster.

«Vielleicht hast du Flugangst!», platze ich euphorisch heraus und würde ihm am liebsten einen Kopfstand verordnen.

«Ja, so viel weiß ich auch schon», entgegnet Ben beinahe ungehalten. «Das ist ja auch der Grund meines Kommens. Hätte ich nicht diese plötzliche Angst vorm Fliegen entwickelt, wäre ich gar nicht auf die Idee gekommen, dass etwas nicht stimmen könnte.» Er sieht mich ratlos an. «Letzte Woche habe ich an einem Seminar gegen Flugangst teilgenommen. Dazu gehörte auch ein abschließender Testflug mit allen Teilnehmern. Und während dieses Fluges war ich tatsächlich angstfrei. Doch als ich dann eine normale Linienmaschine bestieg, war die Angst wieder da. Aber ich fliege seit Jahren durch die Lande und hatte niemals Angst. Und ganz plötzlich, von einem Flug zum nächsten, rast mein Herz, mir wird schwindelig, und meine Nerven liegen blank. Ich kriege schon beim Einsteigen kaum noch Luft.» Panisch hält er sich jetzt an den Armlehnen seines Stuhls fest.

Das wird ja immer schlimmer: Ben hat eine Phobie gegen die Farbe Weiß, retrograde Amnesie und eine plötzlich aufgetretene Flugangst. Am liebsten würde ich in den Schreibtisch beißen! Aber ich bin die Therapeutin. Ich muss souverän sein.

Möglichst unauffällig versuche ich, durchzuatmen und nicht selbst in Panik auszubrechen, da dringt Bens nicht weniger verzweifelte Stimme zu mir durch.

«Wirst du mir helfen können?»

Es klingt, als sähe er in mir seine einzige Hoffnung. Aber ich kann nicht antworten. In meinem Hals steckt ein dicker Kloß, der noch dicker werden wird, je länger ich hier die Psychotante mime.

Nachdenklich streiche ich über meinen Haarknoten. Was für eine bescheuerte Verzweiflungsgeste. Eine gutsitzende Frisur wird mir ja wohl kaum weiterhelfen.

«Oder ist so was unheilbar?», hakt Ben nach.

Puh, mir wird ganz schwindelig. Was weiß ich schon über Amnesien? Nichts!

Eilig nehme ich einen Schluck Wasser und wünschte, es wäre hochprozentiger Schnaps. Als ich das Glas abstelle, fällt mir einer meiner Lieblingssprüche ein: Das Unmögliche versuchen, damit das Mögliche möglich wird!

«Ähm, selbstverständlich kann ich dir helfen», verkünde ich mit fester Stimme und füge im Stillen hinzu: Keinen blassen Schimmer, wie ich das anstellen soll, aber vor mir sitzt mein Traummann und ist offensichtlich total verzweifelt. Welche Frau würde da nein sagen?

Ben stößt einen tiefen Seufzer der Erleichterung aus. «Danke, das beruhigt mich. Was meinst du, wie lange es dauern wird?»

«Hmm», murmele ich und blicke geschäftig auf meine Armbanduhr, als könne ich die Antwort darauf ablesen. «Das lässt sich schwer voraussagen, denn ich habe da ja auch noch diese ...» Beinahe hätte ich Yogastunden gesagt. Im letzten Moment kriege ich die Kurve: «... diese anderen Patienten.»

Ben nickt beeindruckt. «Natürlich. Kannst du mich denn trotzdem dazwischenschieben?»

«Keine Sorge», beruhige ich ihn. «Du bist der interessanteste Fall, der mir seit langem begegnet ist. Den würde ich mir nie entgehen lassen.»

Eine Minisekunde lang habe ich den Eindruck, als würde mir Ben nicht ein einziges meiner hochtrabenden Worte glauben. Doch dann nickt er zu meiner eigenen Überraschung und erklärt schmunzelnd: «Hört sich toll an. Aber lieber wär's mir, wenn ich mich wieder erinnern könnte.»

«Das wirst du», verspreche ich kühn und erhebe mich. «Für heute müssen wir aber leider Schluss machen. Wenn es dir morgen passt, hätte ich um zwei Uhr wieder einen freien Termin.»

Er schiebt den Stuhl zurück. *Mein* Patient!

«Danke, Ella, den nehme ich gerne.»

An der Wohnungstür verabschieden wir uns mit einem Händedruck.

«Also dann, bis morgen», sage ich vergnügt und merke, wie meine Stimme vor Aufregung vibriert. Schon morgen werde ich ihn wiedersehen!

Aber, Moment mal. Wird er unsere Verabredung auch nicht vergessen?

«Vielleicht solltest du dir den Termin notieren», schlage ich vor.

«Das ist ja das Merkwürdige.» Ben drückt meine Hand einen Moment länger als nötig. «Mit der Gegenwart habe ich keine Probleme. Nur in meiner Vergangenheit klafft eine Lücke.»

Verdammter Mist, ich gehöre schließlich auch zu seiner Vergangenheit! Aber das wird sich ändern. Schon bald werde ich wieder zu seiner Gegenwart gehören. Und vor allem zu seiner Zukunft. So wahr ich Dr. Nitsche bin!

Als Ben meine Hand loslässt und den Hausflur betritt, hält gerade der Lift.

Huch!

Das wird doch nicht Phillip sein, der verfrüht nach Hause kommt?

Ich werfe einen verstohlenen Blick auf meine Armbanduhr. Nein, Phillip müsste noch fliegen üben, beruhige ich mich.

Hoffentlich ist es kein Nachbar, der mich mit Nelly anspricht und sich über mein ungewohntes Aussehen wundert? Ich kann es bereits spüren: Gleich gibt's eine Katastrophe.

Knarrend öffnet sich die Aufzugtür, und eine sehr attraktive Brünette tritt heraus. Sie blickt sich kurz um und kommt dann fragend auf mich zu:

«Dr. Nitsche?»

10

Hilfe! Ich bin reif für die Couch! Noch mehr Patienten, und ich lege mich zu Mama ins Sanatorium!

Aber im Moment muss ich gezwungenermaßen die Psychotante bleiben. Ben steht ja immer noch neben mir. Wie könnte ich da plötzlich behaupten, nicht Dr. Nitsche zu sein.

«Also, bis morgen», sagt er lächelnd und blickt mich seltsam erfreut an, als sei er stolz darauf, einer meiner Patienten zu sein. Dann wendet er sich ab und läuft die Treppen hinunter.

Die elegant gekleidete Frau mustert mich aus strahlend blauen Augen, als warte sie auf irgendeine Anweisung. Was bleibt mir also anderes übrig, als den Schwindel weiter durchzuziehen.

«Bitte schön, Frau … ähm?» Mit einer einladenden Geste bedeute ich ihr, einzutreten.

«Oh, entschuldigen Sie, Krüger mein Name. Jeanette Krüger. Ich wohne hier ganz in der Nähe, und da dachte ich so bei mir, dass ich doch gleich persönlich vorbeikommen könnte.» Sie plappert noch im Türrahmen drauflos. «Na ja, vielleicht haben Sie ja einen Termin frei. Bei mir wäre es nämlich dringend, Frau Doktor.»

Sie wechselt ständig von einem Fuß auf den anderen, als müsse sie vor allem dringend auf die Toilette.

Ich öffne die Wohnungstür weit und deute den Flur entlang. «Möchten Sie vielleicht erst mal das Badezimmer aufsuchen?», frage ich unbedarft.

Irritiert blickt mich Frau Krüger an, dann scheint sie zu kapieren. «Oh, ach so. Nee, nee. Ich muss nicht. Ich bin nur so schrecklich nervös, weil ich gerade versuche, einen heftigen Anfall auszuhalten. Genauer gesagt, ich versuche meiner Sucht nicht nachzugeben.»

Sucht? Etwa Drogen? Glaubt sie vielleicht, dass sich in der Praxis ein Giftschrank befindet, den sie ausrauben kann? Blankes Entsetzen packt mich.

Anscheinend sind mir meine Bedenken anzusehen. Denn Frau Krüger erklärt ganz lapidar: «Keine Bange, Frau Doktor.» Sie greift in ihre dunkellila Handtasche und zieht eine gleichfarbige Geldbörse hervor, die sie nun derart krampfhaft umfasst, dass in Sekundenschnelle ihre Fingerknöchel weiß hervortreten. «Das hilft schon mal.»

Augenblicklich erwacht meine Neugier. Was kann das für eine sonderbare Sucht sein, wo das Umklammern eines Portemonnaies die Symptome lindert?

Während ich Frau Krüger freundlich lächelnd den Flur entlang ins Sprechzimmer dirigiere, mustere ich sie unauffällig. Sogar ein unbedarfter Laie wie ich erkennt an ihrer ungewöhnlichen Kombination aus senffarbenem, knielangem Rock und raffiniert geschnittenem Seidentop mit Wasserfallausschnitt ihr sicheres Gespür für Mode. Ob sie ein Fashion-Victim ist?

«Warum setzen wir uns nicht», schlage ich vor und deute auf das Sofa im Beratungszimmer, «und Sie erzählen mir Genaueres über Ihre … ähm, Ihre …» Mist! Darf man das Wort Sucht den Patienten gegenüber überhaupt erwähnen, ohne einen Ausraster zu riskieren?

«Kaufsucht», hilft mir Frau Krüger auf die Sprünge. «Aber keine Bange, das ist nicht ansteckend.»

Kapiert! Jeanettes Leidenschaft fürs Shoppen ist also etwas außer Kontrolle geraten. Aber ist es nicht übertrieben, sich in psychotherapeutische Behandlung zu begeben, nur weil man gern einkaufen geht?

«Was für ein wunderhübscher Raum!», ruft Frau Krüger begeistert aus, steuert direkt auf die Samtcouch zu und stellt ihre Handtasche darauf ab. «Rot und Lila sind doch eine wunderschöne Kombination, finden Sie nicht? Das Sofa muss ich haben.»

Na, die Geldbörsen-Therapie kann man jetzt wohl knicken – das leuchtet sogar mir ein, obwohl ich in Sachen Psychologie noch Azubi bin. Ob ich an (oder sollte ich besser sagen, mit) Jeanette Krüger üben kann, wie man therapiert? Etwas Praxis würde mir bei Bens Flugangst weiterhelfen, und Jeanette dürfte es sicher nicht schaden. Kaufsucht ist schließlich keine lebensgefährliche Sucht, oder? Ihren exquisit aussehenden Klamotten nach zu urteilen, steht Frau Krüger auch nicht gerade am Rande des finanziellen Ruins. Ich frage mich, was die goldene Uhr mit dem schweren Gliederarmband wohl wert ist und ob der breite diamantbesetzte Reif an ihrer rechten Hand ein Ehering ist.

Möglichst unauffällig atme ich tief durch. «Setzen Sie sich doch erst mal, Frau Krüger.»

Wohlig seufzend lässt sie sich auf Mamas bestem Möbel nieder, lehnt sich zurück und legt die Beine hoch. «Ach, ist das gemütlich.»

«Ähm, ja, sehr schön», murmele ich irritiert und ziehe mir einen von den bequemeren Sesseln ans Kopfende des Sofas.

Ganz so, wie man es aus Filmen kennt. Keine Ahnung, wie andere «Kollegen» das halten, aber in dieser Position hoffe ich, Unsicherheiten leichter überspielen zu können. Frau Krüger hat mich jedenfalls nicht im Blickfeld.

Meine Patientin ruckelt sich derweil auf dem Sofa zurecht, als wolle sie die richtige Schlafposition finden, und faltet dann auch noch die Hände über ihrem Bauch.

Da sie nicht von sich aus anfängt, etwas zu erzählen, stelle ich ihr eine unverfängliche Frage: «Wie fühlen Sie sich jetzt, Frau Krüger?»

Also daraus kann mir niemand einen Strick drehen. Selbst wenn ich nur eine Kassiererin im Supermarkt wäre, könnte ich mich nach ihrem Befinden erkundigen.

«Ausgezeichnet», verkündet sie euphorisch. «Und ich weiß auch schon, wo ich sie hinstelle.»

«Wie bitte?»

«Die Couch. Sie kommt in meine Ankleide. Da kann ich mir dann im Liegen überlegen, was ich anziehen möchte. Einfach spitze!»

Ach du liebe Zeit! Wir sind doch hier nicht in einem angesagten Möbelladen, und ich bin auch keine Verkaufsberaterin.

«Mmm, ein Kissen wäre schön», grummelt meine Patientin vor sich hin.

«Ein Kissen?», hake ich ein, um wenigstens irgendetwas zu sagen. Ich kann sie ja kaum zum Möbelhändler schicken.

«Oder eine Nackenrolle. Hätten Sie vielleicht eine?»

Okay, zurück auf Anfang. Ich ignoriere ihren Wunsch einfach und stelle ihr stattdessen eine neue Frage: «Waren Sie wegen Ihres Problems bereits in therapeutischer Behandlung?» Die Frage hatte sich ja bei Ben schon bewährt.

«Nein, aber ich habe es mal mit Eigentherapie versucht», erklärt sie. «Das war leider ein Flop.»

Aha, das hört sich doch schon mal vielversprechend an, denke ich und frage nach Einzelheiten.

«Nun, ich war vor kurzem mal im KaDeWe – ohne Geld und ohne Kreditkarte, stellen Sie sich vor! Nur so zum Gucken», erläutert Frau Krüger. «Und kurz bevor mir schwummerig wurde, bin ich schnell in den schicken Glasaufzug gestiegen, um mich abzulenken. Aber nach zwei Stunden Liftfahren war mir so übel, dass ich unbedingt etwas kaufen musste.

«Ich vermute, das waren Entzugserscheinungen», sage ich schlaumeierisch und füge schnell noch eine weitere Frage hinzu: «Wie wollten Sie denn ohne Geld etwas kaufen?»

Sie wischt meinen Einwand mit einer heftigen Handbewegung weg, die ihren Armschmuck wie ein Kassenglöckchen klimpern lässt. «Ach, das war kein Problem. Ich bin Stammkundin dort und kann anschreiben. Ich kann überhaupt überall anschreiben, scheint mir. Das macht es ja so schwer, dagegen anzukämpfen.»

Meine Gedanken wandern zu Ben und meinem Einkauf ohne Geld, und ich muss schmunzeln.

Frau Krüger holt Luft und berichtet weiter: «Dann kam ich auf die Idee, die Sachen wieder zurückzubringen, was genauso effektvoll sein müsste wie Einkaufen. Dabei läuft die Prozedur ja nur andersrum ab, oder? Leider musste ich feststellen, dass Zurückbringen nur halb so lustig ist.» Sie schnauft frustriert.

«Sie finden es also nur halb so lustig?» Die Logik erschließt sich mir nicht auf Anhieb.

«Ist doch klar wie Klärchen», stöhnt sie. «Wenn ich alles

wieder in den Laden bringe, muss ich mit leeren Händen nach Hause gehen.»

Für jemand wie mich, der sich nichts aus Shopping macht, ist das immer noch keine ausreichende Erklärung. «Und wie wär es mit Umtauschen?», schlage ich daher vor. «Dann hätten Sie etwas zum Nachhausetragen.»

«Auch schon probiert. Ist zwar besser als Zurückbringen, aber so richtig glücklich macht mich das auch nicht.» Jeanettes Antwort klingt so, als wäre allein der Gedanke daran bereits eine große Qual. «Und deswegen liege ich nun hier.»

«Das tut mir leid», sage ich mitfühlend.

Abrupt hebt meine Patientin den Kopf und wendet sich mir zu. «Danke schön, Frau Doktor, aber das hilft mir nicht weiter.»

Mitgefühl scheint hier und jetzt unangebracht zu sein. Ich muss also sofort etwas sehr Schlaues sagen, sonst werde ich noch von einer Kaufsüchtigen entlarvt und vielleicht sogar wegen Vertrauensmissbrauch angezeigt.

Während Jeanette Krüger mit den Augen rollt und sich enttäuscht zurückfallen lässt, überlege ich panisch, was Mama wohl in dieser Situation fragen würde. Aber ich fürchte, mit solchen Notsituationen kann mein Kräuselgehirn ohne Kopfstand nichts anfangen.

«Nun … ähm …», beginne ich in meiner Verzweiflung zu stottern, ohne zu wissen, was ich eigentlich sagen will, «wie wäre es, wenn Sie –»

Ruckartig fährt sie wieder hoch und dreht sich erwartungsvoll zu mir um, als könne ich ihr Problem mit einem Fingerschnippen beseitigen. «Sie haben eine Idee?» Ihre kornblumenblauen Augen glitzern hoffnungsvoll.

«Ähm, nun ja …» Ratlos zupfe ich an meinem Rock,

schlage die Beine übereinander und schiebe die Brille auf meiner Nase zurecht. Alles reines Verzögerungsgetue, um einen Ausweg zu finden. «Also, bevor wir mit der eigentlichen Therapie beginnen, muss ich wissen, warum Sie so gerne einkaufen und warum Sie es plötzlich nicht mehr wollen.»

Obwohl Frau Krüger das Wort Kaufsucht selbst benutzt hat, will ich es bewusst vermeiden. Ich werde einfach das Gefühl nicht los, hier etwas Verbotenes zu tun. Aber vielleicht schaffe ich es ja, mich mit ihr wie mit einer Freundin zu unterhalten. Und es wird ja wohl erlaubt sein, einer Freundin in Not mit ein paar Ratschlägen zu helfen.

Als hätte ich sie nach ihren besten Shoppingadressen gefragt, gibt Jeanette Krüger bereitwillig Auskunft: «Ach, das ist kein Geheimnis. Shoppen machte mir einfach immer schon mächtig Spaß. Aber mein Mann, Hubert, möchte, dass ich mich behandeln lasse. *Entweder du gehst zu einem Therapeuten, oder ich lasse mich scheiden!*, hat er gedroht.»

Ich werfe ein überraschtes «Oh» ein.

«Genau so hab ich auch reagiert», berichtet Jeanette Krüger weiter. «Aber ich liebe mein Hubertchen, und deswegen ist es auch so dringend, Frau Doktor. Aber nicht, dass Sie glauben, wir könnten uns meine Sucht nicht leisten. Nein, Geld ist kein Thema. Mein Mann ist in der Baubranche, und *Mörtel* haben wir genug, wenn Sie verstehen, was ich meine.» Sie lacht schelmisch. «Hubert behauptet zwar immer, er könne gar nicht so schnell bauen, wie ich den Kies ausgebe. Am meisten stört ihn aber, dass ich die Sachen gar nicht brauche und oft nicht mal auspacke. Der Gute hat ja keine Ahnung! Bei Kaufsucht geht es ums Einkaufen und nicht ums Auspacken, richtig, Frau Doktor?»

«Mmm», brumme ich leise.

«Aber was verstehen Männer schon davon. Denen fehlt einfach das Shopping-Gen, nicht wahr? Und ich habe vermutlich ein XXL-Shopping-Gen. Aber das kann sich Hubert erst recht nicht vorstellen.»

Ein XXL-Shopping-Gen!? Hinter vorgehaltener Hand unterdrücke ich ein Kichern und schiebe schnell die nächste Frage hinterher: «Sie packen die Sachen also nicht aus, Frau Krüger?»

«Wie gesagt: Es geht ja nur ums Kaufen», erklärt Frau Krüger mit vibrierender Stimme. «Es beginnt mit dem Suchen. Nach einem neuen Kleidungsstück zum Beispiel. Da überfällt mich erst so ein leichtes Kribbeln, das sich beim Anprobieren langsam zur Euphorie steigert. An der Kasse habe ich dann so ein orgastisches Gefühl im ganzen Körper. Das hält so lange, bis ich mit der Tüte in der Hand den Laden verlasse. Aber kaum stelle ich die zu Hause ab, ist der Spaß vorbei. Und am nächsten Tag muss ich einfach wieder los. Die Sachen auszupacken wäre stinklangweilig. Oft hab ich auch schon wieder vergessen, was ich gekauft habe.»

Mist, der Fall scheint doch komplizierter als gedacht. Aber aufgeben kommt nicht in Frage. Mir wird schon noch etwas einfallen. Und im schlimmsten aller Fälle überweise ich Jeanette Krüger eben zu Tessa. Aber für heute habe ich genug von Phobien, Flugangst und Kaufsucht. Mir schwirrt der Kopf.

Erschöpft werfe ich einen Blick auf Mamas Armbanduhr und stelle entsetzt fest, dass ich langsam los muss. In einer Stunde soll ich auf der Matte liegen und Yoga unterrichten!

«Tja, die Zeit für unser Gespräch ist leider um, Frau Krüger», verkünde ich, als würde ich diesen Satz zu jeder vollen Stunde sagen.

Träge erhebt sich meine neue Patientin vom Sofa, zieht ihren Rock zurecht und fährt sich durchs kinnlange Haar. «Wann darf ich wiederkommen, Frau Doktor?»

Ich trete an den Schreibtisch und trage mit Bleistift schnell noch Bens Termin für morgen in Mamas Terminkalender ein. Nach seiner Stunde könnte ich dann wieder Jeanette therapieren. «Morgen um drei, wenn es Ihnen passt», biete ich an.

«Hervorragend! Das passt hervorragend.» Sie klingt so begeistert, als wäre es eine Verabredung zum XXL-Shoppen.

Puh! Jetzt habe ich zwei Jobs gleichzeitig. Urlaub wird das keiner. Aber für Ben nehme ich den Stress auf mich. Egal, wie lange es dauert. Ich will, dass er sich wieder an mich erinnert – und an uns als verliebtes Paar. Und ich will herausfinden, wer oder was unseren wunderschönen Abend aus seiner Erinnerung gelöscht hat.

11

Am nächsten Morgen bei den Vorbereitungen für das Frühstück kann ich das zufällige Treffen mit Ben einfach nicht länger für mich behalten.

Britta kam gestern Abend erst spät nach Hause, und wir haben uns nicht mehr gesehen. Aber jetzt muss ich ihr unbedingt von diesem unglaublichen Zufall berichten. Von unserem traumhaften Abend im *Mädchen ohne Abitur* weiß sie natürlich längst. Auch dass Ben die zweite Verabredung am nächsten Tag hat platzenlassen.

«Du wirst dich aber doch nicht nochmal mit diesem Typen verabreden, oder?», nörgelt sie, als ich ihr erzähle, dass ich Ben wiedergesehen habe. «Erst einen auf romantisch machen und sich dann nie wieder melden. Der Typ geht doch gar nicht!» Sie nimmt Butter, Käse und Orangensaft aus dem Kühlschrank und legt alles auf den Tisch.

«Ben hat mich bei unserer zweiten Verabredung nicht sitzenlassen», korrigiere ich sie. «Er hat nur *vergessen*, dass wir verabredet waren.»

«Vergessen?», wiederholt Britta abfällig und sieht mich mit großen Augen an. «Nur, weil du selbst immer alles vergisst, Nelly Nitsche, darfst du einem Mann das noch lange nicht durchgehen lassen.»

«Nein, das würde ich auch nie tun. Aber in Bens Fall ist es etwas anderes», antworte ich selbstbewusst und berichte von Bens Auftauchen in Mamas Praxis, von seiner Flugangst, der Weißphobie und der retrograden Amnesie. «Und ich werde ihm helfen, sich zu erinnern!», schließe ich meinen Bericht.

Zweifelnd, als wäre ich eine Politikerin, die alles verspricht, nur um wiedergewählt zu werden, sieht Britta mich an. «Wie willst du das denn anstellen? Wenn sein Gedächtnis tatsächlich nicht mehr richtig funktioniert, ist das schließlich kein harmloser Schnupfen.»

«Ich habe keinen blassen Schimmer», gestehe ich, während ich die Kaffeemaschine bediene. «Aber mir wird schon was einfallen», seufze ich zuversichtlich. «Oder würdest du deinen Traummann einfach zu einer anderen Therapeutin schicken?»

Geräuschvoll verteilt Britta Teller und Tassen auf dem Tisch. «Was heißt hier *andere* Therapeutin. Das würde voraussetzen, du wärst eine. Aber du *bist* keine, Nelly!»

«Aber das weiß Ben doch nicht», entgegne ich trotzig. «Und es wird ihm schon nicht schaden, sich mit mir zu unterhalten. Außerdem werde ich mit der kaufsüchtigen Jeanette Krüger üben.»

«Wer ist das denn jetzt schon wieder?» Fassungslos schüttelt Britta den Kopf. «Psychotherapie ist doch keine Yogaübung, die man durch Wiederholungen erlernen kann, Nelly. Hast du mal überlegt, ob du dich nicht vielleicht strafbar machst? Und was passiert, wenn deine Mutter dahinterkommt?»

«Du bist viel zu rational», kontere ich, verteile Naturjoghurt in flache Schalen und träufle ein wenig Honig drüber. «Für die Liebe muss man kämpfen und –»

«Aber nicht mit stumpfen Waffen», unterbricht mich Britta mahnend. Dann hackt sie mit einer energischen Bewegung einer Ananas den Blätterschopf ab und wirft ihn erbost in unseren Biomülleimer. «Wie soll das denn gehen, Nelly? Du hast doch gar keine Ahnung von der Materie!»

Gelassen zucke ich die Achseln. «Mir wird schon was einfallen, wie ich ihn sozusagen legal therapieren kann!»

Brittas Moralpredigt hat dennoch Spuren hinterlassen. Während der beiden Yogastunden am Vormittag kann ich mich kaum konzentrieren. Die Therapeutin in mir grübelt über die Seelenklempnerei nach. Allerdings kommt nichts Brauchbares dabei heraus, weil ich zwischendrin von meinen eigenen Yogakommandos abgelenkt werde.

Nach dem Unterricht eile ich sofort an meinen Computer, um zu sehen, ob ich im Netz ein paar hilfreiche Informationen finden kann. Während ich an meinem Pausenbrot und den Apfelschnitzen kaue, gebe ich den Begriff «retrograde Amnesie» ein und stoße auf Folgendes:

Als retrograde (rückwirkende) Amnesie bezeichnet man im Allgemeinen den Gedächtnisverlust für den Zeitraum vor dem Eintreten des schädigenden Ereignisses. Im Gedächtnis gespeicherte Bilder oder Zusammenhänge um den Zeitraum des Geschehens (sehr oft ist es ein Unfall oder ein traumatisches Erlebnis) können nicht ins Bewusstsein geholt werden.

Na, das wusste ich ja bereits aus dem Lexikon der Psychologie, denke ich frustriert. Ein interessanter Hinweis unter einem anderen Link bestätigt mich allerdings in meinem Vorhaben:

In den ersten zwei Jahren nach Eintreten des schädigenden Ereignisses ist eine Therapie besonders wichtig.

Egal, wie ausführlich die Texte zu diesem Thema auch sind, wirklich weiterhelfen können sie mir nicht. Aber wo ich nun schon mal dabei bin, zu recherchieren, gebe ich auch noch den Begriff «Kaufsucht» in die Suchzeile ein:

Ein Suchtverhalten kann erfolgreich mit Verhaltenstherapie behandelt bzw. eingedämmt werden. Unter behutsamer Anleitung können z. B. Waschzwangerkrankte lernen, dass sie sich nicht mehrere hundert Mal am Tag die Hände waschen und auch nicht x-mal duschen müssen. Leider gibt es für Kaufsüchtige noch keine geeignete Therapie, da diese Erkrankung erst seit relativ kurzer Zeit auftritt. In neueren Studien fand man jedoch heraus, dass es sich um eine typische Wohlstandssucht handelt …

Ach, nee. Wer hätte das gedacht?! Das leuchtet ja sogar mir ein: ohne Geld keine Kaufsucht. Aber wenn man selbst in langwierigen und kostspieligen Studien nicht dahintergekommen ist, wie soll ich dann Jeanette Krüger behandeln? Dabei hatte ich gehofft, sie wäre die einfachere Patientin!

Tja, wenn es noch keine erfolgreiche Behandlungsmethode gibt, muss ich eben eine entwickeln. So schwierig kann das ja nicht sein.

Statt eines dringend notwendigen Kopfstands atme ich nur einige Male tief durch – Butterbrot und Apfel würden sonst den umgekehrten Weg nehmen – und schließe meine Augen, um mich besser konzentrieren zu können. Es dauert nicht lange, bis meine krausen Gehirnzellen wie unter Strom vibrieren und absurde Möglichkeiten ausspucken: Jeanette Krüger leere Einkaufstüten nach Hause tragen oder all ihre Kreditkarten sperren lassen. Doch wo bliebe da bei ihr das Vergnügen?

Aber viel wichtiger als Frau Krügers Spaß ist eine zündende Idee gegen Bens Flugangst!

Eine Minute vor zwei schrillt in der Praxis Dr. Nitsche die Türglocke.

Mit klopfendem Herzen eile ich den Flur entlang. Natürlich habe ich mich längst wieder auf seriöse Therapeutin gestylt. Mein Haar ist glatt geföhnt und zu einem Knoten gesteckt, ich habe mir eine dunkelgrüne Leinenhose und ein ärmelloses schwarzes Leinentop angezogen. Außerdem dufte ich nach dem Parfüm, das ich am ersten Abend mit Ben trug. Es heißt doch immer, Düfte wecken Erinnerungen. Vielleicht klappt es ja. Ich meine, wenn ich Zimt rieche, denke ich selbst im Hochsommer unweigerlich an Weihnachten.

Im Flur werfe ich einen letzten Kontrollblick in den Spiegel, streiche über meinen betonierten Haarknoten und schiebe die Hornbrille zurecht.

Puh, sehe ich kompetent aus! Lächelnd öffne ich die Tür.

«Hallo, Ben.»

«Hi, Ella», begrüßt er mich.

Über den Brillenrand wage ich einen Blick. Er trägt helle Jeans, darüber ein türkises Schlabbershirt mit Palmenaufdruck und an den Füßen Sandalen. Der totale Freizeitlook, inklusive Bartstoppeln, als würde er mich zu einem Ausflug an den Wannsee abholen wollen. Perfekt bei dem schwülheißen Sommerwetter. Und ich würde auch nichts lieber tun, als mich mit Ben in einem Badesee abkühlen. Natürlich nicht als seine Seelenflüsterin – sondern als seine Freundin.

Aber solange er mich Ella nennt, steht quasi meine Mutter zwischen uns. Das muss ich baldmöglichst ändern.

«Komm doch rein», fordere ich ihn freundlich auf und strecke ihm selbstbewusst die Hand entgegen.

Ben schüttelt sie und lässt seinen Blick über mein Outfit

gleiten. «Tolles Top, es betont deine Arme. Treibst du viel Sport?»

«Nun, ich mache regelmäßig Yoga», antworte ich und blicke ihm direkt in die Augen. Ich bin gespannt, ob das Wort *Yoga* irgendeine Assoziation bei ihm auslöst.

«Ja, Yoga ist klasse», entgegnet Ben ohne das winzigste Anzeichen einer Erinnerung.

Das wäre ja auch zu einfach, denke ich enttäuscht. «Ich hole uns noch was zu trinken», verkünde ich über die Schulter. «Du weißt ja, wo es langgeht.»

Als ich wenig später mit den Getränken auf einem Tablett das Beratungszimmer betrete, liegt Ben ausgestreckt auf der Couch. Er hat seine Hände hinter dem Kopf verschränkt, die Füße übereinandergekreuzt und seine Augen geschlossen.

Verzückt betrachte ich das Objekt meiner Sehnsucht. Er ist ja so süß. Und es kostet mich alle Kraft, mich nicht einfach zu ihm zu legen, mich an ihn zu kuscheln und ihm zuzuflüstern, was er vergessen hat. Stattdessen muss ich die dunklen Ecken seiner verletzten Psyche erforschen und dabei professionellen Abstand einhalten. Tja, Liebe zwischen Arzt und Patient ist absolut tabu.

Ich will gerade das Tablett auf dem Schreibtisch abstellen, als die Türklingel schrillt und ich mich maßlos erschrecke.

Die Wirkung ist so unerwünscht wie die auf Beipackzetteln in Arzneipackungen genannten. Ungewollt laut lasse ich das Tablett auf den Schreibtisch knallen, worauf Ben ruckartig hochfährt.

«Ähm, entspann dich ruhig», sage ich so sachlich wie möglich. «Das ist bestimmt nur der Postbote. Ich bin gleich zurück.»

Das mit dem Postboten rede ich mir selbst ein, um mich zu beruhigen. Denn ich habe eigentlich keine Ahnung, wer das jetzt sein könnte.

Vorsichtshalber linse ich erst durch den Türspion.

Mutter!

Schlagartig wird mir übel.

Wie ist das möglich? Mama ist doch auf Kur!

Ungläubig nehme ich die Brille ab, reibe mir die Augen und wage noch einen Blick.

Nein, es ist Tessa. Verdammt, durch die Brille sah sie aus wie Mama! Die beiden sehen sich aber auch zum Verwechseln ähnlich. Der gleiche Haarschnitt und immer tadellos gekleidet.

Aber was, zum Geier, will Tessa hier?, überlege ich panisch, als es erneut klingelt.

Diesmal läutet sie Sturm.

Nein, ich kann nicht aufmachen. Denn dann will sie sicher reinkommen, und ich weiß wirklich nicht, wie ich Bens Anwesenheit erklären soll.

Und wenn nun etwas mit Mama passiert ist?, fährt es mir plötzlich durch den Kopf. Blitzschnell reiße ich die Tür auf.

«Tessa! Wie geht es Mama?»

«Hallo, Nelly», begrüßt sie mich und haucht mir ein flüchtiges Küsschen auf die Wange. «Deiner Mutter geht es den Umständen entsprechend gut.» Mit diesen Worten stürmt sie an mir vorbei Richtung Sprechzimmer. «Aber ich habe leider keine Zeit zum Schwatzen. Ich bin total in Eile. Ist dein Bruder nicht hier?»

Ohne eine Antwort abzuwarten, saust Tessa an mir vorbei und durch den Flur der Wohnung. Eilig schließe ich die Tür, kann ihr aber nicht schnell genug folgen. Sie ist schon mit einem Bein im Behandlungszimmer. Die Katastrophe nimmt ihren Lauf.

«Aaaaaa!»

Das war eindeutig Tessas Schrei.

Mit klopfendem Herzen flitze ich hinterher. Die Hände in die Hüften gestemmt, steht sie wie das Jüngste Gericht im Türrahmen. «Was ist hier los?», fragt sie mit strenger Stimme in den Raum hinein.

«Ähm … das ist …», stottere ich verzweifelt, während ich Bens irritierten Blick zwischen Tessa und mir hin- und herwandern sehe. Hinter dem Rücken meiner Tante verdrehe ich die Augen, tippe mir mit dem Finger auf die Stirn und bedeute Ben, dass diese Frau einen Dachschaden hat.

Ben scheint zu kapieren. Ruhig erhebt er sich und streckt ihr die Hand entgegen. «Ben Reuther, guten Tag.»

«Äh, Tessa Tokay», entgegnet sie. Nach einem höflichen Händeschütteln blickt sie mich fragend an. «Wieso liegt er hier auf der Couch?», flüstert sie. «Fehlt ihm was?»

Mir bricht der Schweiß aus. Mein Gesicht brennt. Und ich finde keine Erklärung, die Tessa akzeptieren würde und die sie vor allem sofort zum Verschwinden veranlassen könnte.

«Ben … ähm … Also, er wollte nur mal …», hasple ich und merke, wie mein linkes Auge zu zucken beginnt. Ein Zeichen für totale Panik. «Aber was machst du eigentlich hier, Tante Tessa?», frage ich mit Betonung auf Tante.

«Ich? Ach so, ja. Deine Mutter braucht dringend ihre Brille und auch noch einige Kleidungsstücke. Eigentlich hatte ich Phillip aufgetragen, ihr die Sachen zu bringen», erklärt sie und fügt vorwurfsvoll an: «Das hat er aber bis heute nicht getan, deshalb wollte ich das schnell erledigen.»

Das ist mal wieder typisch für meinen Bruder, diese egoistische Zecke. Na warte, wenn ich Mamas Liebling in die Finger kriege!

«Also, wo ist denn nun die Brille?» Tessa sieht mich auffordernd an.

Eilig stecke ich beide Hände in die Hose und lasse so die Brille unauffällig in der Tasche verschwinden. «Ähm … keine Ahnung», antworte ich schulterzuckend. «Hat dir Mama denn nicht gesagt, wo du suchen sollst?»

«Auf dem Schreibtisch», verkündet sie und steuert direkt darauf zu.

Mist! Jetzt wird mich Ben fragen, was die Brille meiner Mutter in *meinem* Arbeitszimmer macht. Wie soll ich das nur erklären? Ich werfe Ben einen weiteren genervten Blick zu. Er entschuldigt sich und fragt nach der Toilette.

«Am Ende des Flurs rechts», erkläre ich freundlich.

Kaum ist Ben außer Hörweite, kommt Tessa auf mich zu und zischt mir zu: «Also, Nelly, wer ist das, und was macht ihr hier?»

Mittlerweile läuft mir der Panikschweiß den Rücken entlang. «Na ja … das ist Ben Reuther», antworte ich wahrheitsgemäß und flehe den großen Sigmund Freud, C. G. Jung und wer da sonst noch im Meistertherapeutenhimmel rumhängt um Hilfe an.

«Lenk nicht ab, Nelly Nitsche», blitzt sie mich lauernd an. «Sein Name interessiert mich nicht. Ich will wissen, was ihr in Ellas Sprechzimmer treibt!»

Jetzt reicht es mir aber mit Ausfragen, denke ich bockig. «Na, *du* hast mir doch aufgetragen, hier am Nachmittag den Telefondienst zu schieben. Und Ben, ähm … ich meine, Herr Reuther, wollte nur mal … na ja, also, er wollte auf die Toilette.»

«Ja, ja, schon klar», winkt Tante Tessa plötzlich grinsend ab und droht scherzhaft mit dem Zeigefinger. «Ich war schließlich auch mal jung. Aber bitte keine Schweinigeleien auf der Couch!»

Empört stemme ich die Hände in die Hüften. «Also bitte, Tessa, was denkst du von mir? Ben und ich haben uns nur unterhalten.»

Das ist nicht mal gelogen.

Noch etwas ungläubig mustert sie mich. «Schon gut. Aber du siehst irgendwie so … Ich weiß nicht. Die Klamotten sehen aus, als gehörten sie Ella, und seit wann trägst du dein Haar so streng zurückfrisiert?»

«Ja, ähm … also das ist nur wegen …»

Plötzlich erhellt sich das Gesicht meiner Tante, und ihre dunklen Augen blitzen. «Ach, wie niedlich. Ihr treibt Rollenspielchen! Psychotante und Patient.»

In dem Moment kommt Ben zurück. Tessa mustert ihn neugierig.

«Und was für ein *Problem* lassen Sie von *Dr. Nitsche* behandeln?»

Hiiilfe!!!

Während ich beinahe im Boden versinke vor Scham, nimmt Ben völlig gelassen auf dem Thonet-Stuhl Platz und gibt bereitwillig Auskunft: «Ich leide unter einer retrograden Amnesie und habe keine Ahnung, woher meine Panik vor weißen Möbeln und meine plötzliche Flugangst kommen.»

«Donnerlüttchen!», staunt Tessa und zwinkert Ben verschwörerisch zu. «So einen interessanten Fall hätte ich auch gerne mal. Also, wenn Ihnen hier nicht geholfen wird, übernehme ich gern.»

Was soll das denn jetzt werden?, schnaufe ich genervt in mich hinein. Will sie ihn mir etwa ausspannen?

«Welche Sachen braucht Mama denn sonst noch?», mische ich mich schnell ein.

«Ach so, ja.» Tessa scheint sich endlich an den eigentlichen Grund ihres Kommens zu erinnern, greift in ihre Handtasche und zieht einen Zettel heraus. «Sie hat mir eine Liste mitgegeben. Hilfst du mir beim Suchen?»

Nach einer qualvollen Viertelstunde, in der ich mit Tessa zusammen Mamas Sachen aus dem Schrank zusammensuche, rauscht sie (ohne die Brille) wieder ab, und ich wage endlich aufzuatmen.

«Entschuldige die Unterbrechung», bitte ich Ben, der es sich mittlerweile wieder auf der Couch bequem gemacht hat.

«Das war deine Tante?», wundert er sich. «Sie scheint ja …» Er stockt, als wolle er nicht unhöflich werden.

Schnell angle ich die Brille aus der Hosentasche, setze sie auf und lasse mich wieder am Schreibtisch nieder. «Ach, das willst du gar nicht wissen», behaupte ich lässig und fuchtle unterstützend mit den Händen.

Nachdenklich fixiert Ben das Gemälde hinter dem Schreibtisch. «Eigentlich schon. Ich fand sie doch sehr merkwürdig. Wie sie deinen Namen betont hat. Und was sollte diese Andeutung, dass sie mich gerne *übernehmen* würde?» Er richtet sich etwas auf und sieht mich fordernd an.

Sofort ist der Kloß in meinem Hals wieder da. Ich werde noch daran ersticken! Was sage ich ihm nur?

«Also, das war Dr. Teresa Tokay, meine Nenntante.» In meiner Not entschließe ich mich für die *geschönte* Wahrheit.

«Sie ist eine enge Freundin meiner Mutter und auch eine Kollegin. Wie du vielleicht bemerkt hast, ist die Wohnung ziemlich groß, die ich zusammen mit meinem Bruder und meiner Mutter bewohne. Mama gönnt sich gerade eine Auszeit auf einer Schönheitsfarm in Dahlem.» Das Sanatorium werte ich einfach ein wenig auf. Dann hört es sich auch weniger gestört an.

«Aha», antwortet Ben. «Das finde ich nett, dass du noch mit deiner Familie zusammenwohnst.»

Ich will schon aufatmen und mich freuen, dass er weder wissen will, warum Mamas Brille auf *meinem* Schreibtisch zu finden sein soll, noch wovon sich meine Mutter erholen muss, als klarwird, dass ich mich zu früh gefreut habe.

«Aber deine Nenntante ist dann ja schon viel länger in der Psycho-Branche tätig», überlegt Ben und richtet sich komplett auf. «Da dürfte ihr ein Fall wie meiner längst mal untergekommen sein, oder?»

Gelassen zucke ich mit den Schultern. «Möglich. Aber wir sprechen natürlich nicht über unsere Patienten. Ärztliche Schweigepflicht, du verstehst?»

«Schon klar.» Ben lehnt sich wieder zurück und verschränkt die Hände hinter dem Kopf. Seiner Miene nach zu urteilen, beschäftigt ihn aber immer noch etwas.

«Wir sollten mit unserem Gespräch fortfahren.» Verzweifelt versuche ich, die Aufmerksamkeit wieder auf *seine* Probleme zu lenken.

Fragend mustert mich Ben. «Eines noch: Was hast du ihr in meiner Abwesenheit erzählt?»

«Selbstverständlich nichts, was dich betrifft», behaupte ich mit fester Stimme. «Wir haben nur Mamas Brille gesucht. Sie ist da ziemlich eigen. Es muss unbedingt die … ähm … die schwarze mit den breiten Seitenbügeln sein. Keine Ahnung, warum.»

Nachdenklich blickt Ben an die Decke. «Eigenartig. Mir kam es so vor, als habe deine Tante die Situation hier völlig falsch verstanden.»

Ich ahne, worauf er anspielt. «Das Augenzwinkern?»

«Genau, es war so eindeutig zweideutig.»

«Ach, weißt du», stöhne ich mit genervtem Augenaufschlag und schiebe meine Brille zurecht. «Tante Tessa steht auf jüngere Männer. Und du bist nun mal … sehr attraktiv.» Verlegen senke ich meinen Blick. Das Letzte ist mir nur so rausgerutscht.

Als hätte ich ihn beleidigt, starrt Ben mit zusammengekniffenen Augen ins Leere und grummelt: «Aber ich steh überhaupt nicht auf ältere Frauen, auch wenn das zurzeit grad der totale Trend zu sein scheint. Jede Frau um die fünfzig glaubt, mit einem jüngeren Mann an der Seite ihre Jugend zurückzugewinnen.»

Puh, da gibt es wohl noch eine Problemzone, denke ich und sage betont locker: «Ach, vergiss Tante Tessa einfach.»

Nach einem längeren Schweigen grinst Ben mich plötzlich an. «Aber das Kompliment gebe ich gerne zurück. Du bist auch sehr attraktiv.»

Bens Schmeichelei lässt mich erröten. «Ähm … tja, wir sollten jetzt wirklich mit der Sitzung beginnen», lenke ich unser Gespräch wieder auf das Wesentliche. «Wie geht es dir heute?»

«Ach, ganz okay», antwortet Ben. «Ich bin nur ziemlich erschöpft, weil ich schlecht geschlafen habe. Ich hatte so einen seltsamen Traum.»

Ich werde hellhörig. «Möchtest du darüber sprechen?» Es

ist genau die Floskel, die Mama immer zu uns Kindern sagte, wenn uns etwas beschäftigt hat.

Ben richtet sich auf und begibt sich zu mir an den Schreibtisch.

Aufmunternd sehe ich ihn an und schenke ihm ein Glas Wasser ein.

Stirnrunzelnd greift er nach dem Glas und murmelt noch im Stehen vor sich hin: «Ich habe von einem brennenden Lokal geträumt.»

Ein Albtraum! Gebannt starre ich ihn an. Ob Ben vielleicht Gastwirt ist und Angst um sein Lokal hat? Zu dumm, dass nur Ella weiß, was er beruflich macht.

«Feuer also», höre ich mich murmeln.

Eindringlich sieht mich Ben mit seinen grünen Augen an. «Ja, alles brannte lichterloh. Und irgendjemand schrie ständig Inferno.»

Inferno!?

Es dauert nur einen Wimpernschlag, und mir wird bewusst, dass Ben eine winzige Erinnerung an unseren Abend hatte. Ja! Das muss es gewesen sein. Es war eindeutig eine Assoziation zum «Flammenden Inferno» im Restaurant. Sein Unterbewusstsein muss ihm diesen Traum suggeriert haben.

Vor Aufregung schießt mir erneut das Blut ins Gesicht. Aber diesmal kann ich nicht wie das Kaninchen vor der Schlange verharren, ich muss etwas sagen. Jetzt sofort. Sonst hält er mich noch für unfähig und wechselt zu Tante Tessa.

«Ach, solange du nicht von brennenden Flugzeugen träumst!», scherze ich leichthin.

Statt zurückzulächeln, zuckt Ben zusammen. Oh, das war wohl etwas unüberlegt, denke ich erschrocken.

Doch dann grinst Ben mich an. «Finde ich auch.»

Beruhigt atme ich auf und gebe schnell noch eine Erklärung für meinen verwegenen Scherz ab: «Ich neige dazu, alles mit Humor zu nehmen. Es kann schon mal vorkommen, dass ich dabei übertreibe. Hoffentlich kannst du mir verzeihen.»

«Ach was, Humor erleichtert das Leben doch ungemein», stimmt Ben mir zu.

Mein Gefühl hat mich also nicht betrogen. Es gibt eine Seelenverwandtschaft zwischen uns. Bei Sven wäre mir dieser Gedanke nie gekommen, aber bei Ben fühle ich es eindeutig: Unsere Seelen schwingen im Gleichklang.

Nur Ben weiß es noch nicht. Oder nicht mehr.

Reiß dich zusammen!, Nelly Nitsche, ermahne ich mich. Hör auf zu träumen, handle!

«Freut mich, dass du es auch so siehst», erwidere ich etwas steif und nehme nach der ganzen Aufregung erst mal einen großen Schluck Wasser. Als ich mein Glas wieder absetze, will ich gerade mit einem gewichtigen «Nun …» beginnen, da werde ich vom Telefon unterbrochen.

«Was, zum Geier, ist denn heute los?», raune ich halblaut und entschuldige mich ein weiteres Mal bei Ben.

Es würde mich nicht wundern, wenn mein Traummann jetzt gleich aufsteht und entnervt das Sprechzimmer verlässt. Verdammt!

Doch Ben lehnt sich entspannt in seinem Stuhl zurück und mustert mich, als wäre *ich* eine telefonsüchtige Patientin und *er* der Therapeut. Augenblicklich fühle ich mich wie eine verzweifelte Laborratte, die nur noch für die Dauer dieses Gesprächs zu leben hat.

«Praxis Dr. Nitsche.»

«Ich bin es», höre ich jemanden kichern. Es ist Jeanette Krüger.

«Frau Krüger, wir sind doch erst um drei verabredet», erinnere ich sie.

«Deswegen rufe ich ja an. Ich werde es wohl nicht schaffen.» Sie schnauft, als wäre sie die Treppen auf den Fernsehturm hochgestiegen. «Ich befinde mich im KaDeWe und habe etwas gefunden, wonach ich schon ewig suche. Und ich muss jetzt dringend … Ich melde mich wieder, Frau Doktor.»

Bevor ich etwas erwidern kann, ist die Verbindung unterbrochen.

Verwundert über Jeanette Krügers sonderbares Verhalten, lege ich auf, dann schalte ich den Anrufbeantworter an. Noch mehr ungebetene Anrufe kann ich heute nicht gebrauchen. Es wird schon niemanden in die totale Depression stürzen, wenn er sein Anliegen aufs Band sprechen muss.

Jedenfalls bleibt mir jetzt durch Jeanettes Absage massig Zeit, bis ich zum Unterricht muss. Zeit, die ich doch gut mit Ben verbringen könnte!

Moment mal … Jeanettes Shoppingtour bringt mich auf eine Idee, wie ich Ben auf legale Weise therapieren kann. Die Methode ist vielleicht etwas unorthodox, aber wenn es klappt, ist er geheilt.

«Ich würde gerne etwas ausprobieren, Ben», erkläre ich und sehe ihn eindringlich an. «Allerdings müssen wir dazu die Praxis verlassen.»

12

«Benutzt du normalerweise den Lift oder die Treppe?», frage ich Ben, als wir die Wohnung verlassen.

«Solange mir die Puste nicht ausgeht, immer nur zu Fuß», antwortet er.

«Du bist aber nicht zufällig mal in einem Aufzug stecken geblieben?» Es ist eine Frage ins Blaue.

«Woher weißt du?» Die Verblüffung ist Ben deutlich anzuhören.

«Ach, ich hing selbst mal zwischen zwei Etagen fest und bevorzuge seither ebenfalls die Treppe», erkläre ich, und mir wird ganz warm ums Herz. Schon wieder eine Gemeinsamkeit!

«Wohin entführst du mich denn?», fragt Ben, als wir die Treppen runtersteigen.

«Nur Geduld, wir gehen zur U-Bahn, fahren mit der U3 in Richtung Wittenbergplatz und besuchen dann ein Kaufhaus.»

Neugierig neigt sich Ben zu mir und sieht mich mit seinen grünen Augen so durchdringend an, als habe ich ihm etwas Unanständiges vorgeschlagen.

Errötend fahre ich mit der Hand über meinen Therapeutinnenhaarknoten. «Also, es ist eine Art … eine Art Verhaltenstherapie», stottere ich. «Dabei dringt man schneller an den Kern eines Problems, verstehst du?»

«Verhaltenstherapie», wiederholt Ben und streicht sich

ebenfalls durchs Haar. Die Geste ist nach den internationalen Liebesregeln ein Zeichen für gegenseitige Gefühle, das habe ich mal in einer Frauenzeitschrift gelesen. «Hört sich interessant an», fügt er noch hinzu. «Und welches meiner Probleme möchtest du zuerst angehen?»

«Das wird nicht verraten, es könnte dich beeinflussen», erkläre ich in energisch-freundlichem Ton und wundere mich einmal mehr darüber, woher ich die Kühnheit zu derartigen Behauptungen nehme.

Als wir wenig später in der U-Bahn sitzen, blickt Ben nachdenklich in die Dunkelheit des U-Bahn-Tunnels. Er wirkt ein wenig misstrauisch.

«Keine Bange, es ist nichts Gefährliches», beruhige ich ihn und lächle aufmunternd.

Ben zieht die Augenbrauen hoch, als wäre ihm die ganze Aktion tatsächlich nicht geheuer. «Ich bin sehr gespannt, was passiert, wenn du mein Verhalten änderst», behauptet er dann plötzlich. Und das klingt nun gar nicht mehr ängstlich.

Ich bemühe mich um eine möglichst neutrale Miene. Auf keinen Fall soll Ben denken, dass ich seine zweideutigen Worte als Avance verstehe. «Wenn es funktioniert, wirst du dich danach wieder an alles erinnern», verspreche ich kühn.

«Sehr schön», seufzt Ben. «Ich bin ganz der Deine.»

Schon wieder spüre ich den Kloß im Hals. Ich weiß einfach nicht, ob mein Vorhaben den erhofften Erfolg haben wird. Aber ich wünsche mir so sehr, dass er sich wieder an mich und an unseren schönen Abend erinnert. Ich will endlich aufhören mit diesem Seelen-Striptease und wieder Nelly, die verliebte Yogalehrerin, sein.

Das Kaufhaus des Westens empfängt uns mit der für Shoppingtempel typischen Verführungsatmosphäre. Obwohl ich mir wirklich nicht viel aus Klamotten, Schminke und Schmuck mache, kann ich mich den glitzernden Waren nicht vollkommen entziehen. Ich ahne, wie Jeanette sich fühlen muss, sobald sie einen Fuß auf den hellen Steinboden des Hauses setzt.

«Gehört der Kaufhaustrip eigentlich schon zur Therapie?», flachst Ben und wirkt schon wesentlich entspannter. «Oder willst du nur mal eben eine Handtasche oder ein Paar neue Schuhe kaufen?»

«Keine Bange, während einer Therapie widme ich mich voll und ganz *nur* dem Patienten. Da geht's lang», verkünde ich und weise in die Richtung des gläsernen Lifts.

Widerspruchslos folgt mir Ben.

Der Aufzug ist auf dem Weg nach unten, dennoch müssen wir noch einige Minuten warten.

«Irgendwelche Anweisungen?», erkundigt sich Ben, als wäre er mein Angestellter.

«Nein, es ist noch nicht so weit», antworte ich und lasse ihn weiter im Ungewissen. «Ich gebe dir dann ein Zeichen.»

«Welches?»

In dem Moment hält der Lift. Die Tür öffnet sich lautlos, und eine junge Mutter mit Kinderwagen steigt aus. Wir lassen sie vorbei und steigen ein. Ich drücke auf die Sieben, die Tür schließt sich, und der Aufzug fährt los.

«Also welches Zeichen gibst du mir?», fragt Ben erneut.

Ich schweige beharrlich. Hoffentlich funktioniert mein Plan, flehe ich im Stillen und fühle prompt den Kloß wieder im Hals.

Als der Lift in der ersten Etage hält, steigt eine ältere Frau ein. Sie trägt Jeans, Rüschenbluse, Sommerstiefel und einen Strohhut im Cowboylook. Alles in Weiß. Als i-Tüpfelchen lugt aus ihrer hellen Umhängetasche noch ein kleiner weißer Fiffi mit dunklen Knopfaugen hervor, wie ihn Hollywoodstars gerne mit sich rumschleppen.

«Entschuldige, Ben, was hast du gefragt? Ich war gerade etwas abgelenkt.»

«Welches Zeichen du mir geben willst», präzisiert Ben ungeduldig seine Frage und tritt nervös von einem Bein aufs andere.

«Ach so, ja …», antworte ich zögernd und versuche, ihn nicht direkt anzusehen. Er soll nicht merken, dass wir bereits mittendrin sind in der Verhaltenstherapie.

Ich hab mir nämlich überlegt, dass eine Fahrt im Glaslift viel mit einem Flug gemeinsam hat. Man verliert den Boden unter den Füßen und hebt ab. Vielleicht gründet Bens Flugangst auf dem Gefühl des Eingeschlossenseins. Und das ist in Aufzügen ja auch der Fall. Allerdings kommt man da schneller raus, und für Panikattacken gibt's einen Alarmknopf.

Die Aufzugtür schließt sich. Es geht weiter nach oben.

Gespannt beobachte ich Ben aus den Augenwinkeln. Bis zu diesem Halt war ja alles normal. Aber er lehnt jetzt an der Aufzugwand, atmet seltsam schwer und starrt unverwandt auf den Boden.

Leise surrt der Lift an der dritten Etage vorbei.

Bens Atem geht schneller.

In der vierten Etage läuft Ben rot an, und kleine Schweißperlen treten auf seine Stirn. Hektisch zerrt er am Ausschnitt seines T-Shirts, als bekäme er keine Luft.

«Alles okay?», frage ich ehrlich besorgt. Hoffentlich bemerkt er nichts von meiner aufsteigenden Angst. Ich mache mir Vorwürfe. Meine hirnrissigen Ideen bringen ihm jetzt auch noch körperliche Qualen ein.

Den starren Blick weiter auf den Boden gerichtet, hebt Ben wortlos die Hand. Sein Atem flattert heftig, und seine ganze Körperhaltung wirkt verkrampft.

«Wir sind gleich oben», versuche ich ihn zu beruhigen.

Mist! Er hyperventiliert. Wieso hab ich keine Papiertüte dabei? Eine gute Therapeutin sollte immer eine Tüte bereithalten, ein paar Beruhigungströpfchen oder Traubenzucker dabeihaben oder sonst irgendwie vorbereitet sein.

In meiner Ratlosigkeit versuche ich es mit den Yogakommandos. «Einatmen … Ausatmen … Ganz ruhig atmen.»

«Ham 'se Platzangst?», fragt die Frau und krault ihren Taschenhund, worauf er in unangenehm hoher Tonlage losklÄfft.

Kein Wunder. In einer Tasche würde ich auch Platzangst kriegen.

Als der Lift im fünften Stock hält und die Tür aufgeht, steigt unsere Mitfahrerin aus. Kaum ist das weiße Gespann verschwunden, entspannt sich Ben sichtlich und atmet wieder normal.

«Lass uns lieber auch aussteigen», schlage ich besorgt vor und lege vorsichtig meine Hand auf seinen Arm.

Ich verstehe das nicht. Hatte Ben nun Platzangst oder Flugangst? Oder war das eine Reaktion auf die weißen Klamotten der Frau? Oder will er mich vielleicht veräppeln? Hat er mir etwas vorgespielt, weil meine Methoden so ungewöhnlich sind?

«Du brauchst dringend eine Ablenkung. Oder möchtest du lieber nach Hause?», stottere ich ratlos und überlege verzweifelt, wie ich aus dieser Nummer wieder rauskomme. Mein Herz schlägt bis zum Hals, und meine Kehle ist wie ausgetrocknet. Ich würde alles für ein Glas Wasser geben. Wer weiß, welchen Schaden so eine retrograde Amnesie noch anrichten kann.

Wir steigen aus und stehen vor der Spielzeugabteilung. Etliche Minuten vergehen, bevor Ben wieder seine normale Gesichtsfarbe angenommen hat. Ich muss wohl ziemlich verbissen dreinschauen, denn er lächelt plötzlich und erklärt: «Gleich darfst du mich nach Hause bringen, Frau Doktor, ich will nur noch schnell einen Pandabären für Tim, meinen dreijährigen Neffen, kaufen.»

Pandabären? Erleidet Ben etwa gerade einen Nervenzusammenbruch?

«Ich meine, wo wir schon mal hier sind.» Er zieht mich mit sich. Es scheint ihm besserzugehen. «Wusstest du, dass Pandabären während der Paarungszeit im Handstand pinkeln, um ihr Revier zu markieren?» Seine Augen blitzen schelmisch auf. «Und das sei *endcool*, sagt mein Neffe.»

«Pandabären pinkeln im Handstand …» Fassungslos murmle ich vor mich hin, während ich ihm folge.

Keine Ahnung, was ich von dieser Neffen-Story halten soll. Möglicherweise ist es ja eine Erinnerung, die da plötzlich hochkommt, oder der Bär löst etwas in ihm aus.

Moment mal! Mir kommt eine neue Idee, die ich für meine Verhaltenstherapie nutzen könnte.

Eilig folge ich Ben Richtung Spielwaren und beobachte, wie er auf der Suche nach den Pandas die unzähligen Verkaufstische abläuft. Unauffällig nähere ich mich den Eisbären. Ein ganzer Tisch ist voller plüschiger schneeweißer Polarbären, die natürlich alle an Knut, den armen Eisbären im Berliner Zoo, erinnern, der von seiner Mutter verstoßen wurde und …

Ach du Schande!

Mir stockt der Atem. Hat Bens Weißphobie vielleicht etwas mit seiner Mutter zu tun? Ein traumatisches Erlebnis in seiner Kindheit?

Mein krauses Gehirn vibriert wie nach einem Starkstromschlag. Oder hatte er mal etwas mit einer älteren Frau? Ich erinnere mich an seine Bemerkung: *Ich steh nicht auf ältere Frauen.* Und die weißgekleidete Frau im Lift war ja wesentlich älter als er, das könnte also hinkommen. Meine Güte, das wäre ja …

Viel! Zu! Einfach!

Außerdem hätte Ben die Probleme dann ja auch schon vor der Amnesie gehabt. Mütter können außerdem nicht an allem schuld sein.

Ich schnappe mir einen der Knuts und begebe mich zu Ben, der einige Meter weiter mit großen und kleinen Plüschpandas hantiert und sich ganz offensichtlich amüsiert. Den Eisbären verstecke ich vorerst hinter meinem Rücken.

«Welchen soll ich nehmen?» Er hält mir zwei schwarzweiße Plüschtiere in unterschiedlichen Größen entgegen.

Statt auf seine Frage einzugehen, ziehe ich Knut hinter meinem Rücken hervor. «Und wie findest du den?»

Ben wirft einen flüchtigen Blick darauf. «Auch süß. Aber mein Neffe will unbedingt einen Panda.»

«Aber du hast ihn gar nicht richtig angesehen», versuche ich es nochmal.

«Na, der sieht aus wie Knut», entgegnet er, ohne mich oder den Bären noch eines Blickes zu würdigen.

«Aber er ist WEISS!», betone ich mit Nachdruck.

Irritiert wendet sich Ben nun doch zu mir. «Das sind Eisbären doch immer, oder nicht?»

Ich versuche es noch einmal. «WEISS! WEISS! WEISS!», zische ich energisch und halte ihm den Bären direkt vor die Nase.

Und endlich scheint Ben zu begreifen. Er starrt den Polarbären an – bleibt aber völlig ruhig. Kein hektisches Atmen, kein roter Kopf, kein Schweiß auf der Stirn. Nichts! Nicht mal ein nervöses Augenzucken.

«Wieso reagierst du nicht auf weiße Plüschtiere?», frage ich atemlos, weil ich ahne, dass die Ursache seiner Weißphobie tatsächlich eine Frau ist.

Einen Moment scheint Ben genauso verwirrt wie ich. Dann nimmt er mir den Bären ab, drückt ihn fest an sich und vergräbt sein Gesicht in dem Plüschfell, als könne man Farbe inhalieren.

«Nun …», murmle ich und streiche mir nachdenklich über meinen Haarknoten. (Die Geste wird langsam zu einer Phobie!) Aber ich muss sofort etwas Tiefgründiges – am besten Tiefenpsychologisches – von mir geben, schließlich bin ich seine Therapeutin. «Es könnte sein, dass du … ähm, dass du nur auf weißgekleidete Frauen reagierst.»

Zugegeben, das ist ziemlich unrealistisch. Aber in meiner Verzweiflung fällt mir kein anderes Argument ein. Einfach nur stumm dastehen kann ich schließlich auch nicht.

Gerade als ich schon denke, Ben wird mich auslachen und als Hochstaplerin entlarven, huscht ein Lächeln über sein Gesicht.

«Das ist es!», ruft er begeistert. «Du bist genial, Frau Doktor.»

«Erinnerst du dich etwa?» Vor Aufregung wird mir trotz

der Klimaanlage in diesem Luxustempel so heiß, als brate ich seit Stunden in einer Sauna.

«Nein», antwortet Ben kopfschüttelnd und betrachtet den Eisbären erneut. «Aber die weiße Farbe allein kann es wirklich nicht sein. Nach der Panikattacke von eben zu schließen, müssen weiße Klamotten der Grund sein. Das war mir bisher nicht aufgefallen.» Eindringlich sieht er mir in die Augen. «Trägst du auch manchmal etwas Weißes?»

«Ähm … ja, natürlich habe ich jede Menge weißer Blusen. Für meinen Job sind sie ideal», erklärt die Therapeutin in mir, und nach einer kurzen Pause füge ich flüsternd hinzu: «Und ich besitze ein weißes Sommerkleid.»

Das letzte Wort hauche ich nur noch, als wäre es das Codewort zwischen uns. Wie im Märchen, wo der verzauberte Prinz nur das richtige Wort finden muss, um den bösen Zauber zu beseitigen.

Doch Ben hat anscheinend nicht richtig zugehört. Er sieht mich begeistert an und fragt: «Wie wäre es, wenn wir davon ein Foto schießen?»

«Wovon?», frage ich perplex.

Ohne weiter auf meine Verwunderung einzugehen, drückt er mir beide Bären in die Arme und holt sein iPhone aus der Hosentasche.

«Denkwürdige Ereignisse wie dieses muss man doch einfach festhalten», erklärt er mit ernster Miene. «Zur Erinnerung und damit man es auf keinen Fall vergisst!»

Er stellt sich neben mich, legt einen Arm um meine Schulter und streckt den Arm mit dem Handy aus, um uns beide zu fotografieren. Anschließend sagt er gutgelaunt: «Ich kaufe beide Bären! Den Panda für meinen Neffen und den Eisbären zur Erinnerung an unseren ersten Erfolg.»

Er hakt mich unter und zieht mich Richtung Kasse.

«Ja, dann reicht es aber auch für heute mit der Verhaltenstherapie», erkläre ich erschöpft.

«Wolltest du mich nicht nach Hause bringen, Frau Doktor?», fragt er zwinkernd.

Verlegen weiche ich seinem Blick aus. Wahrscheinlich ist es für eine Therapeutin ziemlich unprofessionell, ihre Patienten nach Hause zu begleiten.

«Wo wohnst du denn?», lenke ich schnell ab. Doch kaum habe ich die Frage ausgesprochen, erkenne ich die günstige Gelegenheit. Ach was, *günstig*. Das ist genial. Megagenial!

In Bens Wohnung stoße ich doch garantiert auf den einen oder anderen Hinweis, der mir weiterhelfen könnte. Ein Foto, das mich auf die richtige Spur führt. Herumliegende Post oder einen Steuerbescheid, der das Geheimnis um seinen Familienstand und seinen Beruf lüftet. Und wie nach einem langen, erfrischenden Schlaf bin ich plötzlich hellwach und kann es kaum erwarten, das KaDeWe zu verlassen.

Während der Fahrt Richtung Prenzlauer Berg erfahre ich im Taxi, dass Ben in der Pappelallee wohnt, in der letzten Etage einer ehemaligen Schuhfabrik. Obwohl man wegen des Berliner Verkehrs mit der U-Bahn meist schneller vorwärtskommt, bestand er darauf, ein Taxi zu nehmen.

Am Ziel gelangen wir durch ein verschnörkeltes Tor in einen großflächigen Innenhof mit Parkplätzen und einem überdachten Fahrradständer.

Als der Wagen hält, zieht Ben, wie auch schon beim Kauf der Plüschtiere, ein Bündel Scheine aus seiner Hosentasche und gibt großzügig Trinkgeld.

Er scheint wirklich auf großem Fuß zu leben, denke ich und bin umso gespannter auf die Wohnung.

Der Klinkerbau wurde mit viel Feingefühl für Details restauriert. Bepflanzte Tröge mit Sträuchern und Blumen verbreiten mediterranes Flair.

«Vierte Etage, ohne Lift», erklärt Ben, als wir das Gebäude durch eine breite Doppeltür aus dunklem Holz betreten.

Plötzlich überfällt mich die Erinnerung an unseren ersten gemeinsamen Abend. An das Essen und vor allem an den Kuss vor meiner Haustür. Ich werde ganz melancholisch, und ich bin mir überhaupt nicht mehr sicher, ob ich hier das Richtige tue. Ich meine, wie soll ich mich verhalten, wenn ich mit Ben allein in seiner Wohnung bin? Ob wir uns wieder küssen werden?, überlege ich leicht panisch, und mir entschlüpft ein Seufzer.

«Alles in Ordnung, Frau Doktor?»

«Ach, das Schnaufen hat nichts weiter zu bedeuten. Ist nur eine Angewohnheit aus dem Yogaunterricht, so intensiv zu atmen.»

«Wir haben es gleich geschafft», sagt Ben aufmunternd. «Die vierte Etage ist auch die letzte. Ich hab's nicht gern, wenn mir einer auf dem Kopf rumtrampelt», erklärt er beiläufig, als er die Wohnungstür aufschließt. «Tritt ein … Du bist mein erster Besucher.»

Ohne Flur oder Vorraum stehen wir direkt in einem weitläufigen, lichtdurchfluteten Loft, dessen gläserne Dachkonstruktion von vier Säulen getragen wird. Wahllos über den Raum verteilt stehen Möbel und Umzugskartons und verraten, dass Ben hier noch nicht lange wohnt. Nur die High-Tech-Küchenzeile aus mattem Edelstahl wirkt benutzt. Davor warten auf einem langen Arbeitstisch diverse Pfannen,

Teller und Gläser darauf, einsortiert zu werden. Neben einer Saftpresse häufen sich Orangen in einer flachen Schale. Und aus dem Abfalleimer lugt ein Pizzakarton.

«Du bist erst vor kurzem umgezogen, oder?», stelle ich fest und spüre ein freudiges Kribbeln im Magen. Schon wieder eine Gemeinsamkeit.

«Vor knapp zwei Wochen», bestätigt Ben.

«Auch wenn es neugierig erscheinen mag, aber als deine Therapeutin muss ich dich einfach fragen: Wo hast du vorher gewohnt? Der Umzug könnte im Zusammenhang mit der Amnesie stehen und ein wichtiger Aspekt sein.»

«Oldenburger Straße, in Moabit», berichtet Ben unbefangen.

Spontan möchte ich ihm gestehen, dass wir da noch Nachbarn waren, und ihm von unserem Supermarkt-Treffen erzählen. Doch ich beherrsche mich. Mein Bauchgefühl sagt mir, dass es gefährlich wäre, seine Gedächtnislücken mit meinem Wissen zu füllen. Warum sollte er mir auch glauben? Er würde doch nur skeptisch werden, warum ich nicht sofort etwas gesagt habe, oder?

Nein. Er muss sich selbst erinnern.

Während Ben die Einkaufstüte mit den Plüschtieren fallen lässt und sich hinter den Küchentresen begibt, sehe ich mich unauffällig um. Ganz so, wie eine normale Besucherin es tun würde. Doch Briefe, Fotos oder Ähnliches kann ich leider nicht entdecken.

«Etwas zu trinken?» Ben öffnet eine glänzende Kühlschranktür. Der Innenraum ist prall gefüllt mit lauter kleinen Flaschen. «Ein Smoothie gefällig?» Er strahlt wie ein Getränkeverkäufer, der die größte Auswahl der Stadt anbieten kann.

«Das sieht ja aus, als wärst du süchtig nach dem Zeug», entfährt es mir überrascht. «Was natürlich eine äußerst gesunde Sucht wäre», füge ich vorsichtshalber noch hinzu.

«Ich teste nur verschiedene Geschmacksrichtungen von unterschiedlichen Marken für meine Firma», erklärt Ben.

«Aha», murmle ich zufrieden. Er verdient sein Geld also mit dem Verkauf von Getränken.

Nun, Getränkehändler ist ein äußerst ehrenwerter Beruf. Jedenfalls besser als Drogenhändler, denke ich. Und offensichtlich verdient man in der Getränkebranche eine Menge Geld. Auch wenn das noch lange nicht erklärt, warum Ben ständig so viel Bargeld mit sich rumschleppt.

«Cocosdream, Grüne Wiese oder Prinzessinnen-Cocktail?»

«Wie bitte?» Ich sehe Ben mit großen Augen an.

«Diese Geschmacksrichtungen kann ich dir anbieten.» Noch immer hält er die Kühlschranktür offen und deutet auf sein Angebot.

«Oh … ähm, Cocosdream klingt lecker.» Ein Blick auf die Uhr verrät mir allerdings, dass ich mich ungeheuer beeilen muss, um noch rechtzeitig zur ersten Yogastunde am Nachmittag zu kommen. «Aber ich muss jetzt leider los.»

Schnell schreibe ich Ben noch meine Handynummer auf und erkläre mein überstürztes Aufbrechen. «Ich muss dringend los zu einer … ähm, zu einem anderen Patienten. Aber wenn du Schwierigkeiten hast, ruf mich jederzeit an. Sonst sehen wir uns morgen zur nächsten Sitzung, ja?»

Ich muss mich jetzt echt sputen. Im Gegensatz zu meinem reichen Getränkehändler kann ich mir nämlich kein Taxi leisten …

13

Vollkommen aus der Puste erreiche ich das Studio. An der Tür finde ich einen Zettel, auf den jemand mit blutrotem Lippenstift geschrieben hat:

Wann gibt es hier eigentlich mal Unterrichtsstunden?

Mist! Ein Blick auf Mamas Armbanduhr verrät mir, dass ich mich trotz der Hetzerei fünfunddreißig Minuten verspätet habe. Kein Wunder, dass ich allein vor dem Studio stehe.

Bis zur nächsten Stunde bleibt immerhin noch Zeit für einen Kopfstand. Und den habe ich so was von nötig! Denn inzwischen ist nichts mehr so einfach, wie ich mir das anfangs ausgemalt habe. Alles ist total kompliziert und verfahren.

Bens Flugangst und seine Weißphobie sind mir nach wie vor rätselhaft. Und meine vermeintliche Verhaltenstherapie hat uns nicht einen Millimeter weitergebracht. Wirklich schade, dass ich in Bens Wohnung keine persönlichen Dinge entdecken konnte. Na ja, immerhin weiß ich jetzt, dass seine Schultern vom Kistenschleppen und nicht vom Surfen so breit geworden sind.

Nach der letzten Poweryoga-Stunde schlurfe ich so erschöpft nach Hause, als hätte ich selbst den ganzen Tag Getränkekisten verladen. Dass die Stunde nur von drei Schülerinnen besucht war, hebt meine Laune auch nicht gerade.

Ich nehme mir vor, eine Kleinigkeit zu essen, anschließend heiß zu duschen und danach sofort ins Bett zu gehen, um mich mal wieder so richtig auszuschlafen.

Als ich die Tür zu Brittas Wohnung öffne, bleibe ich irritiert in dem großen Vorraum stehen.

Auf allen Besucherstühlen sitzen junge Männer in Jeans und Shirt. Mit ihren breiten Schultern, den kantigen Gesichtern und den ausgebleichten Haarspitzen sehen sie allesamt wie attraktive Surfertypen aus. Ein bisschen so wie Ben. Oder bin ich so verliebt, dass ich überall nur noch ihn sehe?

Aber natürlich ist mir klar, dass hier gerade mal wieder ein Statisten-Casting stattfindet. Also begrüße ich Britta und die Kostümbildnerin Eva Henze, die oft bei solchen Castings dabei ist, nur flüchtig und verziehe mich in mein Zimmer.

Völlig erschöpft schmeiße ich mich aufs Bett und falle wenig später in einen unruhigen Tagtraum.

Es wird bereits dunkel, als ich Brittas Stimme vernehme.

«Hattest du eine Begegnung der dritten Art?», fragt sie heiter. «Oder was war vorhin los? Du bist ja so schnell verschwunden, als wärst du auf der Flucht gewesen.»

«Nee, ich war nur so überrascht, weil da lauter Getränkehändler rumsaßen», murmle ich verschlafen.

Britta starrt mich an, als würde ich Chinesisch sprechen.

«Ähm … ich meine, die sahen alle aus wie Ben», erkläre ich mein verwirrendes Gefasel.

«Ah, der Typ mit der Gedächtnislücke.» Sie setzt sich ans Fußende. «Muss ja ein sehr attraktiver Mann sein. Tja, wenn solche Schönlinge im Rudel daherkommen, sind sie schwer zu ertragen, nicht wahr? Aber was soll ich machen, Job ist Job …» Sie grinst mich übermütig an. «Und wie war dein Tag?»

Mir entschlüpft ein tiefer Seufzer. «Ich bin verliebt.»

«Erzähl», fordert sie mit großen Augen. «Wer ist es?»

«Ich spreche immer noch von Ben», erkläre ich empört.

«Aber der hat doch einen psychischen Knall, oder nicht?»

«Es ist nur eine retrograde Amnesie», korrigiere ich fachkundig. «Ansonsten ist Ben vollkommen normal.»

«Auch wenn du dem Dachschaden einen lateinischen Namen verpasst, weißt du immer noch nicht, was mit dem Kerl los ist. Ich kann dich nur warnen, Nelly, lass die Finger davon. Der Psychokram ist was für Fachleute.»

Ich bleibe unerschütterlich. «Denk doch nicht immer gleich das Schlimmste. Ich weiß, dass Ben der Richtige für mich ist. Wir haben jede Menge Gemeinsamkeiten, und es war Liebe auf den ersten Blick. Bei uns beiden. Er liebt mich … Nur hat er das leider vergessen.»

Britta lacht kurz auf. «Wenn er dich wirklich lieben würde, hätte er sich längst wieder an dich erinnert. Und Gemeinsamkeiten sind vollkommen überbewertet, genauso wie diese angebliche Liebe auf den ersten Blick.» Sie sieht mich streng an. «In der Regel ist das nichts anderes als ein heftiges Aufwallen der Hormone. Ein Urinstinkt, damit die Menschheit nicht ausstirbt. Aber davon abgesehen: Was solltest du mit einem Getränkehändler gemein haben, Nelly?»

«Na, das ist doch ein kreativer Beruf», verteidige ich mich. «Ich meine, nimm zum Beispiel den Typen, der *Red Bull* erfunden hat. Der ist damit Multimillionär geworden.» Keine Ahnung, woher dieser Geistesblitz eben kam. Vielleicht, weil Phillip diesen Powerdrink so liebt. «Betrachtet man das

Ganze mal aus dieser Perspektive, dann bekommt der Beruf des Getränkehändlers doch richtig Glamour. Also, nicht dass ich mir viel aus Geld machen würde. Aber ein Leben ohne Geldsorgen ist zweifellos angenehmer als eines mit leerem Bankkonto. Ich weiß, wovon ich spreche.» Erschöpft lasse ich mich zurück in die Kissen fallen.

«Red Bull!?», wiederholt Britta spöttisch. «Du redest wirres Zeug, Nelly Nitsche. Du willst doch nicht tatsächlich eine Beziehung führen, die auf pappsüßes Zuckerwasser mit Koffein gründet, oder?»

«Natürlich nicht», wehre ich mich entrüstet. «Ben und ich haben wirklich jede Menge gemeinsam. Wir fahren beide sehr ungern mit dem Lift und sind erst vor kurzem umgezogen. Außerdem trinke ich gerne Saft und literweise Wasser.»

«Wie außergewöhnlich», entgegnet Britta ironisch. «Das tun tausend andere Menschen auch. Aber Wassertrinken ist noch lange keine Basis für eine gemeinsame Zukunft, Nelly. Es sei denn, du willst dich ständig über Mineralien und die verschiedenen Inhaltsstoffe von Quellwasser unterhalten.»

«Warum nicht! Ich könnte in meinem Studio doch auch eine kleine Bar einbauen und dort Bens Getränke anbieten», entgegne ich provozierend. «Dann hätten wir schon mal eine berufliche Gemeinsamkeit.»

«Du kannst dich auch in seiner Getränkehandlung an die Kasse stellen und die Einnahmen zählen», schießt Britta zurück.

«Du bist gemein.» Erbost werfe ich ihr ein Kissen an den Kopf. «Und ich dachte, du wärst meine beste Freundin.»

«Das bin ich ja auch», versichert mir Britta und wirft das Kissen zurück. «Genau deshalb muss ich dich ja warnen, denn du hast ganz offensichtlich eine rosarote Brille auf. Und Liebe macht ja bekanntlich blind! Sei vorsichtig, Nelly, du weißt nicht, was hinter dieser Amnesie steckt.»

Ich stopfe mir das Kissen wieder hinter den Kopf. «Aber genau das werde ich herausfinden», erkläre ich bestimmt. «Es hat nämlich etwas zu bedeuten, dass Ben ausgerechnet zu mir kam.»

Kopfschüttelnd sieht mich Britta an. «Nelly Nitsche, die professionelle Träumerin! Der Mann kam zu deiner Mutter und nicht zu dir, vergiss das nicht.»

«Wie könnte ich. Ben nennt mich ja ständig Ella», gestehe ich leise.

«Wieso denn das?» Britta stutzt einen Moment und lacht dann abfällig. «Er hält dich für deine Mutter!? Also wenn das nicht die verrückteste Geschichte ist, die ich in letzter Zeit gehört habe! Ich kenne da einen netten Drehbuchautor, der sucht immer gute Stoffe für seine Bücher. Soll ich dich mal mit dem zusammenbringen? Er sieht übrigens gut aus, der Schreiberling. Und so, wie du rumspinnst, hättest du mit ihm tatsächlich jede Menge gemeinsam. Du könntest sogar noch Kohle mit deinen ausgeflippten Ideen verdienen.»

So leicht lasse ich mich nicht aus der Ruhe bringen. «Quatsch. Ben hält mich doch nicht für meine Mutter. Er kennt sie ja nicht. Er denkt eben nur, ich heiße Ella. Das ist etwas ganz anderes. Und so schlimm finde ich es auch gar nicht», schwindle ich. «Ella ist schließlich ein Teil meines Namens.»

Schulterzuckend erhebt sich Britta. «Wie du meinst, *Ella*. Aber sei so gut und halte dich mit deinen Gefühlen etwas zurück, solange du nicht weißt, was oder wer ihm das Loch ins

Gehirn gebrannt hat.» Sie sieht mich ernst an und verkündet dann, mit Eva noch auf ein Glas Wein ins *Florian* zu gehen.

An der Tür bleibt sie stehen und dreht sich zu mir um. «Wie geht's deiner Mutter überhaupt? Statt dich in die Behandlung ihrer Patienten einzumischen, solltest du sie lieber mal besuchen. Oder wenigstens mal anrufen.»

«Mmm … du hast ja recht», grummle ich, aber da hat Britta schon die Tür hinter sich zugezogen.

Da in einem Sanatorium die Lichter sicher schon um acht ausgehen, beschließe ich den Anruf auf morgen zu verschieben. Aber ich nehme mir fest vor, mich in der Mittagspause bei Mama zu melden.

Gerade will ich mein Kopfkissen zurechtknuffen, da schrillt mein Handy.

Das wird Phillip sein, der sich alleine nicht zurechtfindet, vermute ich und brumme ein schläfriges «Mmm» ins Telefon.

«Ella? Hier ist Ben.»

Erschrocken fahre ich hoch. «Ben? Geht's dir gut?», frage ich besorgt. «Hattest du einen Rückfall?»

«Nein, nein, keine Sorge», beruhigt er mich. «Ich muss nur leider unsere morgige Sitzung absagen. Mir ist ein dringender Termin in München dazwischengekommen.»

Ich schlucke meine Enttäuschung runter und gebe mich gelassen. «Kein Problem. Wirst du denn nach München fliegen?»

«Ja, das bleibt mir wohl nicht erspart.» Ein verzweifelter Seufzer dringt an mein Ohr. «Und das macht mir Sorgen …»

Sofort bin ich hellwach. Ach du meine Güte, Bens Flugangst!

«Mir ist auch noch etwas wieder eingefallen», erklärt er, und seine Stimme klingt schon etwas positiver.

Ben kann sich erinnern!?

«Was?», dränge ich ungeduldig. «Was ist dir eingefallen?»

«Es hat mit diesem kleinen Taschen-Fiffi im Aufzug zu tun», beginnt er. «Also, ich bin mal von einem Hund gebissen worden. Und der war weiß!»

Ach du großer Sigmund Freud! Ist das nicht ein bisschen weit hergeholt? Oder sollte es da tatsächlich eine Verbindung geben? Puh! Mir schwirrt der Kopf. Ich eigne mich einfach nicht für diesen Beruf.

«Die Wunde hat ziemlich geblutet», erzählt Ben wie berauscht weiter, «und ich bekam eine Tetanusspritze, die ganz schrecklich wehtat. Also, ich würde das als traumatisches Erlebnis bezeichnen. Was meinst du?»

«Wann war das denn?»

«Ich glaube, da war ich ungefähr … drei», antwortet Ben zögernd. «Ja, genau, ich bin schon in den Kindergarten gegangen.»

Mmm … dieser Hundebiss liegt schon sehr weit zurück, aber Bens Gedächtnislücke umfasst nur zwei, drei Wochen. Das hat also vermutlich überhaupt nichts mit seiner Amnesie zu tun, geschweige denn mit den fehlenden drei Wochen in seiner Erinnerung. Solange wir dieses Geheimnis nicht gelüftet haben, kommen wir nicht weiter. Nicht einen Millimeter.

«Also, wir werden das beim nächsten Mal ausführlich besprechen», beginne ich vorsichtig. «Es könnte aber sein, dass es auf dem Flug zu einem … ähm, zu einem weiteren Rückfall kommt. Du solltest dann unbedingt deine Gedanken fokussieren. Denk vielleicht einfach an das Plüschtier für deinen Neffen. Oder an einen rosaroten Elefanten oder so.»

Ach du Schande! Was rede ich denn da für einen Müll? Ben wird sicher gleich in schallendes Gelächter ausbrechen!

«Deine Therapiemethoden sind wirklich ungewöhnlich, Ella», sagt er nach einer Pause, aber seine Stimme klingt nicht sehr überzeugt. «Ich werde es versuchen. Danke jedenfalls, dass du dich so intensiv um mich kümmerst.»

«Schon gut», wehre ich ab. «Das ist doch nur ... mein Job.»

«Ja, schon, aber ich würde dich gerne mal als Dank zum Essen einladen, wenn ich darf.»

«Oh, sehr gerne», hauche ich gerührt, und im selben Augenblick meldet sich mein schlechtes Gewissen. So eine Einladung würde eine echte Therapeutin vermutlich nie annehmen!

«Wie wär es mit Samstagabend, wenn ich zurück bin?»

«Samstag ...», wiederhole ich zögernd. «Ja, also ... samstags gebe ich immer Yogastunden ... ähm, ich meine, samstags *gehe* ich immer zum Yoga.» Puh! Beinahe hätte ich mich verraten. «Deshalb kann ich leider erst nach acht, denn das Studio ist in –»

Moment mal! Mir kommt eine geniale Idee.

«Hättest du vielleicht Lust, mich dort abzuholen?», frage ich euphorisch. «Es ist ein kleines Studio in Moabit, und ich wüsste auch ein tolles Lokal.» Als ich mit piepsiger Stimme das *Mädchen ohne Abitur* vorschlage, schlägt mein Herz so laut, dass Ben es eigentlich hören müsste.

«Mädchen ohne was?», fragt er lachend.

«*Mädchen ohne Abitur.* Das ist ein Restaurant in Kreuzberg. Man kann dort sehr gut essen», erkläre ich und kann meine Aufregung kaum noch zurückhalten.

Wenn mich Ben vom Yoga abholt und wir dasselbe Restaurant wie vor knapp drei Wochen besuchen, könnte der Abend ein Déjà-vu-Erlebnis für ihn werden. Ich ziehe einfach das Kleid mit den Spaghettiträgern an, trage meine Haare offen und bin einfach wieder Nelly.

Dann muss er sich doch erinnern!

14

Donnerstag habe ich *Jeanette Krüger* im Kalender notiert. Einen Tag nach ihrer Absage hat sie sich tatsächlich wieder gemeldet. Was mich einerseits verwundert, andererseits aber auch stolz macht. Sie muss mich für eine gute Therapeutin halten. Würde sie sich sonst von mir behandeln lassen?

Mit einer von Mamas spießigen weißen Blusen, einer schwarzen Bundfaltenhose und dem strengen Haarknoten verwandle ich mich wieder in Frau Dr. Ella Nitsche. Per U-Bahn fahre ich dann ins KaDeWe, wo wir vor dem Haupteingang verabredet sind.

Als ich Frau Krüger eine Verhaltenstherapie vorschlug, reagierte sie so aufgeregt, als hätte ich ihr eine exklusive Einladung zu einem einmaligen Super-Sonder-Sale eines angesagten Designers besorgt.

Ich sehe sie schon von weitem. Sie trägt ein violettes Kleid – ein toller Kontrast zu ihren brünetten Haaren –, dazu gefährlich hohe, orangefarbene Pumps und eine Sonnenbrille im gleichen auffälligen Farbton. An ihrem rechten Arm baumelt eine monströse, violette Handtasche aus Wildleder, sicher mit Platz für viele Schnäppchen. Als sie mich erblickt, schiebt sie die Brille ins Haar und winkt mir zu.

«Huhu, Frau Doktor.»

«Hallo, Frau Krüger. Tut mir leid, wenn Sie warten mussten», begrüße ich sie.

«Nein, nein», wehrt sie kichernd ab. «Ich war zu früh. Vor Aufregung konnte ich es einfach nicht länger zu Hause aushalten.» Ungeduldig tritt sie von einem Bein aufs andere und strahlt mich aus ihren blauen Augen erwartungsvoll an. «Wo sollen wir anfangen? Welches ist Ihr Lieblingsdesigner? Was brauchen Sie dringend?»

Huch! Anscheinend verwechselt sie Verhaltenstherapie mit privater Einkaufsberaterin. Macht aber nichts.

«Gleich geht's los», verspreche ich, während wir das Kaufhaus betreten. «Vorher würde ich gerne erfahren, was Sie am Dienstag –»

«Dienstag?» Sie blickt mich irritiert an, als habe ich sie nach dem Modetrend für das Jahr 3000 gefragt.

«Sie hatten mich doch vom KaDeWe aus angerufen und die Sitzung abgesagt», helfe ich ihrem Gedächtnis auf die Sprünge.

Verwundert bleibt Jeanette Krüger vor dem Bulgari-Shop stehen und betrachtet in der Auslage eine sündhaft teure Wildleder-Handtasche, die der ihren sehr ähnlich sieht. «Tut mir leid, ich kann mich beim besten Willen nicht mehr erinnern.»

Auweia! Leidet sie etwa auch an Amnesie?

«Sie wissen es nicht mehr?»

«Nein, leider, aber ist ja auch schon zwei Tage her», erklärt sie lachend. «Ich merke mir nur ganz wichtige Sachen. Wenn neue Kollektionen eintreffen zum Beispiel, Termine von Modenschauen natürlich auch oder unseren Termin hier. Alles andere ist doch nur unnötiger Ballast, oder nicht?»

Da stimme ich ihr gerne zu. Ich vergesse ja auch so einiges. So gesehen leide ich dann wohl auch unter Amnesie. Ich muss unbedingt recherchieren, ob es dafür eine medizinische Bezeichnung gibt.

«Haben Sie denn am Dienstag etwas gekauft?», bohre ich weiter.

«Bestimmt», antwortet Jeanette, ohne lange zu überlegen. «Ich komme niemals ohne Tüte nach Hause. Sie wissen doch, wie mich das frustriert.»

«Und was genau haben Sie erstanden, Frau Krüger?»

«Sie fragen genauso wie mein Hubert, Frau Doktor. Der will auch immer alles ganz genau wissen. Und wenn ich es ihm dann erzähle, sagt er: *Das hast du doch schon.*» Jeanettes verständnisloser Miene ist anzusehen, dass sie sich über meine Fragen wundert. «Iss das denn wichtig für die Therapie?»

«Ja, sogar sehr wichtig», behaupte ich mit fester Stimme. «Es war sicher etwas ganz Außergewöhnliches, das Sie gekauft haben. Sonst hätten Sie doch unsere Sitzung nicht abgesagt, oder? Es wäre sehr hilfreich, wenn Sie mir jeden einzelnen Einkauf ganz detailliert beschreiben könnten.»

«Aha … Na gut, dann muss ich wohl mal überlegen», murmelt Jeanette, während wir an den Uhrenauslagen namhafter Designer vorbeiflanieren.

«Waren es vielleicht Schuhe?», frage ich und deute auf ihre Highheels. «Sehr schick übrigens, und sie sehen so neu aus.»

Jeanette streckt einen Fuß aus und starrt nachdenklich den orangefarbenen Schuh an. «Stimmt!», bestätigt sie meine Vermutung. «Die trage ich heute zum ersten Mal. Aber ich kann mich nicht entsinnen, wo und wann ich die gekauft habe.»

Mittlerweile haben wir im Erdgeschoss jeden Shop besichtigt und sind an allen Präsentationsständen vorbeigeschlendert, aber Frau Krüger hat noch immer nichts gekauft. Ja, sie hat nicht mal den Wunsch geäußert, etwas zu erstehen. Ablenkung ist offensichtlich genau das Richtige. Vielleicht langweilt sie sich zu Hause nur und geht deshalb ständig shoppen.

«Also, wollen wir in die Klamottenabteilung, und Sie zeigen mir, wie so eine Shoppingtour von Ihnen aussieht, Frau Krüger?»

Ein glückseliges Lächeln huscht über ihr Gesicht, und ihre blauen Augen beginnen zu leuchten, als wäre sie verliebt.

«Wenn ich gewusst hätte, wie viel Spaß so eine Verhaltenstherapie macht, wär ich schon viel früher zu Ihnen gekommen, Frau Doktor … Aber sagen Sie doch bitte Jeanette zu mir.»

«Ähm, ja, gerne», stottere ich. «Und ich bin Nel- … Ella.» Hoppla, da hätte ich mich doch beinahe verplappert.

«Also, Ella, mir nach!», fordert sie mich auf und dirigiert mich Richtung Rolltreppe.

«Fangen wir oben an?»

Jeanette übergeht meine Frage mit einer leichten Handbewegung. «Ich brauche ganz dringend einen Paillettenblazer. Hubert veranstaltet nämlich nächste Woche das jährliche Sommerfest für seine Angestellten. Und da möchte ich mich ordentlich aufrüschen. Schließlich bin ich die Frau vom Chef!»

Bei mir läuten sämtliche Therapiealarmglocken. So viele Klamotten, wie Jeanette laut ihrer eigenen Aussage besitzt, hat sie garantiert genug partytaugliche Outfits für die nächsten zehn Jahre im Schrank. Und ich verwette mein Yogastudio, dass sich darunter mindestens ein ungetragener Paillettenblazer findet!

Wenn ich sie nun so weit bringen könnte, dass sie die Unnötigkeit eines neuen Blazers einsieht, egal, ob mit oder ohne Pailletten, wären wir vielleicht schon einen großen Schritt weiter. Und ihrem Hubert würde das sicher auch gefallen.

«Sie besitzen also nichts Passendes für eine Party, Jeanette?», beginne ich vorsichtig.

«Das vielleicht schon, aber eben keinen Paillettenblazer», behauptet sie, ohne rot zu werden.

Ich gebe mich vorerst geschlagen und folge ihr in den zweiten Stock zur Fashion-Etage für Damen.

Mit glänzenden Augen flaniert meine kaufsüchtige Patientin an den schneeweißen Modepuppen vorbei, die auf ihren schmalen Schultern gesichtslose Köpfe tragen. Auf Jeanettes Gesicht dagegen ist die Vorfreude deutlich abzulesen. Verzückt angelt sie bei Jil Sander ein raffiniert geschnittenes rotes Kleid von der Stange. Einen Moment hält sie es hingerissen vor ihren Körper, hängt es dann aber desinteressiert wieder zurück. Einige Meter weiter greift sie versonnen nach einem Stella-McCartney-Pulli, betrachtet ihn kurz und lässt ihn achtlos wieder fallen. Bei Roberto Cavalli stockt Jeanette dann vor Begeisterung der Atem.

«Genau! Das! Ist! Er!», japst sie mit glühenden Wangen. Beinahe andächtig befühlt sie ein mattsilbernes Jäckchen mit unzähligen Pailletten und nimmt es vorsichtig von der Stange.

Augenblicklich eilt eine überschlanke Modelschönheit herbei, die uns bereits seit einer Weile beobachtet.

«Darf ich Ihnen behilflich sein?», fragt sie und schenkt uns ein freundliches Lächeln.

Jeanette nickt huldvoll und hält der professionell geschminkten Blondine das Glitzerjäckchen vor die Nase. «Das da! In Größe vierzig.»

«Oh, da muss ich Sie leider enttäuschen, gnädige Frau», erklärt die Verkäuferin. «Dieses Modell ist im Moment leider nur in sechsunddreißig vorrätig.»

Aus ihrer unterkühlten Miene schließe ich, dass Cavalli sowieso nur bis Größe sechsunddreißig produziert.

«Aber Ihnen würde es vermutlich passen.» Sie betrachtet mich mit abschätzendem Blick und hält mir das Teil an.

«Oh, danke, aber ich … ähm …», stottere ich überrascht. So ein auffälliges Teil würde mir überhaupt nicht stehen. «Also, ich wüsste gar nicht, zu welcher Gelegenheit ich das tragen sollte.»

Die kaufsüchtige Jeanette dagegen mustert mich jetzt ebenfalls eingehend. «Aber Sie könnten doch mal kurz reinschlüpfen, Ella», schlägt sie vor. «Dann könnte ich zumindest beurteilen, wie es angezogen aussieht.»

Notgedrungen spiele ich die Anziehpuppe. Was tut man nicht alles für seine Patienten!

Etwas umständlich schlüpfe ich in den Blazer und drehe mich verlegen vor dem Spiegel.

«Das steht Ihnen wirklich ausgezeichnet», schleimt die Verkäuferin sofort los. «Wie für Sie gemacht. Damit werden Sie in jeder Gesellschaft der Mittelpunkt sein.»

Ganz offensichtlich ist es ihr vollkommen schnuppe, ob sie Jeanette damit verletzen könnte. Hauptsache, sie verkauft das Teil. Komplimente sind im Preis inklusive. Dass man in irgendeinem Secondhandladen ein ähnliches Teil wahrscheinlich für einen Bruchteil des Preises finden könnte, kann ich jetzt wohl kaum anbringen.

«Hey, ich wusste ja gar nicht, dass du so trendy bist», ertönt in diesem Moment eine bekannte Stimme hinter mir.

Als ich mich umdrehe, werde ich blass.

Eva Henze!

Sie hat mich erkannt, und ich ahne, dass sie mich gleich mit Nelly ansprechen wird. Um nicht aufzufliegen, muss ich also schnell von mir ablenken.

«Was machst du denn hier, Eva?», versuche ich es daher mit der bewährten Fragetaktik.

«Meine Assistentin hat mich im Stich gelassen», schnauft sie gestresst. «Das dumme Ding ist mit einem Jungschauspieler nach Hollywood ausgewandert und hat von heute auf morgen gekündigt. Ausgerechnet jetzt, wo ich diesen großen Spielfilm vorbereiten muss! Ich weiß gar nicht, wie ich das alleine schaffen soll.»

Evas Worte rauschen an mir vorbei. Ich höre kaum zu, weil ich inständig hoffe, dass sie meinen Namen nicht ausspricht und nicht fragt, warum ich mich hier in einer Abendrobe vor dem Spiegel drehe.

«Ähm, darf ich bekannt machen», stottere ich aufgeregt. «Das ist Jeanette Krüger.» Ich drehe mich zu meiner Patientin um und streiche kurz über meinen Haarknoten. «Sie ist meine … ähm, meine private Stilistin. Sie hilft mir, ein passendes Outfit für eine Party zu finden. Ich hab doch so wenig Ahnung von Mode. Jeanette dagegen ist Expertin.»

«Ah, eine Kollegin», erklärt Eva erfreut und streckt ihre Hand aus. «Freut mich.»

«Und das ist Eva Henze», mache ich mit der Vorstellung weiter, «eine erfolgreiche Kostümbildnerin.»

«Eine *Kostümbildnerin am Rande des Nervenzusammenbruchs* würde es genauer treffen.»

Jeanette hat die Anspielung auf den Film von Pedro Almodóvar offensichtlich verstanden, denn aufgeregt schüttelt sie Evas Hand.

«Tolles Styling!», bewundert sie Evas kunterbuntes Sommerkleid im Hippiestil.

«Gleichfalls! Ihres ist von Donna Karan, richtig? Die gehört ja zu meinen Lieblingsdesignerinnen ... Und dazu diese Schuhe! Eine super Kombination. Ganz nach meinem Geschmack.»

Staunend vernehme ich, wie sich die beiden mit vielen Fachausdrücken über die neuesten Modetrends austauschen. Ich selbst verstehe kaum die Hälfte davon.

«Und Sie arbeiten also frei?», erkundigt sich Eva schließlich bei meiner Patientin, die nicht ganz sicher zu sein scheint, was «frei arbeiten» bedeutet. Doch ohne eine Antwort abzuwarten, sprudelt Eva schon weiter: «Ich meine, sind Sie als Stilistin momentan ausgebucht, oder hätten Sie vielleicht Zeit, für meine Assistentin einzuspringen?»

Jeanette bleibt die Spucke weg.

«Sie müssten mir am Set helfen», erklärt Eva weiter, «Sachen aus dem Fundus abholen, Accessoires besorgen ... Na ja, was soll ich den Job lange schönreden: Hauptsächlich müssten Sie stundenlang durch die Läden laufen und einkaufen.»

«Einkaufen?!», quietscht Jeanette überdreht. An ihren glänzenden Augen ist deutlich zu sehen, dass sie sich nur mit Mühe zurückhalten kann, um Eva nicht vor Glück um den Hals zu fallen.

Auch ich würde Eva zu gerne abknutschen. Jeanette als ihre Assistentin, das ist doch *die* Lösung!

«Du hättest keine Bessere fragen können», bestätige ich Eva in ihrem Ansinnen. «Und sobald wir ... ähm ... ein Outfit für mich gefunden haben –» Ich blinzle Jeanette zu. «Hat sie Zeit für dich.»

15

Samstagnachmittag schaffe ich es endlich, Mama zu besuchen. Bis dahin war einfach zu viel los. Mein Job als Brittas private Trainerin, das Studio und der Telefondienst in der Praxis beanspruchen mich fast rund um die Uhr.

Phillip wollte eigentlich auch mitkommen, hat aber im letzten Moment abgesagt. Angeblich muss der Herr Pilot dringend für eine anstehende Prüfung lernen. Also mache ich mich mit einem großen bunten Strauß Sommerblumen alleine auf den Weg nach Dahlem ins Sanatorium.

Die Anlage hat absolut nichts mit einem Krankenhaus gemein. Und das liegt nicht nur an der strahlenden Nachmittagssonne, die alles noch viel freundlicher aussehen lässt. Wie ein kleines Landschloss aus einem Rosamunde-Pilcher-Film steht das Anwesen inmitten eines Parks mit großen Bäumen.

Hier lässt es sich gut krank sein, denke ich beim Betreten der Anlage. Und wer nicht bettlägerig ist, findet auf den Ruhebänken am Springbrunnen beim Wassergeplätscher idyllische Ruhe.

Über eine geschwungene Steintreppe und einen breiten Aufgang gelange ich ins Schlossinnere. Auch dort empfängt mich nicht die sonst übliche Kliniksterilität. In der imposanten Eingangshalle warten einige Besucher in kaffeebraunen Lederfauteuils auf ihre Angehörigen. Alles in allem herrscht hier eine sehr gepflegte Atmosphäre, die ganz nach dem exklusiven Geschmack meiner Mutter sein dürfte.

Am Empfang erfahre ich von einem freundlichen Concierge, dass «Frau Dr. Nitsche in einem Einzelzimmer in der Beletage residiert».

Sie residiert in der Beletage!?

Wenig später sehe ich, dass Mama tatsächlich in einem großzügigen Erkersalon untergebracht ist, durch dessen hohe Sprossenfenster viel Licht hereinfällt. Zum Königinnengemach gehören aber auch stilvolle Lampen und Bilder sowie ein imposantes Bett mit Rüschenkissen und eine Decke aus geblümtem Seidenstoff.

In einem vanillegelben Negligé liegt meine Mutter in gleichfarbigen Kissen. Sie liest in einem Buch, das sie ziemlich weit von sich weghält.

Als sie mich erblickt, mustert sie mich verwundert, obwohl ich mich doch angemeldet hatte. «Antonella!» Träge lässt sie ihr Buch sinken.

«Hallo, Mama, wie geht es dir?», begrüße ich sie mit einem Küsschen auf die Wange. «Du siehst schon wieder viel besser aus. Phillip lässt dich übrigens grüßen. Er wäre sehr gerne mitgekommen, muss aber leider lernen.»

«Hast du meine Brille mitgebracht?», fragt sie unumwunden und kneift demonstrativ die Augen zusammen.

Erleichtert atme ich aus: Das ist meine Mutter, wie ich sie kenne. Und da weitere Kommentare ausbleiben, scheint sogar mein Outfit okay zu sein – ich hab das T-Shirt vorsichtshalber gebügelt, weil Mama mich oft wie mit der Lupe betrachtet. Das hätte ich mir aber wohl sparen können, denn sie scheint ganz andere Sorgen zu haben.

«Ähm, ja … also, deine Brille …», stottere ich, weil ich die natürlich absichtlich vergessen habe. Um ehrlich zu sein, brauche ich sie fürs Therapeutinnengefühl. «Ich habe das ganze

Haus abgesucht, ehrlich, konnte sie aber nirgendwo finden», schwindle ich und merke, dass mein Augenlid zuckt.

Ohne ihre Brille wird Mama das aber nicht bemerken.

«Sehr mysteriös», schnauft sie kopfschüttelnd. «Ich bin mir ganz sicher, sie zuletzt auf meinem Schreibtisch gesehen zu haben.»

Zweifelnd ziehe ich die Augenbrauen hoch. «Tatsächlich? Ich meine, in der ganzen Aufregung wäre es doch nicht verwunderlich, wenn du dich nicht so genau erinnern könntest, oder?»

«Papperlapapp», wischt Mama meinen Einwand mit einer Geste weg. «Ich leide doch nicht unter Amnesie! Apropos …» Sie stockt, als erwarte sie einen überfälligen Bericht. «Ist in der Praxis alles in Ordnung?»

«Ähm, ja, natürlich», erwidere ich leicht entrüstet und stelle schnell die Blumen ins Wasser, um abzulenken. Anschließend platziere ich die Vase auf dem kleinen Kaffeetisch und ziehe mir einen der beiden Besucherstühle an Mamas Bett.

«Hast du auch allen Patienten absagen können?», bohrt sie weiter nach.

«Ja, ja, alles erledigt», antworte ich ausweichend und zwirble eine Haarsträhne um meinen Finger.

Doch wie befürchtet ist meine Mutter damit nicht zufrieden. «Wie hat denn dieser … Ach, ich komm jetzt nicht auf den Namen. Die retrograde Amnesie, also, wie hat dieser Patient auf die Absage reagiert?»

«Ach, mach dir keine Sorgen», beruhige ich sie. «Ich hab alles im Griff.»

Skeptisch zieht Mama die Augenbrauen hoch. Offensichtlich glaubt sie mir kein Wort.

«Ehrlich», betone ich und behaupte: «Er hat versprochen, sich an Tante Tessa zu wenden, wenn es ihm schlechter geht.» Und dann fällt mir eine Möglichkeit ein, wie ich Mama noch zu Bens Krankheitsbild ausquetschen kann. «Allerdings könnte es natürlich auch sein, dass er es vergisst», sage ich. «Immerhin leidet er doch an Amnesie, oder nicht?»

«Retrograde Amnesie», verbessert sie mich.

«Und worin besteht der Unterschied?» Interessiert beuge ich mich vor.

«Totale Amnesie bedeutet den kompletten Gedächtnisverlust. Die Patienten vergessen, wer sie sind, wo sie arbeiten und ob sie verheiratet sind. Einfach alles. Oft vergessen sie sogar ihre Namen. Es ist der totale Blackout.» Sie richtet sich auf. «Patienten mit retrograder Amnesie dagegen fehlt nur die Erinnerung für einen bestimmten Zeitraum. Wobei dieses *nur* im Einzelfall natürlich als äußerst quälend erlebt werden kann. Auslöser ist im Regelfall ein Schädel-Hirn-Trauma. Genaueres lässt sich jedoch erst nach eingehender Kenntnis des jeweiligen Falls beurteilen», doziert Mama mit funkelnden Augen.

Mist, das weiß ich doch schon alles.

«Das ist ja hochspannend», sage ich ehrfürchtig und starte einen neuen Versuch, Mama zu weiteren Ausführungen zu bewegen. «Hast du nicht ein Beispiel parat?»

An ihrer erfreuter Miene erkenne ich, dass sie den Köder geschluckt hat. Sie liebt es, über Psychotherapie und Krankheitsbilder zu referieren.

«Nun», beginnt sie lächelnd. «Nehmen wir einen leidenschaftlichen Radsportler ... Da er seine gesamte Freizeit seinem Sport widmet, wird er von seiner großen Liebe verlassen, weil die Freundin sich verständlicherweise vernachlässigt fühlt. Direkt nach der Trennung stürzt er beim Training, erleidet eine Kopfverletzung – respektive ein Schädel-Hirn-Trauma – und kann sich daraufhin nicht mehr an die Frau erinnern. Auch nicht an ihren Namen, wie sie aussah und alles, was mit ihr zusammenhing.»

«Ach», schnaufe ich. «Dann kann er in Zukunft seinem Sport also ohne schlechtes Gewissen frönen?»

«Ganz so einfach ist es nicht», erklärt sie. «Unser Sportler wird in Zukunft nämlich keine Freude mehr an seiner Leidenschaft empfinden. Jedes Mal, wenn er aufs Rad steigt, überkommt ihn schlechte Laune bis hin zur Depression. Aber er kann sich nicht erklären, wie es zu diesem plötzlichen Sinneswandel kommt, weil er die Frau ja vergessen hat.»

«Puh, das ist ja ganz schön tragisch», murmele ich. «Und was passiert, wenn dieser Sportler nochmal stürzt? Käme sein Erinnerungsvermögen dann zurück?»

«Derartige Studien sind mir nicht bekannt. Wäre schön, wenn es so einfach ginge», sagt Mama und lehnt sich zufrieden in die Kissen. «Man könnte den Patienten einfach einen über den Schädel ziehen und … Äh, wie dem auch sei, morgen werde ich entlassen, und ab Montag bin ich wieder auf dem Damm.»

«Was???» Entsetzt presse ich mir die Hand vor den Mund, um nicht aufzuschreien. «Morgen schon? Aber … aber du bist doch … ähm, du hattest doch einen …»

«Du meinst, Nervenzusammenbruch?», vollendet Mama meine Stotterei. «Es war lediglich eine kleine Unpässlichkeit. Ich war gestresst und habe einen besonders schweren Fall nicht mit genügend Abstand betrachtet. Das war hochgradig unprofessionell, und dergleichen rächt sich immer», erklärt sie und streicht sich in bekannter Manier übers Haar.

Mir fällt auf, dass ich als Dr. Ella Nitsche meinen Haarknoten auf ähnliche Weise betatsche. Scheint wohl eine typische Berufsmarotte zu sein.

«Meinst du nicht, du brauchst noch ein wenig Ruhe?» Und ich brauche dringend ein Argument, das Mama noch länger in der Klinik hält. Verzweifelt starre ich auf die Blumenbettwäsche und suche nach einer zündenden Idee.

«Den ganzen Tag nur rumzuliegen ist mir einfach zu langweilig. *Dabei* wird man depressiv», nörgelt sie.

«Das wäre natürlich eine höchst unerwünschte Wirkung», murmele ich halblaut vor mich hin. «Was sagt denn der Arzt? Lässt der dich denn schon gehen?»

«Ach, der.» Sie winkt verächtlich ab. «Die haben doch alle keine Ahnung.»

«Nicht?»

«Nein! In diesem Sanatorium werden nämlich hauptsächlich Nasen begradigt, Augenlider gestrafft und Tränensäcke entfernt.» Mama rollt mit den Augen.

Ich verstehe gar nichts mehr. Behandelt man psychisch Kranke heutzutage auf diese Art und Weise? Na ja, vermutlich fühlt man sich gleich viel besser, wenn einem ein straffes Gesicht aus dem Spiegel entgegenblickt. «Und das hilft bei … ähm … Nervenleiden?», frage ich dennoch vorsichtig nach.

«Antonella», lacht Mama amüsiert auf. «Hier hat niemand Probleme mit seinen Nerven. Höchstens, wenn er beim Anblick einer verpfuschten OP durchdreht … Dieses Haus ist kein Nervensanatorium, sondern vorwiegend eine Klinik für Geburtshilfe und Plastische Chirurgie. Du kannst hier dein Kind auf die Welt bringen und dir danach die angefutterten Kilos absaugen lassen.»

«Aber wieso hat dich Tante Tessa dann –»

«Aus zwei Gründen», unterbricht mich Mama. «Erstens ging es lediglich um ein paar Tage Erholung. Zweitens ist Tessa mit dem Chefarzt eng befreundet. Wir wollen ja auf jeden Fall verhindern, dass irgendjemand auf die Idee kommt, eine renommierte Therapeutin hätte einen Zusammenbruch erlitten. Wer würde sich dann noch von mir behandeln lassen wollen? Offiziell kuriere ich also nur eine chronische Nasennebenhöhlenentzündung aus.»

«Aha!» Entmutigt sinke ich auf meinem Stuhl zusammen. Am liebsten würde ich schreien: Du *musst* aber hierbleiben! Ben ist noch nicht geheilt. «Hatte Tante Tessa nicht von vier Wochen gesprochen?», versuche ich es halbherzig.

«Ja, das würde den Ärzten hier so gefallen», schnauft Mama empört. «Für mich als Privatpatientin würden diese Halbgötter in Weiß auch ein neues Leiden erfinden, damit sie es vor meiner Kasse vertreten könnten.»

Durchatmen!, ermahne ich mich, jetzt bloß kein wirres Zeug daherreden.

«Bist du denn auch gründlich untersucht worden?», frage ich besorgt. «Ich meine, Geburtshelfer und Schönheitschirurgen sind ja nicht gerade Koryphäen auf dem Gebiet von Nervenleiden.»

«Was ist denn mit dir los, Antonella?» Mama betrachtet mich verwundert. «Seit wann weißt du denn so gut über medizinische Fachrichtungen Bescheid?»

«Das sagt einem doch der gesunde Menschenverstand», wende ich entrüstet ein. «Ich sorge mich einfach um dich … Also, was ist, wurde ein gründlicher Check-up durchgeführt oder nicht?»

«Ja, ja», antwortet meine Mutter ungehalten und betätschelt erneut ihr Haar. «Aber das Wichtigste ist doch, dass ich mich wieder fit fühle und Montag am Schreibtisch sitze.»

Als ich die Klinik verlasse, brummt es wie eine Kreissäge in meinem Kopf: Montag, Montag, Montag.

Da bleiben mir ja keine zwei Tage mehr, um Bens Amnesie zu heilen! Sobald Mama die Praxis wieder übernimmt, wird sie ihre Patienten anrufen und natürlich auch Ben, und was dann passiert, will ich mir gar nicht erst vorstellen. Die von mir mit Bleistift eingetragenen Termine kann ich ausradieren, aber Bens Telefonnummer hat Mama mit Kuli notiert.

Augenblicklich fühle ich mich, als würde mich jemand würgen. Ob daher der Begriff Galgenfrist stammt?

Niedergeschlagen suche ich auf dem Heimweg nach einer Lösung. Ich brauche dringend eine zündende Idee. Irgendetwas, das die sich anbahnende Katastrophe aufhält.

In meiner Verzweiflung fällt mir nur Britta ein. Sie muss mir helfen! Sie weiß bestimmt Rat. Britta ist eine Unternehmerin mit massenhaft genialen Ideen, sonst wäre sie ja nicht so erfolgreich.

Doch meine Freundin kommt an diesem Abend nicht nach Hause. Selbst auf ihrem BlackBerry ist sie nicht zu erreichen.

Ich hinterlasse mehrere Panikrufe auf ihrer Mailbox und bitte sie, dringend zurückzurufen. Jetzt kann mir nur noch eines helfen: auf den Kopf stellen und auf ein Wunder hoffen.

16

Während der letzten Yogastunde am Samstagabend lasse ich schon mal ein paar Glücksübungen einfließen. Eine davon ist «Die Heldin», die Mut und Entschlossenheit schenkt. Beides brauche ich mehr denn je. Heute Abend findet schließlich das Treffen mit Ben statt.

Ich kann es kaum erwarten, mit ihm im *Mädchen ohne Abitur* zu sitzen. Außerdem bin ich gespannt, wie sein Flug verlaufen ist. Aber wenn mir nicht bald etwas einfällt, wie ich Mama davon abhalten kann, am Montag ihre Praxis wieder zu öffnen, könnte es das letzte Treffen mit ihm sein.

«Ausatmen … Aus dem aufrechten Stand mit dem rechten Bein einen Schritt nach vorne … linken Fuß etwas ausdrehen … rechtes Bein beugen …»

Ich könnte Mama einen Wellnessurlaub zum Geburtstag schenken und sie für weitere ein, zwei Wochen abschieben.

«Schultern nach hinten … Arme zur Seite und anwinkeln … Daumen und Zeigefinger berühren sich … tief einatmen … Brustbein hebt sich … ausatmen …»

Beim nächsten Atemzug erinnere ich mich allerdings daran, dass Mama erst im Oktober Geburtstag hat. Außerdem hätte ich gar kein Geld, so einen Luxusurlaub zu finanzieren.

Gegen Ende der Stunde verschränke ich die Beine zum Schneidersitz und leite mit sanfter Stimme die Mini-Meditation ein:

«Augen schließen … einatmen … langsam bis vier zählen … ausatmen auf acht …»

Und wenn ich Mama einfach die Wahrheit sage? Ich könnte behaupten, Ben Reuther wollte sich partout nicht abweisen lassen und nur mit jemandem reden. Vielleicht glaubt sie mir ja.

«Der Körper wird leicht … wir sind im Einklang mit uns selbst … tief durch die Nase atmen … um uns herum ist nichts als heller Sonnenschein … wir lassen unsere Gedanken fließen, halten sie nicht fest …»

Und dann könnte ich aufs Ganze gehen und behaupten, dass sich meine Meinung zum Thema Psychologie und Therapie durch die Gespräche mit Ben geändert hätte. Ich würde nun doch studieren wollen. Das müsste Mama doch milde stimmen.

«Ausatmen … Augen öffnen … aus dem Schneidersitz lösen und aufstehen.» Ich beende die Yogastunde mit einer angedeuteten Verbeugung. «Namaste.»

«Namaste», antwortet die kleine Gruppe und verbeugt sich ebenfalls. Aber keine der fünf Frauen verlässt den Raum, stattdessen blicken mich alle erwartungsvoll an.

«Danke schön», sage ich und lächle freundlich in die Runde. Doch meine Schülerinnen starren mich weiterhin so seltsam an.

«Kein philosophischer Satz heute?», fragt eine Frau enttäuscht.

«Oh, tut mir leid, das hätte ich tatsächlich fast vergessen … Ist mir noch nie passiert», gestehe ich verlegen ein und verkünde: «Nur wer gegen den Strom schwimmt, gelangt an die Quelle.»

Im Vorbeigehen höre ich, wie eine Schülerin mit ihrer

Freundin tuschelt. «Gegen den Strom schwimmen kann aber ganz schön anstrengend sein.»

Tja, da muss ich ihr leider recht geben.

Kribbelig erwarte ich Ben um halb neun vor der Tür meines Studios.

Ich setze meine ganzen Hoffnungen in diesen Abend. Es darf einfach nichts schiefgehen! Wichtig sind die Örtlichkeiten, die Umstände und natürlich meine optische Rückverwandlung in Nelly.

Wie an unserem ersten Abend trage ich das Sommerkleid mit den Spaghettiträgern und habe das rosa Strickjäckchen um meine Hüften geknotet. Mein Kräuselhaar steht ungebändigt vom Kopf ab, und ich dufte nach *Daisy*. Brille trage ich natürlich auch keine.

Als Ben den Innenhof betritt und aufs Studio zu eilt, fühle ich mein Herz schneller schlagen. Vor Aufregung schießt mir das Blut ins Gesicht.

«Hi, Ella», begrüßt er mich, streckt mir die Hand entgegen und betrachtet mich erstaunt. «Du siehst hinreißend aus. So … so verändert.» Sein Blick ruht auf meinen Haaren. «Irgendwie … wilder.»

«Danke», flüstere ich mit weichen Knien.

Der Abend fängt gut an. Ben benimmt sich zwar für meinen Geschmack etwas zu formell, aber für ihn bin ich ja immer noch die Therapeutin.

«Und», fragt er, «hast du auch ordentlich Hunger nach deinem Yogakurs?»

Ja! Er benutzt genau die gleichen Worte wie damals.

«Und wie!», piepse ich und verkneife mir zu sagen, dass ich abends doch immer eine Riesenportion verdrücken könnte.

«Klasse», freut sich Ben. «Endlich mal eine Frau, die nicht auf Diät ist.»

«Keine Bange, für Essen bin ich immer zu haben.»

«Gut zu wissen», meint Ben, während wir Seite an Seite den Hinterhof verlassen.

Im Restaurant platziert uns derselbe Kellner tatsächlich auch noch am selben Tisch – und das ohne Reservierung!

Vor Aufregung zittern meine Hände, und ich verstecke mich schnell hinter der Speisekarte.

«Schwere Entscheidung», murmle ich. «*Flammendes Inferno* oder *Verschollen in Rio* klingt beides lecker.»

«Mmm … *Flammendes Inferno* …», wiederholt Ben leise.

Einen Augenblick lang sieht er mich mit seinen grünen Augen so durchdringend an, dass ich glaube, seine Erinnerung käme genau in dieser Sekunde zurück. Oder erinnert er sich vielleicht an den Traum mit dem Feuer, von dem er mir in der Praxis erzählt hat? Aber ich bin heute als *Nelly* und nicht als seine Therapeutin hier und werde das Gespräch nicht erwähnen.

Gerade will ich wieder in die Karte schauen, als Ben doch tatsächlich fragt: «Was hältst du davon, wenn wir beide Gerichte bestellen und voreinander probieren?»

Noch eine Wiederholung! Ein warmes Kribbeln läuft über meinen Rücken.

«Gute Idee», sage ich, und meine Stimme bricht etwas. Jetzt bedarf es nur noch einer Winzigkeit, und er wird sich an uns erinnern! «Und was wollen wir dazu trinken?«, frage ich provozierend.

Als Ben mir erklärt, dass er trockenen Wein liebt, und fragt, ob ich mit einem Riesling einverstanden wäre, ist der magische Moment verflogen. Er hätte doch sagen müssen, dass er Alkohol nur in homöopathischen Dosen genießt!

Ich nicke enttäuscht.

Kurz darauf serviert der Kellner den Wein. Wir erheben unsere Gläser, und ich blicke Ben erwartungsvoll an. Aber er lobt nur den aufmerksamen Service und die angenehme Atmosphäre im Lokal, anstatt «auf eine ganz besondere Frau» anzustoßen.

Tja, Britta hatte wohl recht: So eine Amnesie ist keine harmlose Verspannung im Rücken, die man mit ein paar Dehnübungen beseitigen kann.

«Wie ging es denn mit deiner Flugangst?», erkundige ich mich ernüchtert nach seiner Reise.

«Ich habe ganz fest an einen rosa Elefanten gedacht, wie du mir geraten hast», berichtet Ben und zwinkert mir zu. «Es hat mich gut abgelenkt. Bis zum Einsteigen war ich also ziemlich ruhig, doch kaum war der Gurt festgezurrt …» Er stockt, und auf seiner Stirn ist wieder diese steile Falte zwischen seinen Brauen zu erkennen, die große Anspannung verrät.

«Saß zufällig eine Frau in weißer Kleidung neben dir?», erkundige ich mich betont ruhig.

«Nein. Das heißt, ich weiß nicht … Ich hab nicht drauf geachtet», antwortet Ben fahrig. «Also, da saß eine Frau neben mir, aber was sie anhatte? Keine Ahnung.»

«Mmm», murmle ich nachdenklich, und mir fällt das Gespräch mit Mama wieder ein. «Hast du bei einer deiner vielen Flüge vielleicht mal eine Notlandung miterlebt und wurdest dabei am Kopf verletzt?»

«Notlandung?» Fassungslos schreckt Ben zusammen. «Wie kommst du denn auf diese absurde Idee, Ella?»

«Nun, so ein traumatisches Erlebnis würde erklären, warum du so ungern fliegst.»

«Ja, schon», sagt Ben. «Aber von solchen Katastrophen berichten die Medien doch tagelang. Würde jemand dabei sein Gedächtnis verlieren, bekäme er erst recht alle Aufmerksamkeit. Ich wüsste also ganz sicher, ob ich dabei gewesen wäre.»

«Stimmt, wie dumm von mir», gebe ich kleinlaut zu und mutmaße im Stillen, dass wohl doch eine Frau dahintersteckt. Also bohre ich weiter: «Hattest du während eines Flugs mal ein … ein unangenehmes Erlebnis mit einer Frau?»

Wortlos starrt Ben in sein Weinglas, als wäre die Frage indiskret.

«Tut mir leid», entschuldige ich mich. «Ich frage das natürlich nur aus beruflichem Interesse.»

«Schon okay», murmelt er. «Da gibt es aber nichts.»

«Ist es möglich, dass du die Dame vergessen hast?», hake ich nach.

Ben kratzt sich gedankenverloren am Kopf. Dann angelt er das Handy aus der Innentasche seiner Jacke.

«Dieses Ding hier benutze ich nur privat», erklärt er und hält mir das Telefon hin. «Im Register sind kaum weibliche Namen verzeichnet. Du kannst mich gerne abfragen.»

«Nein, nein», wehre ich halbherzig ab. «Das wäre mir peinlich. Das ist doch deine Privatsphäre.»

«Aber du bist meine Therapeutin», antwortet Ben ernst. «Vor dir habe ich keine Geheimnisse.»

«Na gut.» Meine Neugier ist einfach größer, als es das Berufsethos vielleicht gebietet. Zufrieden stelle ich beim Blättern durch das Namensverzeichnis fest, dass er Ella Nitsche, also *mich*, unter der Kurzwahl 1 und seine Mutter unter der 2 eingespeichert hat.

«Wer ist Tanja?», frage ich, als der nächste weibliche Name auftaucht.

«Meine Schwester, die Mutter von Tim», antwortet Ben, ohne zu zögern. «Du kannst sie gerne anrufen und fragen, wie es meinem Neffen geht und ob er sich über den Pandabären gefreut hat.»

«Nicht nötig», wehre ich ab und blättere weiter. «Und wer ist Marcia?»

Auch diese Frage beantwortet Ben ohne langes Nachdenken. «Meine portugiesische Putzfrau.»

«Also keine geheimnisvolle Unbekannte. Dann muss das Übel woanders sitzen.»

Erleichtert gebe ich Ben das Handy zurück. *Wirklich* zufrieden bin ich jedoch nicht. Mir fällt nämlich ein, dass er mal davon gesprochen hat, sich eine neue Handynummer anzuschaffen.

«Vielleicht hast du die Nummer der Dame ja gelöscht oder deine Handynummer gewechselt», spekuliere ich.

«Möglich», gesteht er. «Aber in dem Fall habe ich es dann wohl vergessen, und das hilft mir nicht weiter.»

Als unser Essen serviert wird, sind wir eine Weile damit beschäftigt, uns die Köstlichkeiten schmecken zu lassen und voneinander zu probieren. Leider verläuft das Gespräch längst nicht so ausgelassen wie an jenem ersten Abend.

Ben wirkt ziemlich unkonzentriert, und immer wieder entsteht ein unangenehmes Schweigen, bei dem ich das Gefühl habe, er wäre ganz weit weg.

«Worüber denkst du nach?», frage ich ihn schließlich ganz direkt.

«Über geheimnisvolle Frauen in meinem Leben», stöhnt Ben gequält und schiebt seinen halbvollen Teller zur Seite. «Auf meinen Geschäftsreisen begegne ich doch so vielen Frauen …»

«Verstehe», sage ich und versuche, mich auf das *Flammende Inferno* zu konzentrieren. Ich will gar nicht so genau wissen, wann und wo er mit irgendeiner Tussi zusammen war.

Vielleicht hatte Ben sogar schon mal Sex auf der Flugzeugtoilette!? Phillip behauptet nämlich, das würden alle Männer wollen. Ein Mann würde dann automatisch zum Mitglied des exklusiven Club-der-zehntausend-Meter. Ich nenne so was ja einen Lustmolch-Club, und Details interessieren mich nicht die Bohne.

«Zurzeit gibt es überhaupt keine Frau in meinem Privatleben», durchdringt Bens Stimme meine düsteren Gedanken.

«Wie kannst du dir da so sicher sein?», frage ich mit wackeliger Stimme und hoffe, dass sich der dichte Nebelschleier des Vergessens endlich lichtet. «Dir fehlen in der Erinnerung immer noch drei Wochen deines Lebens.»

«Ja, schon», erwidert er. «Aber es gibt ja nicht mal ein Foto von ihr, geschweige denn von uns beiden.» Er sieht mich unverwandt an. «Ich fotografiere doch alles, was mir wichtig ist, wie du ja neulich im KaDeWe selbst erlebt hast.»

Ja, das leuchtet mir ein.

Und plötzlich fällt es mir wie Schuppen von den Augen: Er wollte im KaDeWe lediglich den vermeintlichen Therapieerfolg festhalten. Unser erstes Rendezvous hat er dagegen nicht fotografisch festgehalten! *Nelly* war ihm unwichtig. Er hat sich also überhaupt nicht in mich verliebt. Und auch der Kuss bedeutete ihm nichts!

Mir ist zum Heulen zumute. Ich hatte mir diesen Déjà-vu-Abend so wunderschön ausgemalt, aber nichts läuft so wie geplant. Ben sieht in mir immer nur Ella Nitsche. Ich kann diese Seelenklempnerei nicht länger durchziehen.

«Du bist ja plötzlich so still», bemerkt Ben, als würde er meine melancholische Stimmung spüren.

Ertappt schrecke ich zusammen. «Ähm, ja … Ich habe nur etwas überlegt», behaupte ich hastig und nehme einen Schluck Wein.

«Ach bitte, Frau Doktor», bettelt Ben, und sein eindringlicher Blick geht mir durch und durch. «Verrate mir doch deine Überlegungen. Geht es um mich?»

«Also, ich habe mich gefragt …» Ja, was denn eigentlich?

«Ja?»

«Na ja … Ich habe mich gefragt, ob du … ob du in Zukunft nicht mit der Bahn fahren könntest, statt zu fliegen.»

Mit dieser Notlüge kann ich hoffentlich davon ablenken, dass mir zum Heulen zumute ist.

«Mit der Bahn?» Ben mustert mich überrascht.

Ich zucke bemüht gelassen mit den Schultern. «Soweit ich weiß, dauert eine Fahrt nach München keine sechs Stunden. Rechnet man die Strecke zum Flughafen, das Einchecken und den Weg ins Hotel zur Flugzeit hinzu, dann ist man mit dem Zug wahrscheinlich genauso schnell.»

«Vielleicht hast du recht. Allein bei der Vorstellung, wieder in ein Flugzeug steigen zu müssen, gerate ich ins Schwitzen. Du bringst mich wirklich auf den richtigen Weg. Ich bin wirklich froh, dich als meine Therapeutin zu haben.»

Durchatmen, sage ich mir, du musst der Wahrheit ins Auge sehen, Nelly Nitsche. Für deinen Traummann wirst du immer nur die Therapeutin sein.

Als wir uns um Mitternacht ein Taxi teilen, würde ich mich am liebsten sofort in mein Bett verkriechen. Das Blöde ist nur, dass ich mich ja bei meiner Mutter absetzen lassen muss. Schließlich denkt Ben, dass ich dort arbeite und wohne.

Das Taxi hält in der Fasanenstraße, und Ben bittet den Fahrer, kurz zu warten, er wolle mich noch nach oben bringen.

Ob Fortuna in letzter Sekunde doch noch aufwacht?, wage ich zu hoffen, während ein riesiger Schwarm Schmetterlinge in meinem Magen aufflattert.

«Wollen wir das Schicksal herausfordern?», flüstere ich Ben wagemutig zu, als wir das Treppenhaus betreten.

«Und was tun?», entgegnet er launig.

«Den Aufzug nehmen!»

«Aha», grinst Ben. «Und zu therapeutischen Zwecken stecken bleiben?»

«Na, hoffentlich nicht», antworte ich und füge in Gedanken hinzu: Jedenfalls nicht nur zu therapeutischen Zwecken.

Inständig flehe ich die Glücksgöttin an, sie möge dieses altertümliche Monstrum mindestens für eine Stunde zwischen den Etagen festhalten und keine Nachbarn auftauchen lassen, die uns befreien könnten.

«Na, dann nix wie rein ins nächtliche Abenteuer!» Ben wirkt übermütig wie ein kleiner Junge. Er schließt die Tür und drückt den Knopf zur dritten Etage.

Der Lift ruckelt ein bisschen, dann setzt er sich in Bewegung. Entgegen meinen Stoßgebeten hält dieses unzuverlässige Ding dann ohne weitere Mucken ganz vorschriftsmäßig im dritten Stockwerk.

«Tja, einen Versuch war's wert», stellt Ben mit ernster Miene fest und hält mir die Tür auf.

«Da wären wir», brumme ich enttäuscht und krame in meiner Tasche nach dem Wohnungsschlüssel. Wenn mir nichts Besseres mehr einfällt, werde ich wohl tatsächlich reingehen müssen. «Hatten wir eigentlich schon die nächste Sitzung vereinbart?», frage ich leise.

«Ich rufe dich an», sagt Ben, als wäre das nur das Ende einer Therapiesitzung.

Ich ergreife meine letzte Chance und wiederhole die Abschiedsworte unseres ersten Abends. «Ist das nicht der Spruch, den man einer Frau sagt, die man garantiert *nicht* wiedersehen will?»

«Keine Ahnung», lacht Ben völlig unbedarft. «Du weißt doch, ich leide unter Amnesie.»

Wenig später lehne ich an der Innenseite der Tür und kann meine Tränen nicht mehr zurückhalten.

Ohne das Licht anzuknipsen, lasse ich mich zu Boden sinken, vergrabe mein Gesicht zwischen meinen Knien und schluchze hemmungslos.

Es ist zum Verzweifeln! Dieser Abend war der endgültige Beweis: Ben wird sich nie, nie, nie an mich erinnern. Ich werde für immer seine Therapeutin bleiben müssen. Es sei denn, ich gebe mich zu erkennen und gehe das Risiko ein, dass er sich belogen und betrogen fühlt.

Warum hat mein Plan nicht wenigstens ein kleines bisschen funktioniert? Ben hätte sich zumindest an meinen Namen erinnern können! Hat Nelly ihm denn wirklich gar nichts bedeutet? Was soll ich bloß tun?

Ich wische mir die Tränen aus den Augen und krame nach meinem Handy, um nachzusehen, ob mir Britta eine Nachricht hinterlassen hat. Doch auch auf meine beste Freundin ist kein Verlass mehr.

In der Wohnung ist es dunkel und abgesehen von meinem Schluchzen vollkommen still. Phillip scheint entweder nicht da zu sein oder schon zu schlafen. Aber hierbleiben will ich ohnehin nicht.

Ich atme tief durch und will gerade aufstehen, als plötzlich ein Paar nackter Füße vor mir steht. Überrascht blicke ich auf – und sofort wieder weg.

Mein Bruder hat außer einem schwarzen Minitanga und einer Pilotenmütze auf dem Kopf nichts an.

«Was willst du denn hier?», herrscht er mich an und stemmt in Feldwebelmanier seine schmächtigen Arme in die ebenso schmächtigen Hüften. Sport findet bei meinem Bruder nur vor dem Fernseher statt. Seltsamerweise ist sein Gesicht jetzt aber so rot, als habe er sich ausnahmsweise doch zu ein paar Liegestützen hinreißen lassen.

Ohne zu antworten, seufze ich erneut auf und wühle in meiner Tasche nach einem Taschentuch.

«Huhu!» In dem Moment erklingt eine helle Frauenstimme aus seinem Schlafzimmer. «Wo bist du, mein Kapitän? Ich hab die Sprühsahne gefunden!»

«Äh … Ich bin sofort bei dir», flötet Phillip über seine Schulter und zischt mir dann zu: «Los, verzieh dich, aber dalli, dalli. Ich habe Besuch, du störst!»

Doch schon steht der *Besuch* neben uns – nackt und in knielangen schwarzen Lackstiefeln. Lediglich ihr üppiger Busen wird von hüftlangen blonden Haaren bedeckt.

«Wer ist das denn?», piepst die wohlgeformte blonde Venus und mustert mich befremdet.

«Niemand», brummt Phillip ungehalten.

Niemand?

Ich bin nicht niemand!

Ich bin nur unendlich traurig und mutlos, weil ich hoffnungslos in einen Mann verliebt bin, der mich vergessen hat und den ich wahrscheinlich für immer anlügen muss. Und nun verleugnet mich auch noch mein Bruder, statt mich zu trösten und zu fragen, warum ich hier mitten in der Nacht verheult auf dem Flur hocke?

In mir ballt sich die angestaute Enttäuschung des gescheiterten Abends zu einem fürchterlichen Sommernachtsgewitter, das sich gleich auf den Kapitän in seiner lächerlichen schwarzen Unterhose entladen wird.

Na, der kann sich auf etwas gefasst machen! Ich werde mich rächen für all die Gemeinheiten, die er mir ständig an den Kopf schmeißt.

Langsam rapple ich mich hoch.

«Aber Schatz», klage ich mit tränenverhangenem Blick. «Was hast du denn? Ich bin es doch, deine Verlobte!» Vorwurfsvoll sehe ich Phillip an und schluchze erneut theatralisch auf. Ha! Damit hat er nicht gerechnet. Seine Begleiterin offensichtlich auch nicht.

«Du bist verlobt!?», kreischt die Venus und drückt vor Schreck auf die Sprühsahne, die sich daraufhin in einer Kringelkaskade auf dem glänzenden Parkett verteilt.

«Blödsinn!», zischt Phillip und funkelt mich zornig an. «Das ist nur meine bescheuerte Schwester, die saudumm daherquatscht.»

Der panische Blick seiner Gespielin wandert von meiner dicken, roten Krauswolle zu Phillips strohblonden Haarstoppeln, die im Nacken unter der Pilotenmütze hervorlugen, und glaubt ihm natürlich kein Wort.

«Na klar, und die Erde ist eine Scheibe», empört sie sich. «Wenn du mit der da verwandt bist, dann … dann …» Sie fuchtelt wild mit der Sprühsahne vor Phillips Gesicht herum. «Dann bin ich die Tochter von Barack Obama.»

«Ich schwöre, Mäuschen, das ist nur meine Schwester!» Theatralisch hebt Phillip die rechte Hand zum Schwur und legt die andere auf die Brust. Die Geste wirkt in Tangas ziemlich grotesk. «Das ist meine Schwester, Nelly Nitsche.»

Das Mäuschen zieht die Stupsnase kraus und überlegt.

«Und weshalb hat deine *Schwester* dann einen Schlüssel zu deiner Wohnung?»

«Ach so», schalte ich mich ein, «du hast ihr erzählt, das hier wäre deine Wohnung? Angeber!»

Aber auch das ist typisch Phillip. Um Frauen zu imponieren, war er schon immer zu allem bereit. Mit dreizehn hat er mal behauptet, den Führerschein zu besitzen, und war kurz davor, sich Papas Wagen auszuleihen. Den Schlüssel hatte er schon gemopst.

«Nein, sie hat …», stottert mein Bruder. «Ich meine, ich lebe hier …»

Jetzt bin ich aber gespannt! Dass er hier mit seiner Mutter lebt, die aber gerade im Sanatorium weilt, kann er seinem nächtlichen Besuch natürlich nicht gestehen. Das würde sich ja nach Mamasöhnchen anhören.

Ich wische mir die Tränen aus dem Gesicht und ziehe trotzig die Nase hoch.

«Ich bin wirklich seine Verlobte und lebe hier mit ihm und seiner Mutter», behaupte ich und würge meinem Bruder noch eins rein. «Wir wollen nämlich bald heiraten.»

Angewidert verzieht das blonde Mäuschen den üppigen Mund, lässt die Sprühsahne fallen und dreht sich auf ihren Absätzen um. Mit wehenden Haaren rauscht sie den Flur entlang, als wäre es ein Catwalk.

«Bist du jetzt komplett übergeschnappt?», schreit Phillip mich an. Sein Gesicht glüht vor Zorn, und seine hellblauen Augen färben sich gefährlich dunkel. «Du klärst das sofort auf!», fordert er und zeigt mit ausgestrecktem Arm in Mäuschens Richtung. «Los!»

Kämpferisch verschränke ich die Arme vor der Brust. «Warum sollte ich? Das ist meine Rache dafür, dass du mir als Kind immer weismachen wolltest, wir wären gar keine Geschwister. Du hast immer behauptet, Mama hätte mich an einer Bushaltestelle gefunden und würde mich zurückbringen, wenn ich dich ärgern würde.»

«O Mann, Nelly! Carina ist … Sie ist beruflich sehr wichtig für mich», erklärt er keuchend und reckt seinen Kopf vor, als wolle er jeden Augenblick auf mich losgehen.

«Aha, schulst du etwa um, von Pilot über den Wolken auf Herr der Straße? Ich meine, dein Mäuschen benimmt sich ja verdächtig ungeniert, und ihre Lackstiefel sprechen auch eine deutliche Sprache.»

Der blasse Kapitän schnappt nach Luft und tippt sich erbost an die Stirn. «Du hast wohl 'ne Meise. Carina ist doch keine …» Er stockt.

«Was ist sie dann?» Jetzt bin ich wirklich gespannt.

«Carina arbeitet im Lufthansa-Trainingszentrum für Flugsimulation und verschafft mir –»

«Die günstigen Übungsflüge für den Airbus kannst du in Zukunft vergessen!» Die blonde Maus kommt auf ihren Stilettos angestakst. Ihre langen schlanken Beine stecken jetzt in einer abgeschnittenen Jeans. Ihre hübsche Oberweite verhüllt ein pinkfarbenes Top, auf dem mehrere Silberketten baumeln.

Entschlossen schiebt Phillip mich zur Seite und platziert sich vor der Tür, um seine Gespielin am Entwischen zu hindern. Mit einem geradezu devoten Augenaufschlag bettelt er um Vergebung.

«Bitte, mein Mäuschen, verlass mich nicht. Wir machen auch das mit den Handschellen.» Als das nicht hilft, wendet er sich mir zu und durchbohrt mich mit einem drohenden Blick. «Du sagst jetzt sofort die Wahrheit, Nelly. Sofort!»

«Mmm», grummle ich nachdenklich, weil sich durch mein krauses Gehirn gerade ein genialer Gedanke schlängelt: Lufthansa … Trainingszentrum … Flugsimulation … Flugangst. Könnte so ein simulierter Flug Ben vielleicht …

«Weg da», fordert das blonde Mäuschen jetzt erbost und versucht, Phillip zur Seite zu schieben. «Mir reicht's. Ich steh nicht auf verlogene Milchbubis.»

«Bitte, Nelly, bitte», fleht Phillip mich an.

Na, so was! So kenne ich ihn ja gar nicht. Es scheint ihm tatsächlich viel an dieser Carina zu liegen.

«Also gut», schnaufe ich gnädig und krame in meiner Tasche nach der Geldbörse. Als ich sie gefunden habe, ziehe ich meinen Ausweis raus und halte ihn der Blonden vor die süße Stupsnase. «Phillip sagt die Wahrheit: Ich bin wirklich seine Schwester. Und ich wohne auch nicht hier.»

Das Mäuschen reißt mir den Perso aus den Händen und zieht beim Lesen ihre akkurat nachgezogenen Augenbrauen hoch. «Was sollte denn dann der Scheiß?»

«Du hast wohl keine Geschwister, wie?», frage ich kleinlaut.

Verständnislos mustert mich die Blondine. «Nein, ich bin Einzelkind. Warum?»

«Weil du dann wüsstest, dass man sich unter Geschwistern gern mal einen Streich spielt», erkläre ich ruhig, während ich meinen Ausweis zurücknehme und wieder verstaue.

«Meinetwegen.» Carina-Mäuschen zuckt mit den Schultern. «Aber doch nicht mitten in der Nacht.»

«Tut mir wirklich leid, Carina. Ich wollte dich nicht verletzen», entschuldige ich mich. «Das war eine Kurzschlussreaktion. Aber ich habe gerade eine schreckliche Enttäuschung hinter mir. Außerdem lasse ich mich nicht gerne als *niemand* bezeichnen. Schon gar nicht von meinem Bruder!»

«Schon gut», winkt Carina ab und wirkt schon wesentlich entspannter.

«Trotzdem kein Grund, gleich so auszuflippen», mosert Phillip. «Was willst du überhaupt hier? Ist ja wohl ein bisschen spät für einen Besuch.»

«Ja, nein … Ich … Es war ein Notfall», stammle ich.

«Pah, Notfall! Bei mir hast du verschissen!», fügt er verächtlich hinzu.

«Wen interessiert das schon», entgegnet Carina schnippisch und sieht mich aufmunternd an. «Also, was für ein Notfall?»

«Es geht … Es geht um meinen Traummann», stottere ich und entschließe mich, einfach die Wahrheit zu sagen. «Er leidet unter Amnesie und kann sich nicht mehr an mich erinnern. Nicht mal an meinen Namen. Er hat mich total vergessen.»

Phillip glotzt mich an, als habe ich ihm prophezeit, dass er während seines Prüfungsfluges abstürzen wird.

«Ganz, wie Großmutter immer gesagt hat: Krause Haare, krauses Gehirn!», raunzt er abfällig, als er die Sprache wiedergefunden hat.

«Pscht», zischt Carina und sieht mich eindringlich an. «So richtig Gedächtnisverlust? Alles weg?»

«Ja», seufze ich erschöpft. «Er erinnert sich nicht mal mehr an unseren ersten Kuss.»

«Das ist ja entsetzlich!», seufzt Carina mitfühlend und schüttelt den Kopf. Dann hakt sie mich unter und zieht mich Richtung Küche. «Wir brauchen was zu trinken!»

Als ich die traurige Geschichte in voller Länge und Tragik ausgebreitet habe, sind die Kerzen an Mamas antikem, fünfarmigem Leuchter zur Hälfte heruntergebrannt, und die zweite Flasche Rotwein ist geleert.

Während des Erzählens wurde mir die Dramatik erst so richtig bewusst. Wenn ich es nicht schaffe, Ben aus seinem schwarzen Erinnerungsloch zu holen, bevor Mama zurückkommt, fliegt meine Tarnung auf – und alles ist aus. Das Risiko, vorher alles aufzuklären, wage ich nicht einzugehen. Warum sollte mir Ben so eine absurde Story glauben? Dazu ist es längst zu spät. Das hätte ich gleich bei seinem Erscheinen in der Praxis tun müssen. Wenn ich jetzt damit rausrücke, wird er mich für übergeschnappt halten und nie wieder ein Wort mit mir sprechen. Außerdem würde das immer noch nichts an seinen Gefühlen ändern. Dann bleibe ich doch lieber Ella für ihn, seine treue Therapeutin.

Müde blicke ich in die flackernden Kerzen und zwirble eine Haarsträhne um meinen Finger.

Phillip, der seinen blassen Körper mittlerweile in einen dunkelblauen Morgenmantel mit goldenem Monogramm gehüllt hat, erhebt sich, um noch eine Flasche Wein aus der Speisekammer zu holen.

«Ach, Nelly, das ist wirklich schwierig», bekundet Carina ihr Mitgefühl. «Aber du darfst die Hoffnung nicht aufgeben. Prinz Charles und seine Camilla sind schließlich auch noch zusammengekommen!»

Genervt rollt Phillip mit den Augen. «Dass ihr Weiber immer gleich losheulen müsst, anstatt mal zu überlegen, wo der Fehler im Plan liegt.»

«Fehler?», fragen Carina und ich synchron.

Bevor sich mein kleiner Bruder zu einer klärenden Antwort herablässt, füllt er erst noch die Gläser auf. «Ist doch ganz einfach, Nelly: Du warst heute Abend *Ella* für ihn und wohnst ja auch nicht mehr in Moabit.» Er sieht mich oberlehrerstreng an. «Ben *konnte* sich gar nicht erinnern.»

«Aber in *Täglich grüßt das Murmeltier* lief doch auch nicht jeder Tag haargenau wie der vorherige ab», gebe ich zu bedenken.

Mein Bruder mustert mich verächtlich. «Das beweist wieder mal, wie doof du bist, Nelly Nitsche. Der Protagonist des Films litt doch nicht unter Amnesie. Im Gegenteil, der hat ganz schnell gecheckt, dass er in einer Zeitschleife steckt und nur er alleine etwas ändern kann. Dein Ben dagegen hat doch keinen blassen Schimmer, was los ist, capito?»

«Ach, was verstehen Männer schon von Gefühlen», rügt Carina ihren Kapitän und prostet mir zu. «Auf die große Liebe!»

Erleichtert atme ich auf und erhebe mein Glas. «Danke, Carina, das ist lieb von dir. Ich hätte da vielleicht auch noch eine Bitte.» Irgendwie habe ich Vertrauen zu ihr gefasst. Deshalb traue ich mich auch, ihr meine ungewöhnliche Idee vorzutragen. «Also, gegen Amnesie und Flugangst gibt es ja leider keine Pillen. Deshalb habe ich überlegt, ob … na ja, ob ein Simulationsflug mit ein paar netten Wetterkapriolen vielleicht etwas bewirken würde. Ich meine, wenn Ben mal so richtig durchgeschüttelt würde, könnte das doch die Blockade in seinem Gehirn lösen, oder?»

«Kein Problem», entgegnet Carina, ohne Phillip zu beachten, der sich verzweifelt an den Kopf fasst. «Der Simulator steht jedem zur Verfügung. Dein Ben könnte sogar selbst das Steuerhorn in die Hand nehmen. Eventuell würde das sein Empfinden noch steigern. Anschließend bekommt man eine Erlebnisflugurkunde, die könnt ihr euch dann zur Erinnerung übers Bett hängen. Kostet nur knapp dreihundert Euro.»

«Dreihundert Euro?», wiederhole ich geschockt. «Das ist ja teurer als mancher Inlandsflug. Kannst du da nichts drehen?»

Carina schüttelt den Kopf. «Tut mir leid, Nelly. Aber wenn du ihm diese Idee richtig verkaufst, ist er sicher bereit, zu investieren.» Mit diesen Worten erhebt sie sich und stöckelt ins Bad.

«Na, endlich ist das Thema durch.» Triumphierend hebt Phillip sein Glas und nimmt einen tiefen Schluck. Dann beugt er sich verschwörerisch zu mir und flüstert: «Und was machen wir mit Mama?»

«Wie kommst du denn jetzt darauf?», frage ich verdattert. Er will wohl nicht, dass Carina etwas mitbekommt.

«Weil sie mich heute Abend angerufen hat, um zu erklären, dass sie am Montag entlassen wird.»

«Ist mir bekannt», sage ich gereizt. «Schließlich habe *ich* sie heute Nachmittag besucht, während du hier –»

«Ja, ja, schon gut», unterbricht er mich. «Aber was unternehmen wir gegen diese voreilige Entlassung? Eine Woche Erholung reicht in Mamas Fall doch bestimmt nicht aus. Ich habe keine Lust auf einen weiteren Ausraster.»

Ich kapiere sofort. Dem schneidigen Kapitän geht es weniger um Mama als um die Wohnung, in der er ungestört in schwarzen Tangas rumspringen möchte.

«Na, dann muss sich deine doofe Schwester wohl eine Lösung einfallen lassen», sage ich verheißungsvoll.

«Und wann wird das sein?», drängelt Phillip.

«Sobald du mein krauses Gehirn mit ein paar Geldscheinchen zu Höchstleistungen animiert hast. Sagen wir dreihundert Euro?

Es dauert zwei, drei Sekunden, bis mein Bruder kapiert. «Das kannst du vergessen», erklärt er empört. «Ich zahl doch nicht für deine Schnapsideen.»

«Tja, dann wird Mama wohl bald erfahren, dass du in ihrer Abwesenheit hier ausufernde Sexorgien veranstaltest», drohe ich, kurz bevor Carina wieder die Küche betritt. Wie heißt es doch so schön: Im Krieg und in der Liebe sind alle Mittel erlaubt!

18

Um vier Uhr morgens liege ich endlich in meinem Bett in der Kantstraße. Doch obwohl ich mich vollkommen zerschlagen fühle, kann ich nicht schlafen.

Hoffentlich hat Phillip kapiert, dass meine Drohung kein Scherz war. Immerhin hat er sich bis Sonntagmittag Bedenkzeit erbeten. Er müsse erst seine Kontoauszüge überprüfen.

Also bitte: Was gibt's denn da zu bedenken und zu überprüfen? Eine sturmfreie Bude mit Carina dürfte ihm doch wohl dreihundert Euro wert sein, oder? Ich würde für Ben jedenfalls ein Millionenvermögen opfern, wenn ich eines hätte.

Irgendwann muss ich dann aber doch eingeschlafen sein. Schweißgebadet und mit Herzklopfen erwache ich aus einem seltsamen Traum, als es draußen schon taghell ist.

Im Traum musste ich über einen langen Weg aus schneeweißen Glasscherben laufen, um Ben zu retten. Doch ich renne zu schnell, die spitzen Scherben schmerzen entsetzlich, und ich schaffe es nicht. Am Ende verliert Ben durch mein Versagen auch noch den Rest seines Erinnerungsvermögens.

Erleichtert atme ich auf, als ich realisiere, dass es nur ein Albtraum war. Es ist Sonntag, und ich liege völlig unverletzt in meinem Bett und kann sogar ausschlafen.

Noch ist nichts verloren. Ben muss nur möglichst schnell in den Flugsimulator, dann wird alles gut. Der Gedanke ist so tröstlich, dass ich die Decke noch einmal genüsslich hochziehe und mich ins Kissen kuschle – um Sekunden später von einem fiesen Scheppern daran gehindert zu werden, wieder einzuschlafen.

Mist! Ich habe den Wecker auf dem Suppenteller im Regal vergessen. Aber wieso klingelt der überhaupt?

Siedend heiß fällt es mir ein: Heute soll doch die erste Glücksyoga-Stunde stattfinden!

Hecktisch springe ich aus dem Bett, um den Wecker auszustellen. Dabei stoße ich mir das Knie am Fußteil des Rahmens, pralle gegen das Regal und gebe einen schrillen Schmerzensschrei von mir. Kurz darauf folgt das klirrende Geräusch des Tellers mit den Münzen, der herunterfällt und in tausend Stücke zerspringt. In weiße Scherben!

Bin ich hellsichtig? Ist Ben verloren?

Blödsinn! Es war nur ein Traum, und das sind nur Scherben, sage ich mir, sammle die Bruchstücke ein und wickle sie in eine herumliegende Zeitung.

So leise wie möglich schleiche ich mit dem Päckchen in die Wohnküche.

«Meine Güte, Nelly. Was machst du denn für einen Lärm mitten in der Nacht?» Verschlafen steht Britta im Türrahmen und zupft an ihrem kurzen, champagnerfarbenen Satinhemdchen.

Staunend verfolgt sie, wie ich mit dem Zeitungspaket unterm Arm eine Schublade nach der anderen aufziehe. In meinem überdimensionalen, hellgrünen T-Shirt mit dem Smiley-Aufdruck bin ich sicher ein amüsanter Anblick.

«'tschuldigung», murmle ich. «Ich wollte dich nicht wecken.»

Gähnend fährt sich Britta durchs zerzauste Haar und

streckt sich ausgiebig. «Ich wusste gar nicht, dass du auch am Sonntag früh aufstehst.»

«Hast du irgendwo eine schöne Schleife?», frage ich, ohne auf ihren Kommentar einzugehen.

Abrupt lässt Britta die Arme sinken. «Wie bitte?»

«Na ja, mir ist ein Teller zerbrochen, und ich würde die Scherben gerne hübsch verpacken und bis zu meinem Polterabend aufbewahren», erkläre ich und halte ihr das Zeitungspäckchen entgegen.

«Du hast echt 'nen Knall, Nelly Nitsche», schmunzelt Britta und zeigt auf eine der Schubladen. «Schau mal da rein.»

Zwischen Teelichtern und Klebeband finde ich tatsächlich ein pinkfarbenes Band mit weißen Punkten. Das dürfte aus dem Zeitungspaket ein außergewöhnliches Kunstwerk machen.

Kopfschüttelnd sieht mir Britta zu. «Trinkst du Kaffee zum Frühstück?» Sie begibt sich zu der chromglänzenden Kaffeemaschine.

«Glaubst du nicht, dass ein Glas heißes Wasser vor den Yogaübungen besser für den Stoffwechsel wäre als Koffein?», frage ich ein wenig provozierend.

«Ach ja, unsere Yogaübungen …», stöhnt sie und streckt sich nochmal. «Leider wird heute nichts aus meinem Training. Ich muss in einer Stunde aus dem Haus. Ich fahre zu einer Drehbuchbesprechung nach Hamburg.»

«Schade», erwidere ich bedauernd. «Wann kommst du denn zurück?»

Sie zuckt mit den Schultern. «Weiß noch nicht genau. Es kann ein paar Tage dauern. Du wirst wohl allein trainieren müssen.»

Statt Sonnengruß gibt es also ein kurzes, gemeinsames Frühstück, bei dem sich Britta allerdings vorrangig mit ihrem BlackBerry beschäftigt. Als sie ihre Mailbox abhört, sieht sie mich plötzlich erschrocken an.

«Was war denn gestern los?», fragt sie besorgt. «Deine Nachrichten klingen ja alarmierend.»

«Ach, das hat sich erledigt», schwindle ich aus Angst, Britta könne die Idee mit dem Flugsimulator gefährden.

Doch ihre Antennen wittern mal wieder meine hochtrabenden Pläne. «Tatsächlich? Das klingt aber nicht so. Hängt es vielleicht wieder mit diesem Ben zusammen?»

«Nein, ähm … Ich dachte nur, ich hätte meinen Schlüssel verloren», erkläre ich und gebe mir Mühe, möglichst unschuldig zu lächeln. «Aber ich habe ihn wiedergefunden.»

Skeptisch betrachtet sie mich. «Na, dann ist es ja gut», sagt sie schließlich. «Apropos Schlüssel, vielleicht sollten wir irgendwo einen Ersatzschlüssel deponieren, falls das nochmal passiert und ich gerade verreist bin.»

«Gute Idee», stimme ich aufatmend zu.

Bevor sich Britta ins Bad verzieht, erteilt sie mir noch Einweisungen für ihren Anrufbeantworter. «Wenn du den bitte jeden Abend abhören und mir Bescheid geben könntest, falls etwas Wichtiges sein sollte. Meine Mutter vielleicht. Die ruft nämlich nie auf dem Handy an, weiß der Geier, warum nicht.»

«Meine tut das auch nicht. Scheint ein echter Generationskonflikt zu sein», erwidere ich amüsiert.

Dann drückt sie mir noch den Briefkastenschlüssel in die Hand. «Bis jetzt hat die Nachbarin immer nach der Post geschaut und auch mal die Blumen gegossen. Aber ich hatte jedes Mal den Eindruck, dass sie dabei rumschnüffelt. Noch ein Grund, warum ich froh bin, die Wohnung mit dir zu teilen. Du kennst bereits alle meine Geheimnisse.» Britta grinst mir verschmitzt zu und verschwindet kurz darauf im Bad.

Jetzt muss ich mich aber sputen, damit keine meiner Schülerinnen warten muss.

Leicht abgehetzt erreiche ich das Studio zwar rechtzeitig, aber wegen der Sommerhitze bin ich völlig verschwitzt.

Ich will gerade aufschließen, da klingelt mein Handy. Es ist Phillip.

«Guten Morgen», flöte ich fröhlich. «Gut geschlafen?»

«Spar dir das Getue», dringt es ungehalten an mein Ohr.

«Na gut, dann lass hören», erwidere ich, bemüht um einen neutraleren Ton.

«Also, ich bin bereit, den Simulator zu bezah–»

«Echt?», unterbreche ich ihn begeistert.

«Ja, echt! Und ich nehme deinen durchgeknallten Typen –»

«Danke, Phillip, tausend Dank», falle ich ihm erneut ins Wort. «Das vergesse ich dir nie. Wo treffen wir uns?»

«Moment», fährt er ungnädig dazwischen. «Ich habe gesagt, der Typ darf mit. Von dir war nicht die Rede.»

«Aber ich muss unbedingt mit», wende ich verzweifelt ein. «Ich bin doch seine Therapeutin. Mama würde ihre Patienten doch auch nie allein auf so einen … einen Trip schicken.»

Ich höre meinen Bruder unwillig schnaufen. «Interessiert mich nicht. *Ein* Zuschauer im Cockpit reicht. Entweder du akzeptierst das, oder die Sache läuft nicht.»

«Schon gut», beruhige ich ihn. Mit Phillip möchte ich

aber nicht in einem echten Flugzeug fliegen, wenn der schon vor einem Simulator so großen Bammel hat. «Wann und wo soll Ben dich denn treffen?»

«Heute Mittag um zwei», antwortet Phillip und nennt eine Adresse in Schönefeld. Dort ist der Flugsimulator in einer Halle untergebracht. «Und bis dahin regelst du das mit Mama, verstanden?»

Puh! Solange ich denken kann, stand ich noch nie so unter Druck. Ganz ehrlich, noch nie.

Mein krauses Gehirn verknotet sich regelrecht zu einem Stressknäuel. Wie kann ich Ben glaubhaft erklären, dass ich ihn nicht zu dieser Flugstunde begleiten kann? Wie kann ich Mama in der Klinik halten? Und wie soll ich mich jetzt auch noch auf die Glücksyoga-Stunde konzentrieren?

«Nelly, was hast du denn?» Desiree steht plötzlich neben mir. «Du siehst ziemlich angespannt aus.»

Meine Lieblingsschülerin sieht mich besorgt an.

«Alles gut», erkläre ich und schließe die Tür auf. «Mir ist nur eben eingefallen, dass ich dringend meine Mutter anrufen muss … Aber erst mal freue ich mich wahnsinnig, dich zu sehen.»

«Ich hab dir doch versprochen, dass ich zurückkomme», erklärt Desiree, als wir das Studio betreten. «Bei dir fühle ich mich einfach viel entspannter als in dem High-Tech-Tempel in der Turmstraße, wo das Trendvolk trainiert. Dort komme ich mir immer gleich doppelt so alt vor.»

«Guter Witz», lache ich. «Übrigens hast du heute eine Freistunde. Ich möchte mich noch für die Vermittlung einer Nachmieterin revanchieren. Dank dir konnte ich nämlich ganz schnell aus meiner Wohnung raus.»

«Die Paulsen hat die Wohnung also übernommen?»

«Das hat sie, und ich musste nicht mal renovieren», berichte ich strahlend.

«Ach, das freut mich, Nelly. Dann bist du wenigstens eine Sorge los.» Mit diesen Worten verzieht sie sich Richtung Umkleideraum.

Nach ihr betreten auch noch weitere Schülerinnen das Studio. Dennoch nutze ich die Zeit bis zur ersten Stunde, um Ben anzurufen.

Noch während ich nach meinem Handy krame, klingelt es erneut. Ben ist mir zuvorgekommen.

«Hallo, Ben», melde ich mich und spüre, wie sofort mein Pulsschlag hochschnellt.

«Ella, wie schön, deine Stimme zu hören», begrüßt er mich überschwänglich. «Ich hatte schon Angst, dich nicht zu erreichen. Schließlich ist heute Sonntag.»

Seine tiefe Stimme jagt mir ein angenehmes Kribbeln über den Rücken.

«Ich wollte … ähm … Ich wollte dich auch gerade anrufen», stottere ich verlegen.

«Soll ich wieder auflegen, damit du mich anrufen kannst?»

«Lieber nicht», erkläre ich lachend, «vielleicht vergesse ich es dann.»

«Oh, das kenne ich.» Und nach einer Pause fügt er hinzu: «Also, wie geht es jetzt weiter?»

«Nun, ich habe mir überlegt, ob wir deiner Flugangst vielleicht in einem Flugsimulator begegnen können.»

«Du meinst so ein Ding, in dem Piloten ausgebildet werden?», fragt Ben überrascht.

«Ja, genau so eines», antworte ich und erkläre ihm die Situation: «Mein Bruder macht nämlich zurzeit eine Pilotenausbildung und hat mir von seinen Übungsstunden im

Simulator erzählt. Na ja, und dabei kam mir dann der Gedanke, dass du vielleicht –»

«Ella, das klingt total verrückt», unterbricht er mich.

Hält er mich jetzt für vollkommen bescheuert? Oder kann er der Idee etwas abgewinnen?

«Am Boden bleiben und dennoch fliegen», füge ich erklärend hinzu. «Das könnte funktionieren und dir helfen, deine Angst in den Griff zu kriegen. Vielleicht kommt sogar ein Teil deiner Erinnerung zurück. Ich meine ja immer noch, dass es da eine Verbindung gibt.»

Nach einem längeren Schweigen räuspert sich Ben. «Tja, einen Versuch wäre es wert. Wann soll's denn losgehen?»

«Um zwei Uhr müsstest du bereits in Schönefeld sein. Ich weiß, das kommt jetzt sehr überraschend, aber –»

«Wunderbar», unterbricht er mich, «ich liebe spontane Aktionen. Soll ich dich abholen?», fragt Ben.

«Mmm, ich kann leider nicht mitkommen.» Mir bricht der Schweiß aus. «Bei mir hat es einen … ähm … einen Notfall gegeben», improvisiere ich. «Eine Patientin hat einen Nervenzusammenbruch erlitten.»

«Verstehe», sagt Ben. Die Enttäuschung in seiner Stimme ist deutlich zu hören. «Aber so ist das wohl, wenn man eine geniale Therapeutin hat.»

Puh, er scheint mir zu glauben. Ich werde noch zu einer Meisterin in Sachen Notlüge!

Total zerstreut, gelingt es mir nur mit äußerster Anstrengung, mich auf die Glücksyoga-Stunde zu konzentrieren. Immer wieder schweifen meine Gedanken ab zu Ben. Meine Anweisungen erteile ich daher etwas fahrig.

«Wir beginnen im aufrechten Stand … verweilen einige

intensive Atemzüge … wechseln danach zur Heldin …» Mit den Übungen Katze, Kobra, Hund und Kamel versuche ich meine Gedanken und meine Bewegungen zu harmonisieren. «Weiter geht es mit dem Adler, der unserm Geist Flügel verleihen soll …»

Als wir uns nach fünfzig Minuten in der Rückenlage entspannen, hängt *mein* Geist vollkommen flügellahm durch. Also, wenn nach dieser ersten Sonntagsstunde nicht alle fünf Schülerinnen kündigen, kann ich keine so schlechte Lehrerin sein!

Nach dem Yogagruß und einem philosophischen Gedanken wünsche ich meinen Schülerinnen noch einen schönen Sonntag und bleibe allein im Trainingsraum zurück. Ich brauche dringend eine Runde Kopfstand – und noch dringender einen zündenden Einfall, wie ich Mama ans Klinikbett fesseln kann.

Ob ich ihr zu einem Gesichtslifting raten sollte? Oder vielleicht den Chefarzt bestechen könnte? Oder –

Tante Tessa!

Abrupt lasse ich mich auf den Boden purzeln. Eigentlich ein absolutes No-Go im Yoga, aber es zeugt von meiner Verwirrung.

Eilig begebe ich mich an meinen Spind, krame in meinem Rucksack nach dem Handy und rufe Tessa an.

«Tokay», meldet sie sich nach endlosen Minuten.

«Hallo, Tessa?» Ich schnaufe absichtlich schwer. «Hier ist Nelly … Ich …»

«Geht's dir nicht gut?», erkundigt sie sich besorgt. «Du klingst so komisch.»

«*Mir* fehlt nichts», antworte ich und lege eine Kunstpause ein. «Aber ich sorge mich um Mama.»

«Ella? Wieso? Was ist mit ihr?»

«Ach, ich war gestern in der Klinik und …», seufze ich und hole tief Luft, als müsste ich eine Schreckensnachricht überbringen. «Mamas Benehmen war … Na ja, wie soll ich sagen, irgendwie sehr sonderbar.»

«Was meinst du mit sonderbar?» In Tessas Stimme schwingt Besorgnis mit.

«Nun ja», beginne ich zögerlich und erinnere mich daran, was Mama über die Spezialisierung der Klinik berichtet hat. «Sie will sich in einer Rundum-Operation die Lider straffen, die Nase begradigen und das Fett absaugen lassen.»

Während ich diese Behauptung mit wackliger Stimme vortrage, verdränge ich mein schlechtes Gewissen. Letztlich schicke ich Mama ja nicht ins Verderben, sondern verschaffe ihr nur ein paar Tage Extraurlaub.

Am anderen Ende der Leitung ist plötzlich ein dumpfes Geräusch zu vernehmen. Anscheinend hat Tessa sich vor Schreck auf einen Stuhl plumpsen lassen.

«Tessa, bist du noch dran?»

«Das ist doch hoffentlich nur ein Scherz?», keucht sie.

«Leider nein», antworte ich und sprudele weiter: «Anschließend will sie gleich wieder nach Hause, ohne die Heilung abzuwarten. Aber ich weiß nicht, ob Phillip und ich das alleine schaffen. Ich meine, ihre Nerven scheinen noch sehr …»

«Schon gut, Kind», beruhigt mich Tessa mütterlich. «Jetzt erzähl mir mal genau, wie Ella auf eine dermaßen absurde Idee verfallen ist.»

Mist, jetzt muss ich diese Lügenstory auch noch ausweiten!

«Keine Ahnung», jammere ich. «Sie hat nur gesagt, wie

wunderbar praktisch diese Klinik sei und was man da alles in einem Aufwasch machen lassen könne.»

«Nase begradigen …», murmelt Tessa irritiert. «So ein Schwachsinn. Ellas Nase ist ja wohl die perfekteste Nase, die ich kenne. Was ist nur in sie gefahren? Offensichtlich hat deine Mutter den Dildo-Fall doch noch nicht verdaut.»

Ob das endlich die Gelegenheit ist, zu erfahren, was es mit diesen ominösen Dildos auf sich hat? «Was meinst du damit?»

«Wenn ich dir das erzähle, Kindchen, muss es aber unter uns bleiben, verstanden?», beginnt Tessa.

«Selbstverständlich», beeile ich mich zu beteuern und kann mich gerade noch zurückhalten, um nicht zu sagen: *Therapeuten-Ehre*.

«Also, eine Patientin von Ella wurde von ihrem Ehemann, einem konservativen bayerischen Politiker, der sich in der Öffentlichkeit als treuer Familienmensch verkauft, jahrelang betrogen. Die Gattin kam dahinter, war verständlicherweise zutiefst verletzt und wollte Rache. Sie schickte ihm per Kurier eine Kiste Dildos ins Büro und verständigte die Presse, um ihn als sexsüchtig zu outen und damit seine politische Karriere zu ruinieren. Der Mann behauptete daraufhin, seine Frau sei wahnsinnig geworden, und wollte sie in eine Nervenheilanstalt einweisen. Deine Mutter versuchte vergeblich, die beiden in einer Paartherapie auszusöhnen. Kurz darauf unternahm die arme Frau einen Selbstmordversuch.»

«Wow, was für eine schreckliche Geschichte», werfe ich ein. «Es muss furchtbar gewesen sein.»

«Ella war natürlich schockiert, als sie davon erfuhr. Und irgendwie ließ sie diesen Fall zu nah an sich ran», fügt Tessa noch hinzu. «Was dabei rauskam, hast du ja erlebt. Aber mach dir keine Sorgen, Nelly, ich kümmere mich um sie. Ella kann definitiv noch nicht entlassen werden. Ich werde gleich zu ihr rausfahren und die Sache in die Hand nehmen.»

«Danke, Tessa, das vergesse ich dir nie!» Erleichtert atme ich auf. «Soll ich dich begleiten? Mama wird bestimmt alles abstreiten.»

«Nein, nein», wehrt Tessa ab. «Dazu muss ich mit den Ärzten reden, und das erledige ich besser allein. Genieße du mal deinen freien Sonntag mit … mit deinem Patienten.» Sie kichert.

«Danke, aber versprich mir, mich über Mamas Zustand auf dem Laufenden zu halten.»

Nach diesem Telefonat sende ich sofort eine SMS an meinen Bruder:

mama bleibt in klinik! nelly

Wenn Phillip die Nachricht liest, wird er sich hoffentlich so aufmerksam um Ben kümmern, wie er es mir zugesagt hat.

19

Sehnsüchtig warte ich am Nachmittag auf Bens Anruf. Er hat versprochen, sich sofort nach dem Simulationsabenteuer zu melden.

Vor lauter Ungeduld bin ich kurz davor, zwei Beruhigungspillen einzuwerfen. Ich kriege dieses Horrorszenario einfach nicht aus dem Kopf: ein verzweifelter Ben, der im Flugsimulator keuchend und panisch vor Angst im Sitz kauert und auch noch den letzten Rest seines Gedächtnisses verliert.

Endlich, nach einer gefühlten Ewigkeit, schrillt mein Handy, das ich griffbereit in der Hand halte.

«Ella, es hat funktioniert!», jubelt Ben. «Ich bin in einer Stunde bei dir!»

Er klingt extrem aufgekratzt, und bevor ich irgendetwas erwidern kann, ist die Verbindung unterbrochen. Ich drücke auf Rückruf, doch nun sagt mir eine Computerstimme: *Der Teilnehmer ist vorübergehend nicht erreichbar.*

Funkloch? Akku leer?

Verwirrt versuche ich, meinen flatternden Atem in den Griff zu bekommen und einen klaren Gedanken zu fassen. Es hat funktioniert!? Das heißt ja wohl, er kann sich an alles erinnern, oder? Ich drücke nochmal auf Rückruf, doch es bleibt bei derselben Ansage.

Völlig überdreht flüstere ich immer wieder *Ben ist gleich bei mir* vor mich hin – und registriere erst nach einer Weile, dass er damit ja nur Mamas Wohnung meinen kann. Mist! Er glaubt ja, dass ich dort auch wohne.

Was jetzt?

Er hat mich außerdem Ella genannt. Hat er sich also doch nicht an mich als Nelly erinnert? Bevor ich mich noch mehr verrückt mache, beschließe ich, so schnell wie möglich in die Praxis zu fahren.

Eilig schlüpfe ich in eine Hose und ein Paar Flipflops, schnappe mir meine rosa Häkelhandtasche und düse los.

Abgehetzt erreiche ich Mamas Wohnung. Vor Anspannung und Neugier fühle ich mich ganz flau im Magen. Aber Ben scheint noch nicht da zu sein, und auch von Phillip fehlt jede Spur.

Unruhig tigere ich über den Flur und sehe bei jeder Gelegenheit auf die in der Wohnung verteilten Uhren. Doch die Zeiger wollen sich einfach nicht bewegen. Und mir scheint, als wäre ich nun in einer Zeitschleife gefangen. Dagegen hilft auch kein Durchatmen. Nur Ben kann meine Qualen beenden.

Plötzlich durchfährt mich ein Schreckensgedanke: Was, wenn Ben sich doch an Nelly erinnert und mich nur aus Gewohnheit Ella genannt hat? Wird er mich dann nicht in Moabit suchen?

Panisch versuche ich erneut, ihn auf dem Handy zu erreichen, als es an der Tür klingelt.

«Ella!»

Ben steht in ausgewaschenen Jeans und einem hellblauen Hemd vor mir.

Mein Lächeln gefriert, und für eine Nanosekunde setzt mein Herzschlag aus.

Doch er scheint mein Entsetzen nicht zu bemerken, sondern stürmt an mir vorbei und verkündet: «Meine geniale Therapeutin!», als hätte ich die psychotherapeutische Behandlung an einem einzigen Tag revolutioniert.

Aber das habe ich wohl eher nicht, wenn Ben sich immer noch nicht an Nelly erinnert. Also bleibt mir nichts anderes übrig, als weiter Ella zu spielen. Keine Ahnung, wie lange ich das noch durchhalte.

«Schönen Gruß von deinem Bruder», flötet Ben, als er mir durch den Flur ins Sprechzimmer folgt. «Er kommt erst später nach Hause.»

«Oh, danke. Aber das wolltest du mir doch nicht erzählen, oder?», frage ich und bedeute ihm, Platz zu nehmen. Vor Nervosität kann ich mich kaum noch zurückhalten.

Ben steuert direkt auf das rote Sofa zu, lässt sich grinsend fallen, verschränkt lässig die Hände hinterm Kopf und lacht wie ein kleiner Junge, der gerade einen Streich begangen hat.

«Es war der absolute Hammer, Ella», beginnt er euphorisch mit seinem Bericht. «Der absolute Oberhammer! Von außen sieht dieser Flugsimulator wie ein riesiges Ei aus, aber innen steckt ein echtes Cockpit. Man kann wählen zwischen einem Nachthimmel, einem wolkenverhangenen Horizont, einer Landschaft oder einer Stadtansicht. Ganz, wie man möchte. Der Bordcomputer kann alles herzaubern. Und es gibt so viele Knöpfe, Lichter und Schalter, dass man als Laie sofort den Überblick verliert. Wirklich sehr beeindruckend und total real.» Atemlos redet er ohne Pause. «Anfangs kamen mir große Zweifel, ob ich mich wie in einem echten Flugzeug fühlen würde. Aber als ich dann wie bei einem echten Start in den Sitz gedrückt wurde –»

«Ben …», unterbreche ich seinen Erlebnisbericht, weil ich die Ungewissheit nicht länger ertrage. «Das ist wirklich alles sehr interessant. Aber woran hast du dich erinnert?»

«Einen Moment noch», vertröstet er mich. «Also, Phillip, der übrigens ein toller Pilot ist, wollte einen Anflug auf Stuttgart üben. Es gibt wohl irgendwelche Besonderheiten auf diesem Flughafen … wie auch immer. Als er dann mit der Ansage begann: *Meine Damen und Herren* und so weiter …, du weißt ja, was da immer so gelabert wird, hat es bei mir klick gemacht.»

«Klick?»

«Ja, klick.»

«Aha. Und an was hast du dich erinnert?»

«An Vera!»

«Wen?» Irritiert lasse ich mich auf einem Stuhl nieder.

«Vera ist eine Flugbegleiterin, die ich mal auf einer Reise nach Stuttgart kennengelernt habe.»

«Aber Stewardessen sind doch normalerweise alle sehr freundlich und nett zu den Passagieren», wende ich verständnislos ein.

«Das war sie ja auch, zumindest am Anfang …» Er stockt, als wäre allein der Gedanke an sie quälend. «Wir lernten uns nämlich nicht im Flugzeug, sondern in einer Hotelbar in Stuttgart kennen. Ich hatte einen anstrengenden Tag hinter mir und wollte nur schnell noch ein Bier trinken, um runterzukommen, und anschließend gleich ins Bett. Doch dann kamen wir ins Gespräch, und aus dem Bier wurden einige Drinks. Danach sind wir auf ihr Zimmer und –»

«Ähm, Einzelheiten muss ich nicht wissen», unterbreche ich ihn mit betont ruhiger Therapeutinnenstimme. Pikante Details würde ich jetzt auf keinen Fall ertragen. «Erzähl mir lieber, was eine Flugbegleiterin mit deiner Amnesie zu tun haben soll.»

«Entschuldige.» Ben sieht mich ernst an. «Ich wollte dich nicht in Verlegenheit bringen. Aber dieser One-Night-Stand war der Beginn einer verhängnisvollen Affäre. Wie in diesem Film, falls du den kennst.»

«Verfolgt da nicht eine durchgeknallte Tussi einen Familienvater?», frage ich, und im selben Moment durchfährt mich ein schrecklicher Gedanke: Ist Ben etwa verheiratet und hat Kinder?

Quatsch, dann würde er ja unter einer totalen Amnesie leiden.

«Jedenfalls traf ich sie einige Zeit später auf einem Flug wieder.» Bens Miene verdüstert sich. «Ich hatte das Gefühl, dass die ganze Sache auch für Vera nur ... na ja, du weißt schon, nur eine Bettgeschichte war.»

Am liebsten würde ich ihm ein medizinisches Fachbuch an den Kopf werfen, so sehr quält mich die Eifersucht. Aber was bleibt mir anderes übrig, als verständnisvoll zu lächeln und zu meiner eigenen Beruhigung mit einer Haarsträhne zu spielen.

«Vera sah in diesen Treffen aber anscheinend viel mehr», berichtet Ben weiter. «Sie entwickelte sich zu einer Stalkerin. Vielleicht hatte sie Torschlusspanik, weil sie einige Jahre älter ist als ich. Aber das ist nur eine Vermutung. Jedenfalls rief sie mich ständig an, nervte mich mit schwülstigen SMS und E-Mails ... Und ich weiß nicht, wie sie es geschafft hat, aber wann immer ich eine Lufthansa-Maschine bestieg, hatte sie *zufällig* Dienst auf diesem Flug.»

«Für Angestellte einer Airline ist es sicher ein Klacks, die Passagierlisten einzusehen», vermute ich und weiß jetzt, von wem die SMS kam, die Ben bei unserem ersten Abendessen so verärgert hat. «Bist du deshalb umgezogen?»

«Ja, ich sah keine andere Möglichkeit mehr», bestätigt Ben meine Vermutung und sieht mich bekümmert an. «Diese Wahnsinnige hat mir sogar zu Hause aufgelauert.»

«Das muss schrecklich gewesen sein», mutmaße ich, und mir fällt plötzlich ein, dass ich ihn nicht erreichen konnte, als ich die Therapiesitzung absagen wollte. «Hast du damals auch deine Handynummer geändert?»

«Ja, hab ich. Sonst würde sie mich wahrscheinlich noch immer rund um die Uhr belästigen. Es war der absolute Horror! Ich hab mich kaum noch nach Hause gewagt.» Bens Stimme zittert, und sein flackernder Blick sucht die Stuckdecke ab, als würde ihn das Betrachten der steinernen Blumengirlande beruhigen. Die Erinnerung an diese Frau scheint ihn auch körperlich anzustrengen.

«Möchtest du vielleicht eine kleine Pause einlegen und etwas trinken?», frage ich unsicher, denn ich weiß nicht, wie ich mich verhalten soll. Auch mir würde eine Unterbrechung guttun.

«Sehr gerne …», antwortet Ben aufatmend. «Ich könnte einen starken Kaffee vertragen.»

«Dann ruh dich einen Moment aus und versuche, dich auf dem Sofa zu entspannen», schlage ich vor und verschwinde in die Küche.

Während ich die Kaffeemaschine präpariere, beschäftigt mich vor allem eine Frage: Was kann ich tun, damit Ben sich an mich erinnert und nicht an diese Frau.

Ohne eine zufriedenstellende Antwort darauf gefunden zu haben, kehre ich kurz darauf mit dem Kaffee-Tablett ins Behandlungszimmer zurück.

«Hab ich schon erzählt, dass die Lieblingsfarbe dieser Wahnsinnigen Weiß ist?», fragt Ben, als ich den Raum betrete.

Ich sehe ihn mit großen Augen an. «Mmm … Dadurch könntest du deine Weiß-Phobie entwickelt haben», folgere ich und bin froh darüber, nicht mein weißes Kleid angezogen zu haben.

Ben zuckt beinahe hilflos mit den Schultern. «Ihre gesamte Wohnung ist komplett weiß eingerichtet, sogar der Fußboden und die Türgriffe sind weiß. Sie fährt auch ein weißes Auto, und wenn sie nicht in der Uniform steckt, trägt sie nur weiße Klamotten.»

«Wie eine Schneekönigin», entfährt es mir, und ich verschütte beinahe den Kaffee beim Abstellen.

Ben verschränkt die Arme vor der Brust, als würde er frieren. «Das trifft es genau», murmelt er tonlos. «Sie ist eiskalt wie eine Schneekönigin … Jedenfalls hat sie mich irgendwann um ein klärendes Gespräch gebeten und mir versprochen, mich danach nie wieder zu belästigen. Und ich Idiot …» Er stockt und sucht meinen Blick.

«Du hast ihr geglaubt, und das finde ich menschlich», sage ich mitfühlend. «Aber wie ging die Sache weiter?», frage ich beiläufig, während ich Kaffee für uns einschenke.

«Das ist ja das Merkwürdige … Das Ende fehlt mir noch. Ich weiß einfach nicht, wie ich aus ihrer Eishöhle entkam.» Ben rührt etwas Zucker in seine Tasse und trinkt einen Schluck. «Oh, heiß!»

Mit einer fahrigen Bewegung will er die Tasse zurückstellen, verfehlt jedoch die Untertasse, und der Kaffee ergießt sich über den Schreibtisch und tropft auf seine Jeans. «Verdammt!»

Geistesgegenwärtig reiße ich einige Papiertücher aus der für Weinkrämpfe bereitliegenden Kleenexbox, wische die Pfütze auf und bagatellisiere das Malheur mit einem Lächeln. «Schon erledigt. War doch nur Kaffee.»

«Kaffee!» Mit einem Mal springt Ben vom Sofa auf, rennt im Zimmer auf und ab und schlägt sich dabei mit der Hand an die Stirn. «Genau, das war's! Es war Kaffee! Ein lächerlicher kleiner Kaffeefleck!»

Der irre Ton in Bens Stimme gefällt mir gar nicht. «Bitte, Ben», versuche ich ihn zu beruhigen, «es ist wirklich nichts passiert. Der Schreibtisch hat es unbeschadet überstanden.» Demonstrativ wische ich mit der Hand nochmal über die glatte Oberfläche. «Sieht aus wie neu.»

Ben setzt sich wieder aufs Sofa und stiert kopfschüttelnd vor sich hin. «Ein winziger Fleck», flüstert er apathisch. «In Daumennagelgröße.»

«Daumennagelgröße», wiederhole ich in gewohnter Therapeutinnen-Manier, um ihm das Gefühl zu geben, ich hätte die Situation im Griff. In Wahrheit fühle ich mich vollkommen überfordert von seinem unerwartet heftigen Gefühlsausbruch. Was mache ich, wenn er jetzt komplett durchdreht? Muss ich dann einen Notarzt verständigen? Oder sollte ich lieber gleich Tante Tessa anrufen?

Durchatmen und bloß keine Panik, versuche ich mir selbst Mut zuzureden und spiele wieder gedankenverloren mit einer Haarsträhne.

Ben mustert mich eindringlich. Für einen kurzen Augenblick meine ich in seinen flackernden Augen zu erkennen, dass er sich an noch viel mehr erinnert als nur an die weiße Wohnung dieser Verrückten. Doch dann schüttelt er stumm den Kopf und sieht zur Seite.

«Und wie … wie ging es weiter?», frage ich zögernd.

Gedankenverloren fährt er sich durchs Haar, erhebt sich erneut und läuft wieder im Zimmer umher. Er wirkt plötzlich rastlos, und es dauert eine Weile, bis er sich gefangen hat. Mit einem Seufzer nimmt er auf einem der Thonet-Stühle Platz. Aufmerksam beobachtet er, wie ich die Haarsträhne um den Zeigefinger wickle, sie loslasse und von neuem beginne. Seine Augen flackern jetzt noch unruhiger als vorhin.

Plötzlich lächelt er mich zärtlich an.

«Nelly?»

20

«Nelly, meine süße Nelly mit dem krausen Gehirn», flüstert Ben mir immer wieder zärtlich ins Ohr. «Ich kann dir gar nicht sagen, wie erleichtert ich bin, dass ich mich wieder erinnern kann. Der heiße Kaffee … Das Verschütten … Und als ich dich dann beim Haarezwirbeln beobachtet habe … Plötzlich war alles wieder da. Als hättest du mich aus einem schwarzen Loch befreit.»

«Ach, Ben», seufze ich selig, kuschle mich in seine Arme und erkläre Kaffee ab sofort zu meinem Lieblingsgetränk.

Wir liegen auf der roten Couch und blicken uns erschöpft in die Augen, denn das Möbelstück wurde soeben eingeweiht. (*Entweiht*, würde Mama vermutlich toben, wenn sie davon erführe. Was nie der Fall sein wird. Es sei denn, sie findet heraus, warum eine Flasche Prosecco aus ihrem Kühlschrank fehlt.)

Ben zählt die Sommersprossen in meinem Gesicht und bedeckt alle siebzehn mit einem zärtlichen Kuss. Dann fischt er seine Hose vom Boden, kramt nach seinem iPod und fotografiert uns Wange an Wange.

«Damit ich dich nie mehr vergesse, meine süße Nelly», erklärt er und speichert das Foto als Hintergrundbild.

«Aber eines verstehe ich immer noch nicht», wende ich ein. «Was hat es mit dieser ominösen Kaffeegeschichte auf sich?»

«Nun, ich war bei Vera in der weißen Eishöhle und

dachte, wir würden uns endlich aussprechen. Aber sie fing an, von Liebe zu reden und von Hochzeit. Da bin ich irgendwann verzweifelt aufgesprungen und habe dabei aus Versehen Kaffee auf ihr heiliges weißes Sofa verschüttet.» Ben richtet sich auf und fährt sich durchs Haar. «Das war für sie schlimmer als eine Tsunami-Katastrophe. Ihre vorher so sanfte Stimmung wechselte von Weiß auf Schwarz, wenn du so willst. Sie schrie und tobte, und nichts konnte sie beruhigen. Kein versöhnliches Angebot, das Sofa reinigen zu lassen oder zu ersetzen. Und schon gar keine Entschuldigung. Sie hörte einfach nicht auf, zu schreien und zu zetern ...» Ben stockt.

Aus den Augenwinkeln sehe ich, wie er sich mit der Hand über die Augen fährt, als könne er die scheußliche Erinnerung wegwischen.

«Das war sicher ein traumatisches Erlebnis», stelle ich leise fest und küsse ihn zärtlich auf die Wange.

«Ja, ich wollte nur noch weg und bin völlig panisch aus der Wohnung gerannt.»

«Und dann?»

«Tja, leider endet meine Erinnerung an diesem Punkt. Da klafft immer noch ein großes, dunkles Loch.» Er sieht mich mit großen Augen an. «Vermutlich bin ich auf meiner Flucht gefallen oder habe mir irgendwo den Kopf angeschlagen. Meine Erinnerung setzt jedenfalls erst wieder am nächsten Tag ein, als ich in meinem Bett aufgewacht bin. Es war bereits Mittag, ich hatte grausame Kopfschmerzen und einen riesigen blauen Fleck auf der Stirn.» Erschöpft bricht er ab und reibt sich den Kopf, als könne er den Schmerz immer noch spüren.

Wie im Lehrbuch oder wie in dem Beispiel von Mama,

denke ich: ein traumatisches Erlebnis in Verbindung mit einem Unfall.

«Das muss die Amnesie ausgelöst haben», erkläre ich fachmännisch.

«Ja, wahrscheinlich hast du recht.»

«Dann fand dieses Kaffee-Unglück bei Vera also genau an dem Tag statt, als wir zum Mittagessen verabredet waren?»

«Ja. Wie ich nach Hause gekommen bin, ist mir leider immer noch rätselhaft. Könnte sein, dass ich stundenlang durch die Stadt geirrt bin. Jedenfalls hatte ich diese tierischen Kopfschmerzen und keine Ahnung, woher. Außer dem blauen Fleck hatte ich ja keine sichtbaren Verletzungen. Deshalb schien mir als einzige Erklärung ein ausgedehnter Kneipenbummel mit einem totalen Filmriss plausibel.»

«Dabei hättest du gleich zu einem Arzt gehen sollen.» Ich reime mir aus meinem rudimentären Lexikon-Wissen eine Diagnose zusammen. «Veras überzogener Ausraster wegen ein bisschen verschütteten Kaffees im Zusammenhang mit der verhängnisvollen Affäre ergab eine traumatische Situation, die dein Unterbewusstsein nach dem Aufprall in die hinterste Erinnerungsecke verdrängt hat.»

«Aha», murmelt Ben. «Na, du bist die Expertin, Frau Doktor, oder?»

«Na ja … nicht wirklich.» Ich stocke. «Es gibt da etwas, das ich dir unbedingt sagen muss. Also, es ist nicht ganz einfach … und ich weiß nicht, wie ich anfangen soll.»

«Solange es nichts mit Eishöhlen oder Kaffeeflecken zu tun hat, bin ich gespannt.» Ben grinst breit.

Ich atme mehrfach tief durch und gebe mir schließlich einen Ruck. Nach und nach erkläre ich ihm, wie traurig ich war, dass er zu unserer zweiten Verabredung nicht aufgetaucht ist, und wie überrascht ich war, ihn plötzlich vor der Tür meiner Mutter zu sehen.

Schweigend hört sich Ben die Geschichte an, wie ich zu Ella Nitsche wurde.

«Dann bist du also gar keine Therapeutin?», fragt er schließlich.

«Nein», erwidere ich kleinlaut.

«Aber wieso hast du das Missverständnis nicht sofort aufgeklärt und mir gesagt, wer du wirklich bist?», fragt er, und seine Stimme klingt fast ein wenig vorwurfsvoll. «Möglicherweise hätte das meinem Gedächtnis doch schneller auf die Sprünge geholfen.»

«Ja, vielleicht, aber ich war einfach nur sprachlos, als du plötzlich vor mir standest. Bis zu jenem Tag kannte ich ja nur deinen Vornamen. Im ersten, verwirrenden Moment dachte ich sogar, du hättest mich gesucht … Total abwegig, ich weiß. Aber dann wurde mir klar, dass du der geheimnisvolle Patient «Reuther» bist, unter Amnesie leidest und die Yogalehrerin Nelly sowie unseren gemeinsamen Abend vergessen hast. Ich wollte dir unbedingt helfen. Und auf gar keinen Fall wollte ich dich wieder verlieren.»

«Und darüber bin ich sehr froh», erklärt Ben so nah an meinem Ohr, dass es kitzelt.

«Hast du die Schneekönigin nach diesem Flecken-Drama eigentlich nochmal wiedergesehen?», frage ich ernsthaft besorgt. Ich kann immer noch nicht glauben, dass ich meinen Traummann zurückhabe.

«Bis jetzt nicht. Und ich bin auch nicht besonders scharf darauf», stöhnt Ben gequält. «Meine Geschäftsreisen werde ich vorerst mit der Bahn erledigen, wie du mir geraten hast. Dann kann mir eigentlich nichts passieren.»

«Solange sie nicht auf Zugbegleiterin umschult», flachse ich.

Ben greift meinen launigen Ton auf. «Aha, sonst müsstest du mich noch weiter therapieren?»

«Ach was, du bist doch längst geheilt», verbessere ich mit gespielter Strenge. «Zumindest kannst du dich an uns erinnern, und nur das zählt.»

«Du hast dich als Therapeutin jedenfalls sehr gut gemacht.»

«Tja, weißt du, ich stelle mir ein Gehirn immer als Schachtel vor, in der die Gedanken und Erlebnisse je nach Wichtigkeit geordnet sind.» Keine Ahnung, woher ich diesen Vergleich gerade nehme, aber Ben gegenüber habe ich keine Scheu, meine krausen Ideen auszubreiten. «Alles Unwichtige wird ganz unten einsortiert, also verdrängt und vom Wichtigen überdeckt. Und besonders unangenehme oder eben traumatische Erlebnisse –»

«Ach, *Ella, meine Lieblingstherapeutin*», seufzt Ben und küsst mich sanft aufs Ohr. «Nelly sollte wirklich umsatteln. Denn von einer rothaarigen Expertin mit krausem Gehirn therapiert zu werden ist wirklich eine First-Class-Seelenmassage mit Spaßeinlagen.»

Ich knuffe ihn liebevoll in die Seite. «Schon möglich», gebe ich geschmeichelt zu. «Aber ich habe bereits einen tollen Beruf, den ich sehr liebe.»

«War ja auch nur so eine Idee …» Ben drückt mich fest an sich. «Du wärst einfach eine hervorragende Therapeutin, dafür verwette ich meine Firma.»

«Den Getränkehandel?»

Ben zieht die Stirn kraus.

«Ach, komm schon», necke ich ihn, «wer seinen Kühlschrank mit Smoothies vollstopft, um das Zeug für die Kundschaft zu testen, der liebt seinen Beruf über alles, wage ich mal zu behaupten.»

«Du glaubst also, dass ich ein leidenschaftlicher Typ bin, der Fruchtsaft verkauft?», fragt er irritiert.

«Ein leidenschaftlicher Getränkehändler», korrigiere ich.

«Auf jeden Fall ein leidenschaftlicher Typ.»

Ben rollt sich auf mich und beendet die Unterhaltung mit einem langen Kuss.

21

In der folgenden Woche sitze ich wieder am Schreibtisch von Dr. Ella Nitsche. Tessa hat es zwar tatsächlich geschafft, Mama noch zwei Wochen Sanatorium zu *verschreiben.* Also bin ich quitt mit Phillip. Der Telefondienst in der Praxis bleibt aber dennoch an mir hängen.

Ben ist geschäftlich unterwegs, und so tauschen wir im Moment nur am Telefon romantische Liebesschwüre aus.

Britta war ganz aus dem Häuschen, als sie von den Neuigkeiten erfuhr. Sie hat mich umarmt und darauf bestanden, dass wir mein Glück mit teurem Schampus begießen.

Zwischen den Telefonaten mit Ben und den Patienten schlürfe ich im Moment aber vor allem Kaffee, mein neues Lieblingsgetränk, und blättere in Mamas psychologischen Fachbüchern. Die Materie erscheint mir gar nicht mehr so langweilig, wie ich bis vor kurzem noch annahm. Theoretisch wäre ein Psychologiestudium also vielleicht gar nicht so –

Ich schrecke hoch, als die Türklingel mich aus meiner wirren Selbstanalyse reißt.

Vor der Wohnungstür steht ein riesiger Blumenstrauß mit zwei Beinen. Jedenfalls ist das in Zellophan gehüllte Gebinde beinahe größer als der Typ dahinter.

«Det Jemüse is für Dr. Nitsche», quäkt er jetzt und drückt mir die Blumen in die Hand.

«Ähm …» Bevor ich etwas erklären kann, hat der Bote schon seinen Block und einen Stift gezückt.

Um eine Urkundenfälschung zu vermeiden, unterschreibe ich den rosa Wisch nur mit meinem Nachnamen und trage das üppige Gebinde schnell in die Küche. Als ich die unzähligen blassrosa Pfingstrosen aus ihrer Zellophanhülle befreie, verströmen sie einen betörenden Duft. Wer meiner Mutter wohl so schöne Blumen schenkt?

Wie ich dann beim Lesen der beigefügten Karte feststelle, ist der Strauß von Jeanette Krüger.

Liebe Frau Doktor,
zu gerne wäre ich noch einmal persönlich bei Ihnen vorbeigekommen, um mich zu bedanken. Aber mein neuer Job, den ich ja Ihnen zu verdanken haben, nimmt momentan meine ganze Zeit in Anspruch. Die Arbeit macht mich vollends glücklich!
Wir haben zwar nie über Ihr Honorar gesprochen, aber ich weiß, was eine Therapeutenstunde kostet. Ich habe mich erkundigt. Meine Sucht wäre bestimmt eine weiterhin sehr teure Angelegenheit geworden. Deshalb bestehe ich darauf, dass Sie den beigefügten Scheck einlösen. Von Blumen allein kann ja keiner leben! (Die sind nur eine kleine Anerkennung für die Therapie.)

In großer Dankbarkeit
Ihre Jeanette Krüger

Ein Scheck?

Verwundert sehe ich im Kuvert nach. Da ist tatsächlich ein Blatt, das ich in der Aufregung wohl übersehen haben muss. Gespannt nehme ich den Scheck heraus und –

Fünftausend Euro!?

Verblüfft schnappe ich nach Luft. So viel Geld für zwei vergnügliche Plauderstündchen mit Jeanette? Das wäre ja ein Stundenlohn von … Ach, du meine Güte! Nein, das kann ich unmöglich annehmen. Das wäre ja …

Mir fehlen die Worte. Minutenlang starre ich auf die Fünf mit den drei Nullen dahinter. Doch die Zahl verändert sich nicht.

Fünftausend.

Puh! Dieser unverhoffte Geldregen könnte mich und mein Studio retten. Mit einem Schlag wäre ich meine Schulden bei Jacobi los und könnte sogar die nächsten zwei Mieten im Voraus zahlen!

Während ich in der Küche damit beschäftigt bin, meine Gedanken zu sortieren und die Pfingstrosen auf mehrere Vasen zu verteilen, klingelt mein Handy.

Eilig sause ich ins Sprechzimmer, wo das Ding auf dem Schreibtisch liegt.

Es ist Ben!

«Nelly, ein Glück, dass ich dich erreiche», keucht er atemlos.

Etwas in seiner gehetzten Stimme lässt mich aufhorchen. Er hört sich an, als würde er hinter vorgehaltener Hand sprechen. Auch der Lärmpegel im Hintergrund beunruhigt mich.

«Ben, geht es dir gut?», frage ich alarmiert.

«Ich bin so weit okay, mal abgesehen von –»

Er bricht ab. Dann höre ich eine weibliche Stimme aus dem Hintergrund, die seinen Namen ruft.

«Einen Moment noch, Vera, ich bin gleich –»

«Waaas?», entfährt es mir entsetzt. «Vera?»

«Du musst mir helfen, Nelly», flüstert Ben atemlos. «Vera

ist mir am Bahnhof über den Weg gelaufen und hat gedroht, eine Szene zu machen. Ich habe Angst, dass sie total durchdreht.»

Ach du großer Sigmund Freud! Das ist ja der Supergau! Wenn ich bloß wüsste, wie ich Ben helfen kann.

«Vielleicht ist es zu viel verlangt», stottert Ben. «Aber, bitte, Nelly, darf ich mit dieser Durchgeknallten vorbeikommen, und du erklärst ihr als Dr. Nitsche, was passiert ist? Mir glaubt sie nämlich kein Wort. Sie behauptet –»

«Ben, wo bleibst du denn?», ertönt es nun ziemlich ungeduldig aus dem Hintergrund.

«Also bis gleich.» Ben haucht einen Kuss ins Telefon. «Ich liebe dich, Nelly.»

«Ich dich auch», antworte ich völlig irritiert. Aber Ben hat schon aufgelegt.

Hilfe!

Mein Herz schlägt vor Aufregung gleich doppelt so schnell.

Eilig lege ich mein Handy weg und rase an Mamas Kleiderschrank. Nun muss ich mich also doch wieder in Dr. Ella Nitsche verwandeln. In Schlabbershirt und Latzhosen gebe ich ja wohl kaum eine glaubwürdige Therapeutin ab.

Unschlüssig stehe ich vor dem Schrank. Wie muss ich aussehen, damit ich selbstbewusst der Frau gegenübertreten kann, mit der Ben eine Affäre … Nein, gegen diesen schrecklichen Gedanken sträuben sich meine Gehirnwindungen.

Jedenfalls möchte ich nicht aussehen, als würde ich keinen Wert auf mein Äußeres legen. So viel Eitelkeit genehmige ich mir in diesem speziellen Fall.

Meine Wahl fällt auf eine schmale schwarze Hose mit breitem Gürtel. Und zu den rosa Ballerinas, die ich heute trage, passt eine blassrosa Hemdbluse mit kleinen Puffärmeln. Noch etwas Make-up aufgelegt und den Haarknoten festgesteckt, und ich bin bereit, dieser durchgeknallten Stalkerin die Meinung zu sagen.

Als es wenig später an der Tür klingelt, habe ich rasendes Herzklopfen. Schnell schiebe ich mir noch die Brille auf die Nase, dann öffne ich die Tür.

«Guten Tag, Frau Doktor», begrüßt mich Ben. Sein gequältes Grinsen verrät seine große Anspannung, ebenso wie die gerötete Narbe auf seiner Stirn.

«Hallo, Herr Reuther», entgegne ich bemüht professionell.

Durch Mamas Lesebrille sehe ich zwar etwas unscharf, aber als eine schlanke Frau hinter Ben hervortritt, erstarre ich. Diese schwarz-weiß gekleidete Blondine mit den langen Haaren kenne ich doch! Ungläubig nehme ich die Brille ab.

Frau Paulsen!

Das kann doch nicht wahr sein. Vor mir steht meine Nachmieterin. Aber ich verstehe nicht, wieso. Was macht sie hier? Und wo ist diese schreckliche Vera?

Frau Paulsen hat mich nun ebenfalls erkannt. Sie scheint genauso wenig zu verstehen, was hier vor sich geht.

Ben stellt erst mich als Dr. Nitsche vor und dann Frau Paulsen als Vera.

Meine Nachmieterin stutzt. «*Sie* ist deine Therapeutin?»

Ben wirft mir einen verzweifelten Blick zu.

«Und Sie sind also … ähm, Vera?», stottere ich. «Schöner Name.»

Mehr fällt mir in dem Moment leider nicht ein.

«Finde ich auch», entgegnet sie und stiefelt an mir vorbei

in die Praxis. «Der Name leitet sich übrigens aus dem Lateinischen ab und bedeutet: die Wahre. Und er passt zu mir, denn ich sage immer die Wahrheit. Nicht wahr, Darling?» Besitzergreifend legt sie ihre linke Hand auf Bens Schulter und präsentiert den protzigen Diamantring an ihrem Ringfinger.

Ben zuckt zusammen und schüttelt ihre Hand ab, als wäre sie ein lästiges Insekt.

«Sorry, Darling», gurrt Vera. «Ich vergesse einfach immer wieder, dass du in der Öffentlichkeit keine Vertraulichkeiten magst.» Dann wendet sie sich an mich. «Ich bin einigermaßen erstaunt, Sie hier zu sehen. Ich dachte, Sie wären Yogalehrerin.» Abfällig mustert sie mein Outfit und fragt dann schnippisch: «Umgeschult?»

Alles an dieser Frau ist wie ihr protziger Ring: pure Provokation. Fehlt nur noch, dass sie den Stein anhaucht und poliert, denke ich zynisch. Doch dann ermahne ich mich. Durchatmen! Wenn ich Ben helfen will, muss ich professionell bleiben und darf keine falschen Schritte tun.

«Ähm, wir sollten in den Behandlungsraum gehen», schlage ich vor, um die Situation zu entschärfen. «Da spricht es sich leichter als zwischen Tür und Angel.»

Mit einer wegweisenden Geste zeige ich die Richtung an, schließe die Tür und schreite hocherhobenen Hauptes voran.

«Hübsch bunt hier», urteilt Vera Paulsen spitz, als sie das Zimmer betritt. «Als würde man in einer Bonbontüte wohnen.»

Ben ignoriert ihre plumpe Bemerkung genau wie ich und nimmt auf einem der Stühle vor dem Schreibtisch Platz.

Was soll man auch zu einer Frau sagen, die in einer vollkommen sterilen Wohnung lebt und Männer verfolgt, die nichts von ihr wollen, frage ich mich und öffne das Fenster. Draußen zieht ein Gewitter auf. Aber hier drinnen ist die Luft jetzt schon zum Schneiden.

Frau Paulsen setzt sich neben Ben und rückt den Stuhl extra nah an ihn heran.

Ich straffe die Schultern und atme nochmal unauffällig durch. Normalerweise würde ich jetzt Getränke anbieten. Aber dann müsste ich Ben mit dieser Irren allein lassen. Und ich habe das sichere Gefühl, er verzichtet lieber auf etwas zu trinken.

«Nun …» Bewusst ruhig setze ich mich an den Schreibtisch, nehme die Brille ab und sehe Vera direkt in die Augen. «Um Ihre Frage von vorhin zu beantworten: Ich arbeite drei Tage die Woche als Therapeutin. Das Yogastudio ist sozusagen mein Ausgleich für den extremen Stress, der sich hier zwangsläufig ergibt. Yoga ist ein Hobby, wenn Sie so wollen.»

Veras Miene ist deutlich anzusehen, dass sie mir nicht glaubt.

«Für mich ist Yoga im weitesten Sinne sogar therapeutisch», starte ich einen neuen Versuch. «Manche Kollegen gehen segeln oder wandern, andere ergeben sich dem Alkohol, was –»

«Ein höchst interessantes Thema, *Dr. Nitsche*», fällt mir Vera süffisant ins Wort. «Aber im Moment habe ich leider keine Zeit für Ihr interessantes *Hobby*. Ich würde gerne zum Grund unseres Besuchs kommen.» Sie streicht sich das Haar mit einer lasziven Bewegung zurück. Die Geste wirkt, als fahre sie ihre rotlackierten Krallen aus. «Mein Verlobter behauptet, sein Gedächtnis verloren zu haben, und sei deshalb bei Ihnen in Behandlung.»

Verzweifelt verdreht Ben die Augen und sieht mich flehend an.

Als wäre dies meine Praxis und ich tatsächlich eine erfahrene Therapeutin, erkläre ich Vera Paulsen in aller Ruhe das Krankheitsbild einer partiellen Amnesie. In meiner Not schleudere ich ihr alle medizinischen Fachausdrücke um die Ohren, die ich mir vorhin beim Schmökern gemerkt habe. Mit Begriffen wie Commotio cerebri, Abreaktion, Korsakow-Syndrom, Intoxikation oder stuporöse Zustände bausche ich Bens traumatisches Erlebnis und die Folgen davon ordentlich auf, bis meiner Zuhörerin der Kopf raucht. Am Ende bin ich sogar richtig stolz auf mich. Die Geschichte vom kleinen Kaffeefleck, dem weißen Sofa in ihrer schneeweißen Wohnung, Bens panischer Flucht und seiner anschließenden Kopfverletzung würde jetzt in jedes Lehrbuch passen.

Doch die eiskalte Blondine langweilt mein Wissen offensichtlich nur. Während meines Vortrags hat sie nicht ein einziges Mal das perfekt geschminkte Gesicht verzogen oder mit den schwarzgetuschten Wimpern gezuckt.

«Komplett weiß eingerichtet … Pah!», erklärt sie angewidert. «Grauenvoll. So könnte ich nie leben! Sie dürfen mich gerne mal auf einen Kaffee besuchen, Frau Nitsche. Den Weg zu Ihrer alten Wohnung kennen Sie ja sicher noch. Der niedliche Elefant ist übrigens auch noch da. Und wie Sie sehen, trage ich heute auch gar kein Weiß … Aber ich muss zugeben, die Story hat was. Gut ausgedacht, Darling.»

Sie tätschelt Bens Hand, der sie aber sofort wegzieht.

«Warum sollte *mein* Patient sich eine Amnesie ausdenken?», frage ich konsterniert.

Vera Paulsen wirft mir einen abfälligen Blick zu, betrachtet kurz ihren Ring an der linken Hand und wendet sich dann an Ben. «Ich weiß ja, Darling, dass du gerne Geschichten erfindest, um Frauen für dich zu gewinnen. Du schleppst ja auch immer diese Geldrolle mit dir rum, um Eindruck zu schinden.»

«Das ist meine einzige Phobie, Frau Doktor», wirft Ben aufbrausend ein. «Seit ich mal meine Kreditkarte verloren habe, trage ich tatsächlich immer reichlich Cash bei mir.»

Vera lässt sich durch Bens Erregung nicht aus der Ruhe bringen.

«Wir alle wissen, dass Frauen sich durch so etwas leicht beeindrucken lassen», erklärt Vera. «Ich erinnere mich noch gut an diese … Wie hieß sie noch gleich, Darling?»

«Schluss damit», zischt Ben sie von der Seite an. «Und nenn mich nicht Darling!»

«Ah, jetzt weiß ich wieder», fährt Vera unbeirrt fort. «Miriam. Ein hübsches, naives Dummchen, dem du weismachen wolltest, du wärst Musikproduzent und würdest sie zur neuen Nena aufbauen. Ich fand die Story saukomisch.» Sie lacht schrill. «Das arme, kleine Ding wohl weniger, als sie erfuhr, dass du nur Sex wolltest. Hat sie dich nicht mit Anrufen und SMS verfolgt? Aber ich muss zugeben, diese Amnesie-Story ist ein echter Knaller. Ich staune immer wieder, was du für eine ausufernde Phantasie hast, mein Schatz.»

Waren das gar nicht Veras Anrufe und SMS, von denen Ben sprach?, frage ich mich verunsichert.

Ben schüttelt entgeistert den Kopf. «Ich kenne keine Miriam», murmelt er und sieht mir dann direkt in die Augen. «Bitte, Frau Doktor, glauben Sie ihr keine Wort. Es war alles genau so, wie ich es Ihnen in unseren Sitzungen berichtet habe. Ich konnte mich wirklich an nichts erinnern, bis Sie mich in den Flugsimulator geschickt haben.»

Wütend springt Ben auf. Die Narbe auf seiner Stirn färbt sich blaurot. Und mit einem gefährlichen Glitzern in den Augen beugt er sich über Vera, als wolle er ihr an die Kehle springen. «Du hast doch einen an der Klatsche», faucht er Vera aufgebracht an. «Du bist vollkommen übergeschnappt, irre, komplett wahnsinnig. Man sollte dich einweisen. Wegsperren. Du bist eine Gefahr für die Allgemeinheit. Nochmal fürs Protokoll: Wir hatten eine kurze Affäre, mehr nicht. Und heute bedaure ich diesen Ausrutscher sehr. Kapiert?»

Vera Paulsen wirft ihr langes, blondes Haar über die Schultern, legt den Kopf schräg und verschlingt Ben mit Blicken. «Bitte, Darling, reg dich nicht so auf. Ich habe genug Lebenserfahrung, um zu wissen, dass sich Männer ab und zu mal austoben müssen. Deine Eskapaden sind dir doch längst verziehen. So ein kleiner Seitensprung kann *unsere* Hochzeitspläne in drei Wochen nicht gefährden.»

«Hochzeitspläne?», wiederhole ich irritiert. «In drei Wochen?» Das Ganze kann doch nur ein böser Scherz sein, oder?

Selbstgefällig zieht Vera den Diamantring vom Finger und reicht mir das Schmuckstück über den Tisch. «Hier ist der Beweis», erklärt sie. «Beachten Sie bitte die Initialen, Frau Nitsche.» Und zu Ben gewandt, fügt sie noch hinzu: «Ich nehme an, du hast deiner Therapeutin auch unsere Verlobung verschwiegen?»

Ungläubig starre ich auf die eingravierten Buchstaben:

V ♥ B

Der Ring sieht echt aus. Verdammt echt. Wie Verlobungsringe eben so aussehen.

Sagt Vera vielleicht doch die Wahrheit?

Ich fühle meinen Blutdruck steigen. Mein Gesicht ist glühend heiß, als hätte ich hohes Fieber, und in meinem Hals sitzt ein dicker Kloß, der mir keine Luft zum Atmen lässt.

Was ist hier los?

Habe ich Wahnvorstellungen?

Brauche ich selbst einen Therapeuten?

Draußen zucken Blitze durch die schwarzen Wolken. Kurz darauf kracht ein Donner in der Ferne. Sturm kommt auf. Wie mechanisch stehe ich auf und schließe das Fenster.

Als ich mich wieder umdrehe, sieht Ben mich flehend an. Er wirkt mitgenommen. Seine sonst so strahlenden grünen Augen sehen müde aus, und ein gequälter Zug liegt auf seinen Lippen.

«Sie lügt», zischt er. «Sobald sie den Mund aufmacht, lügt sie. All ihre Geschichten sind nichts als kranke Phantasien, glauben Sie mir. Keine Ahnung, woher sie den Ring hat. Vermutlich selbst gekauft.»

«So ein Quatsch», unterbricht Vera ihn. «Den hast du mir doch von den Einnahmen aus deinem neuesten Studio gekauft.»

Verständnislos blicke ich von Ben zu Vera. «Welches Studio?»

Die Femme fatale genießt die Aufmerksamkeit ganz offensichtlich. Anders kann ich mir ihre zynische Miene nicht erklären.

«Ich spreche von Bens Fitnessclub in der Turmstraße.» Sie legt eine kleine Kunstpause ein. «Deshalb hat er mich gebeten, nach Moabit zu ziehen, um in seiner Nähe zu sein.»

Ich bin sprachlos.

«Ben Reuther ist der Besitzer einer Fitnesskette», erklärt

sie gelassen. «Und der Club in Moabit ist nur einer von … Wie viele waren es noch, Darling?»

Das ist ja wohl der Gipfel der Hinterhältigkeit! Mir fehlen die Worte.

Ben sinkt in sich zusammen und dreht mir den Rücken zu.

Nur Vera scheint jetzt zur Hochform aufzulaufen. «Tja, kleine Yogalehrerin», höhnt sie und sendet mir einen vernichtenden Blick. «Ben ist wohl deine große Konkurrenz. Von Desiree weiß ich nämlich, dass es bei dir in letzter Zeit nicht mehr so super lief. Zahlreiche deiner Mitglieder sind in die Turmstraße abgewandert. Aber da du diese Yoga-Sache ja nur als Hobby betreibst, wird es kein großer Verlust für dich sein, wenn du … na ja, bald Pleite machst.»

Ich hab mich wohl verhört? Der Mann, den ich aus der Amnesie geholt habe und in den ich glaubte, unsterblich verliebt zu sein, soll für meine beruflichen Probleme verantwortlich sein? Das kann doch nicht wahr sein!

Zugegeben, er hat mir nie gesagt, was er eigentlich macht. Ist diese Frau also vielleicht doch keine Lügnerin? Erfindet Ben Storys, um Frauen ins Bett zu kriegen?

Verzweifelt bemühe ich mich, ruhig zu bleiben. Durchatmen, Nelly Nitsche! Keine Panik aufkommen lassen! Aber je länger ich darüber nachdenke … So direkt hat Ben nie auf meine Fragen geantwortet. Er hat immer nur von seiner Firma gesprochen. Dabei wusste er doch genau, dass ich ein Yogastudio führe und mir die Fitnesskette Sorgen macht …

Ich öffne den Mund, um etwas zu sagen. Aber es kommt nur ein klägliches Piepsen heraus.

Dann wird mir schwarz vor Augen.

22 Lügner ... Lügner ... Lügner ...

Wie in Trance schleppe ich mich durch den Gewitterregen zur U-Bahn-Station, um nach Hause zu fahren. Der Rausschmiss des hinterhältigen Pärchens hat mich meine ganze Kraft gekostet.

Jetzt drückt der Schmerz so schwer auf meinen Brustkorb, dass ich kaum atmen kann. In meinem Zustand kann ich unmöglich Yoga unterrichten. Ich kann mich überhaupt nicht konzentrieren. Nur ein einziger Gedanke kreist durch meinen Kopf: Ben hat mich getäuscht und absichtlich belogen. Er hat mir etwas vorgespielt und mir seine Fitnesskette verschwiegen. Vera hat die Wahrheit gesagt. *Er* ist der Lügner. Ein hinterhältiger Betrüger. Es ist, als wäre ich in einem Albtraum gefangen. Ich kann gar nicht mehr aufhören zu weinen. Und mir ist vollkommen egal, ob ich nass werde und morgen todkrank bin und deshalb keine Yogastunden mehr geben kann. Was interessiert mich, ob mein Studio dann endgültig verloren ist? Mich kümmert nichts mehr. Mein Kopf ist leer. Meine Augen brennen. Mein Hals kratzt. Meine Gedanken fahren Achterbahn, und in meinen Ohren dröhnen Veras gemeine Abschiedsworte: *Bleib locker, Rotschopf!*

Am liebsten würde ich mich vor die U-Bahn werfen. Doch als der Zug kommt, fehlt mir selbst dazu die Kraft. Mit mechanischen Bewegungen steige ich ein, lasse mich auf einen freien Sitz fallen und starre durch die Brandenburger-Tor-Silhouette auf den Fenstern ins Dunkle.

Um den übermächtigen Schmerz zu betäuben, murmle ich die Stationen vor mich hin. Zoologischer Garten ... *Betrüger* ... Spichernstraße ... *Lügner* ... Berliner Straße ...

Ich muss umsteigen. Mit letzter Kraft zwinge ich mich, den Wagen zu verlassen.

Eine Mutter mit Kind betrachtet mich mitleidig, als wisse sie um meinen Kummer. Soll sie ihre Tochter ruhig vor den Männern warnen! Doch wenn die Kleine dann irgendwann auf einen gemeinen Schuft wie Ben trifft, wird sie alle Warnungen vergessen. Genau, wie ich die Bedenken meiner besten Freundin ignoriert habe.

Meine Bahn kommt. Müde raffe ich mich auf, steige ein und starre wieder vor mich hin. Noch vier Stationen, bis ich aussteigen muss. Nur noch wenige Minuten, dann kann ich mich endlich vor dieser gemeinen Welt verkriechen.

Als Britta abends nach Hause kommt, hänge ich apathisch auf dem Sofa. Meine Klamotten sind noch feucht vom Gewitterregen, mir ist kalt, aber ich habe einfach nicht die Kraft, mich umzuziehen. Wie an einem tröstenden Stofftier halte ich mich an der Fernbedienung des Fernsehers fest und kann mich nicht entscheiden, ob ich den Kasten einschalten oder mich lieber aus dem Fenster stürzen soll.

«Hallooo!», flötet Britta fröhlich und mustert mich verwundert. «Warst du im Regen spazieren?»

Träge hebe ich den linken Arm. «Fühl mal meinen Puls, ob ich überhaupt noch lebe.»

Bestürzt kommt sie auf mich zu und setzt sich neben mich. «Was ist hier los?»

Ihr Mitgefühl lässt mich erneut zusammenbrechen. «Ben …», presse ich zwischen zwei Weinkrämpfen schließlich hervor. «Er …»

Wortlos zieht Britta die Augenbrauen hoch.

«Sag jetzt nichts», jammere ich. «Dein Blick reicht schon.»

Abwehrend hebt sie die Hände. «Kein Gedanke. Ich wollte dich nur trösten.»

«Aber er …» Ich stocke. Meine Nase läuft.

Schnell zieht Britta ein Taschentuch aus ihrer Jeans. «Hier, für deine Nase. Und dann leg dich erst mal trocken. Deine Klamotten gehören in die Wäsche. Ich organisiere uns in der Zwischenzeit eine Flasche Wein und 'ne Tüte Chips, und dann erzählst du mir, was dir dieser Mistkerl angetan hat.»

Trotz der fettigen Paprikachips entfaltet bereits das erste Glas Wein seine volle Wirkung. In Alkohol ertränkter Liebeskummer ergibt einen wirksamen Zungenlöser. Die Worte sprudeln nur so aus mir heraus, als hätte jemand den richtigen Knopf gedrückt.

«Ich dachte wirklich, er wäre mein Traummann», schluchze ich, nachdem ich Britta alle Einzelheiten der grauenvollen Begegnung geschildert habe.

Britta öffnet die zweite Flasche Wein und füllt unsere Gläser auf. «Tja, meiner Erfahrung nach haben *Traum*-Männer einen gravierenden Makel: Sobald man aufwacht, verschwinden sie oder verwandeln sich wieder in hässliche Frösche.»

Wahrscheinlich treffen ihre pessimistischen Ansichten genau ins Schwarze. Aber es schmerzt höllisch, das einsehen zu müssen. Doch allmählich versiegen meine Tränen, und ich verschiebe auch meinen Selbstmord. Zumindest vorerst.

«Vielleicht hat Ben gehofft, dich ausspionieren zu können, als du ihm vor dem Supermarkt von deinem Studio erzählt hast», überlegt Britta. «Er wollte dir die neuesten Yogatrends entlocken und hat dir sein Fitnesscenter natürlich verschwiegen.»

«Möglich.» Grummelnd schiebe ich mir eine Handvoll Chips in den Mund. «Nur eines verwundert mich schon: Das Thema Yoga hat er nie erwähnt.»

«So leid es mir tut, Nelly, aber genau das ist doch der Beweis für seine hinterhältigen Absichten», erklärt Britta. «Vermutlich hat er damit gerechnet, dass du ihm sowieso alles über dein Studio erzählst. Er muss gemerkt haben, wie schnell du Vertrauen zu den Leuten fasst. Und normalerweise tut man das ja auch. Aber eine ganze Fitnesskette zu verheimlichen ist einfach hinterhältig», urteilt sie erbost. «Für mich ist das Beweis genug, dass die Geschichte dieser Paulsen stimmt, so absurd sie sich auch anhört.»

Mir fällt die erste Begegnung mit der Blonden ein. «Ihr Brautkleid hängt auch schon im Schrank», murmele ich, und die Erinnerung treibt mir sofort wieder die Tränen in die Augen.

«Genug geheult, Nelly! Dieser gemeine Schuft ist keine einzige deiner Tränen wert.» Britta nimmt mich tröstend in den Arm. «Du findest einen anderen. Berlin ist doch *die* Single-Hauptstadt. Hier gibt es massenhaft nette, ehrliche Typen.»

«Ach ja? Und wieso hast du dann noch keinen gefunden?»

«Ich kann mich einfach nie entscheiden, das weißt du doch.» Mit einem Grinsen knufft Britta mich in die Seite.

«Aber keiner ist so … so süß wie Ben», protestiere ich, und wieder füllen sich meine Augen mit Tränen.

«Mmm, ich hätte ihn ja zu gerne mal gesehen, deinen vermeintlichen Traummann.» Britta sieht mich skeptisch an. «Er sieht wahrscheinlich gar nicht so super aus. Du hast ihn dir schöngeredet wie alle Verliebten …»

«Quatsch. Du kannst ihn dir ja auf Facebook anschauen, wenn du mir nicht glaubst», schnaufe ich zwischen Naseputzen und Tränentrocknen. «Vielleicht verstehst du mich dann.»

«Ha!», lacht Britta sarkastisch auf. «Im Netz tummeln sich doch wirklich nur Idioten. Aber das passt zu ihm. Stellt auch noch Bilder von sich ins Netz.»

«Nein, nein», widerspreche ich. «Das war Vera Paulsen. Sie konnte es sich bei unserem Gespräch nicht verkneifen, mir ihr Glück unter die Nase zu reiben. Es gäbe auf ihrer Seite massenhaft Fotos von ihr und Ben zu sehen, hat sie gesagt.»

«Und welche Erklärung hatte Mister Fitnesscenter für diese Geschmacklosigkeit?», fragt Britta neugierig.

Als wäre es mir gleichgültig, zucke ich die Schultern. «Er hat es abgestritten wie alle Behauptungen dieser blöden Schlampe. Aber inzwischen würde ich ihm nicht mal mehr glauben, wenn er mir sagt, dass die Sonne im Osten aufgeht.»

Mitfühlend streicht mir Britta über den Rücken. «Richtig so. Lass deine Wut raus, Nelly, dann ist der Liebeskummer schnell vorbei. Du solltest dir die Fotos auch vielleicht besser nicht ansehen. Das reißt nur die Wunde wieder auf.»

Entsetzt zucke ich zusammen. «Ich wüsste auch nicht, wozu das gut sein sollte.»

«Hast du denn was dagegen, wenn ich mal reinschaue? Ich bin neugierig, wie der Typ aussieht.»

«Tu dir keinen Zwang an … Aber ich will keine Details hören», rufe ich Britta hinterher, als sie sich an ihren Computer begibt. «Wie heißt diese Vera nochmal mit Nachnamen?»

«Paulsen», spucke ich förmlich aus und kippe noch mehr Wein in mich hinein, während Britta sich auf Facebook einloggt. Vielleicht stoppt der Alkohol endlich meine Tränenflut.

Wie konnte ich nur auf Ben hereinfallen? Wie konnte ich mich nur so in ihm täuschen? Seine Behauptung, ich sei etwas Besonderes: gelogen. Seine Liebesschwüre: gelogen. Die Amnesie, die Flugangst, die Weiß-Phobie: alles gelogen.

Lügen.

Lügen.

Lügen.

«Nelly, Nelly!» Britta ist ganz aufgeregt. «Ich kenne den Typ! Deinen Ben.»

«Was?» Unwillig stelle ich das Weinglas ab und kehre zurück ins Arbeitszimmer.

«Aber der heißt nicht Ben, sondern …» Sie überlegt fieberhaft.

«Was meinst du?», frage ich irritiert.

«Ist er das, dein Ben?» Sie zeigt auf den Bildschirm.

«Ja, ich glaube schon.» Die Fotos sind zwar teilweise etwas verschwommen, aber ich erkenne ihn eindeutig wieder. Auf einem Bild ist eine Großaufnahme seines Gesichts zu sehen. Seine hellgrünen Augen strahlen in die Kamera …

«Zugegeben, er sieht echt super aus. Aber er ist ein ganz mieser Aufschneider und Sprücheklopfer. Mit dem wärst du nur unglücklich geworden.»

Entrüstet stemme ich die Hände in die Hüften. «Was

heißt hier *wäre*? Ich *bin* unglücklich, todunglücklich, falls dir das entgangen sein sollte», klage ich vorwurfsvoll.

«Ich weiß, Süße, so war es auch nicht gemeint. Aber ich kenne den Typen. Er ist in meiner Casting-Kartei. Moment mal.» Sie öffnet schnell ein anderes Programm und klickt sich durch verschiedene Verzeichnisse. «Hier, er ist bei mir unter dem Namen Fritz Möller gelistet. Und wenn der Besitzer einer Fitnesskette ist, bin ich Astronautin. Das saubere Pärchen hat dich rundum belogen.»

Plötzlich bin ich hellwach. «Er ist Schauspieler?»

«Na ja, ich würde sagen, Fritz Möller ist allerhöchstens Statist. Nichts weiter. Ein kleiner Statist auf der Suche nach einer reichen Braut. Bei mir hat er es nämlich auch versucht, als er mal zum Casting hier war und spitzbekommen hat, dass diese Wohnung mir gehört.»

«Aber ...» Brittas Erklärungen verwirren mich. «Warum sollte Ben das alles vortäuschen: die Amnesie, die Flugangst und die Weiß-Phobie? Und wieso sollte er sich zu einer Therapie anmelden und mich dann auch noch mit dieser Schlampe konfrontieren? Das ergibt einfach keinen Sinn.»

Nachdenklich mustert mich Britta eine Weile. «Wer weiß schon, was im Kopf solcher Kleinkriminellen vor sich geht und mit welchen Methoden sie arbeiten», sagt sie schließlich und dreht sich wieder zum Computer. «Mir kommt da so eine Idee. Ich schau jetzt mal auf der Homepage des Fitnessstudios in der Turmstraße nach –»

«Wozu?»

«Na, mal sehen, ob wir hier einen Ben Reuther finden. Oder vielleicht eher einen Fritz Möller.» Britta ist jetzt ganz euphorisch. «Also, hier sind jede Menge Fotos von den Lehrern, aber keines vom Besitzer. Allerdings taucht hier tatsächlich der Name Ben Reuther auf … Es wäre doch interessant, herauszufinden, was für ein Schurkenstück Fritz Möller plant», fährt sie neugierig fort. «Ich glaube nämlich nicht, dass er sich rein zufällig für diesen Ben ausgibt.»

Obwohl Brittas Argumente ziemlich logisch klingen, bin ich von Bens Doppelidentität noch nicht vollkommen überzeugt.

«Wie erklärt sich dann dieses dicke Geldbündel, das Ben oder Fritz oder wie er eigentlich heißt ständig bei sich trägt? Einen mittellosen Statisten stelle ich mir anders vor.»

«Ach, so eine dicke Geldrolle zeugt einfach nur von Großkotzigkeit», winkt Britta ab. «Und in Zeiten von Online-Banking riecht das für mich eher nach Halbwelt. Vielleicht waren ja auch nur die äußeren Scheine echt, und die restliche Rolle bestand aus zurechtgeschnittenem Papier. So machen wir das beim Film auch. Dieser Fritze kennt diesen Trick bestimmt!»

«Wenn das stimmt, ist deine Phantasie nicht weniger durchtrieben als die von Ben und seiner Vera», antworte ich und schlurfe zurück ins Wohnzimmer, um wieder unter die Decke zu kriechen. Mir reicht's für heute.

23

Sieben Tage und sieben Nächte grüble ich nun schon über die Fotos bei Facebook nach.

Ja, ich konnte mich schließlich dazu durchringen, mir die Beweise für Bens Verrat anzusehen. Aber in Wahrheit habe ich auf ein Wunder gehofft. Ich habe gehofft, dass Ben und Vera kein Paar wären. Dass mich diese Frau einfach nur noch mehr demütigen wollte. Inständig habe ich gefleht, dass Ben kein Lügner ist. Doch ein flüchtiger Blick auf den Monitor genügte, um ihn zu erkennen.

Es sind keine intimen oder schmutzigen Bilder. Eher Schnappschüsse. Vera lacht oft direkt in die Kamera. Ben umarmt sie oder küsst sie aufs Ohr, und sie stecken die Köpfe zusammen. Die beiden wirken eindeutig verliebt.

Beim Betrachten der Bilder musste ich sofort an das Foto mit den Plüschbären denken. Denkwürdige Ereignisse würde er immer mit der Kamera festhalten, hat Ben an jenem Tag erklärt und mich verliebt angesehen. Wie blauäugig von mir, ihm zu glauben!

An diesem Sonntagmorgen fühle ich mich immer noch so erschöpft, als hätte ich an einem Yogamarathon teilgenommen. Nicht mal das Schrillen und Scheppern meiner beiden Wecker können mich aus dem Bett locken. Übernächtigt ziehe ich die Decke hoch. Eine Woche reicht eben nicht aus, um den Schicksalsschlag von der Wucht einer Neutronenbombe zu verarbeiten.

Das Schlimmste jedoch ist, dass Ben es nicht dabei bewenden lassen kann. Er hat in den letzten Tagen unzählige Nachrichten auf meiner Mailbox hinterlassen. Seine Anrufe zu ignorieren und seine zahlreichen SMS zu löschen kostet zusätzlich Energie, die ich eigentlich für meine Yogastunden und den Telefondienst bei Mama benötige. Auch sein Brief, den Britta gestern aus dem Briefkasten gefischt hat, landete ungeöffnet unter meinem Bett. Ich hab einfach nicht die Kraft, ihn zu lesen.

«Du hast jetzt lange genug getrauert, Nelly Nitsche», höre ich jemanden dicht an meinem Ohr flüstern. «Aufstehen! Die Sonne scheint, die Vögel zwitschern, und es ist höchste Zeit, dich wieder um dein Studio zu kümmern.»

Ohne den verführerischen Duft der dampfenden Tasse Kakao (Kaffee habe ich für immer gestrichen), den Britta mir hinhält, würde ich mich einfach nochmal umdrehen. Aber um elf beginnt die sonntägliche Glücksyoga-Stunde.

In der vergangenen Woche war ich während des Unterrichts nur physisch anwesend. Keine Ahnung, wie ich es geschafft habe, allein ins Studio zu fahren und einen einigermaßen konzentrierten Eindruck auf meine Schülerinnen zu machen.

Erleichtert sehe ich, dass Britta auch noch im Hemd ist.

«Genieße deinen Kakao ganz in Ruhe, für Yoga bin ich heute sowieso zu kaputt», verkündet sie und gähnt. «Aber unsere Stunde ist nur verschoben, klar?» Sie grinst mich an. «Also, Schluss mit der Gefühlsduselei! Du musst guten Unterricht geben, damit das Studio nicht pleitegeht und du endlich deine Schulden loswerden kannst. Alles klar?»

«Klar wie Klärchen», nicke ich dankbar, «du hast mal wieder recht.»

In dem Moment fällt mir der fette Scheck von Jeanette Krüger ein, der immer noch unbeachtet in meinem Häkelbeutel steckt. Sofort erzähle ich Britta von dem unerwarteten Geldsegen und wie es dazu kam.

Mit großen Augen hört sie mir zu. «Alle Achtung, Nelly», lobt sie mich, als ich mit meiner Geschichte am Ende bin. «Mit deinen Spinnereien sind jetzt zwei Frauen happy. Also, vergiss diesen Fitness-Idioten und fokussiere dein Ziel.»

«Ja, Schluss mit der Heulerei», erkläre ich mit fester Stimme. «Ich muss mich endlich darauf besinnen, was ich mir vorgenommen hatte, bevor dieser Lügner mein Leben durcheinandergebracht hat.»

«Richtig so!», feuert mich Britta an. «Du wolltest dein Studio retten. Also, durchatmen und vorwärtsschauen. Das predigst du doch in deinen Stunden immer.»

«Vielleicht sollte ich eine Werbeaktion mit Handzetteln starten, um neue Kunden zu gewinnen. Ich muss außerdem dringend eine eigene Homepage erstellen. Und dann werde ich natürlich auch noch Jeanettes Scheck einlösen», sprudelt es aus mir heraus. «Immerhin habe ich sie von ihrer Sucht geheilt! Na ja, vielleicht nicht im medizinischen Sinn. Aber ich konnte ihren Kaufzwang in eine annehmbare Richtung lenken, richtig?»

«Das klingt mir schon wieder ganz nach der alten Nelly», lobt mich Britta. «Und wie geht es jetzt weiter?»

Entschlossen stelle ich die Tasse zur Seite und springe aus dem Bett. «Morgen, noch vor der ersten Yogastunde, werde ich meine Banktussi aufsuchen. Die wird staunen, wenn ich ihr so einen dicken Scheck auf den Schreibtisch knalle. Darauf freue ich mich jetzt schon!»

Gestärkt von dem aufbauenden Gefühl, mit meiner «Arbeit» etwas erreicht zu haben, schaffe ich es auf dem Weg ins Studio sogar, den grünäugigen Betrüger in meiner Gehirnschachtel schon ein wenig weiter nach hinten zu verdrängen.

Wesentlich entspannter begrüße ich kurz darauf Desiree, die mal wieder zum Training erscheint. Ein frischer Zitronenduft umweht sie, und in ihrem hellblauen Outfit wirkt sie wie ein junges Mädchen.

«Du siehst klasse aus», sage ich. «Die Rolle in der Telenovela scheint dir gutzutun.»

«Danke, Nelly, mir geht's bolle», sagt sie freudig und sieht mich dann kritisch an. «Aber du hast Probleme. Oder warum bist du so blass um die Nase? Und Ringe unter den Augen hast du auch.»

«Vergangene Woche hatte ich ziemlich Stress», gebe ich kleinlaut zu.

«Immer noch wegen der Kohle?», flüstert Desiree diskret, als zwei Schülerinnen an uns vorbei in den Unterrichtsraum gehen.

«Nein, nein. Dieses Problem hat sich inzwischen erledigt», erkläre ich aufatmend.

«Und deine Suche nach einer Nachmieterin ja wohl auch», freut sich Desiree. «Gestern Abend war ich bei der Paulsen eingeladen.»

Vera Paulsen!?

Allein der Name versetzt mir einen schmerzhaften Stich in die Brust. Meine Hände werden feucht, und ich spüre, wie ich rot anlaufe. Ich zwinge mich, tief durchzuatmen und die Mundwinkel nach oben zu ziehen. Am Ende ist Desiree noch mit dieser Frau befreundet und verrät meiner Rivalin ungewollt etwas über meinen Liebeskummer. Den Triumph würde ich dem gemeinen Biest nicht gönnen.

«Sie hat sich gut eingelebt in deiner alten Wohnung», plaudert Desiree weiter. «Und die Räume sind wirklich sehr elegant und stilvoll eingerichtet. Wahnsinn, ich hab Bauklötze gestaunt! Eine türkisfarbene Küche mit großer Arbeitsplatte aus Edelstahl, ein helles Sofa auf rotem Teppich und ein dunkelrotes Schlafzimmer in Samt und Seide. Alles nagelneu und nur vom Feinsten.»

Mir fehlen die Worte, und eigentlich will ich das auch alles gar nicht hören. Aber Desiree ist nicht mehr zu bremsen.

«Auch ihre Garderobe ist der Hammer», fügt sie anerkennend hinzu. «Früher hat sie ja nur Weiß getragen, jetzt kleidet sie sich ganz elegant in Schwarz-Weiß oder nur in Schwarz. Na ja, sie kann es sich leisten, verdient wohl nicht schlecht bei der Lufthansa. Und ich glaube, sie hat auch was von einer Erbschaft angedeutet.»

Brittas Behauptung, dass Ben sich nur an reiche Frauen ranmacht, trifft also doch zu. Aber wozu dann diese Weiße-Möbel-Story?

Plötzlich packt mich die Neugier. Es gelingt mir, meinen nagenden Schmerz zu verdrängen und beiläufiges Interesse vorzutäuschen. «War sicher 'ne tolle Party. Waren viele Leute da?»

«Nur ein paar Kollegen von Vera und ich», antwortet Desiree.

«Aber ihr Verlobter war doch bestimmt da, oder? Sie hat mir nämlich erzählt, dass sie bald heiraten wird.» Ich achte auf einen möglichst unverfänglichen Klatsch-und-Tratsch-Ton.

«Ich kenne ihn ja leider nur von Fotos. Attraktiver Bursche. Wie hieß er denn nochmal? … Ick globe, ick werde alt», berlinert sie lachend.

«Jemand aus deiner Branche?», spekuliere ich, um sie zum Nachdenken zu animieren. «Ein Schauspieler vielleicht?»

«Ja, ich glaube schon. Könnte auch ein Kameraassistent sein.»

Verdammt! Damit verglüht der letzte Funken Hoffnung, dass alles nur ein böser Traum war.

«Tja, schön, wenn man die große Liebe gefunden hat», seufze ich mit gequältem Lächeln.

Desiree rollt amüsiert mit den Augen. «Ach, Nelly, wenn du auf die fünfzig zugehen würdest, wüsstest du, dass der Zug mit den Traumtypen längst vorbeigedüst ist. Dann krallst du dir den Nächstbesten, der sich nicht wehrt und –»

«Fünfzig?», wiederhole ich überrascht.

«Die Gute hat noch vier Jahre, bevor sie die Schallmauer durchbricht», witzelt Desiree. «Aber es scheint ja ein Trend zu sein. Denn oft sind es die jungen Männer, die ältere Frauen wegen ihrer Lebenserfahrung vorziehen. Angeblich sind sie toleranter als die jungen Mädels, und Männer versprechen sich von so einer Beziehung vermutlich tabulosen Sex.»

Hilfe!

Mir wird schlecht, und ich schiebe Desiree schnell in den Umkleideraum, damit ich mir nicht noch mehr anhören muss.

Leider ist die erste Glücksyoga-Stunde nicht so gut besucht, wie ich es mir erhofft habe. Nur vier Matten sind belegt, von Frauen unterschiedlichen Alters, die mich alle erwartungsvoll anstrahlen. Eigentlich sollte ich die gute Laune verbreiten, schließlich kann ich froh sein, dass ich nicht völlig allein hier stehe. Aber es gelingt mir nicht.

Die Unterhaltung mit Desiree geht mir einfach nicht aus dem Kopf. Ihre Schilderung von Veras scheinbar normal möblierter Wohnung und vor allem ihre Bemerkung über ungleiche Paare waren wie eine letzte Bestätigung für Bens Unehrlichkeit. Es gibt keine Entschuldigung für sein Verhalten. Er hat mich von Anfang an belogen. Und diese Erkenntnis trifft mich härter als die Fotos auf Facebook.

Zwischen den Kommandos zu den einzelnen Übungen versuche ich, meinen flatternden Atem zu kontrollieren und meine konfuse Gemütslage mit einer Nonsens-Meditation zu beruhigen. Ich stelle mir absurde Dinge wie Blumenzwiebeln, saure Gurken oder Taucherbrillen vor und lenke meine Gedanken dadurch um. Vor allem die Vision eines Regenbogens am Gewitterhimmel funktioniert normalerweise bestens. Doch heute erscheint vor meinem geistigen Auge immer wieder ein bunter Heißluftballon am Himmel, er verwandelt sich bald darauf in ein Flugzeug, und damit landen meine Gedanken unweigerlich wieder bei Ben …

Als ich dann mittags mein Studio verlasse, vernehme ich ein dumpfes Motorengeräusch. Ich blinzle nach oben in den strahlend blauen Sommerhimmel über Berlin. Und was dort zu sehen ist, verschlägt mir die Sprache.

Eine kleine Propellermaschine kreist über Moabit und zieht ein Transparent hinter sich her. In fettgedruckten Buchstaben steht dort:

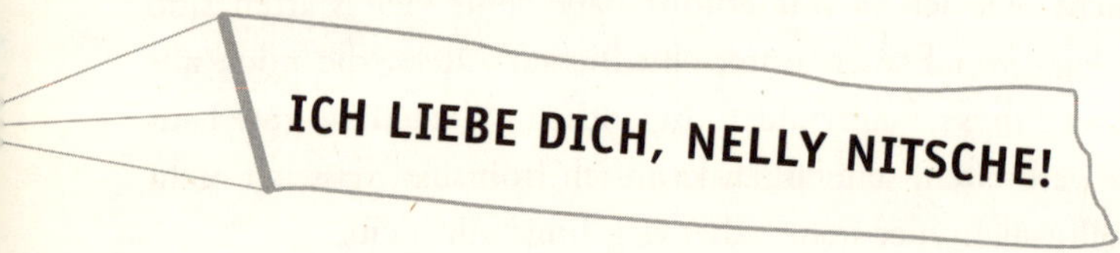

24

«Du glaubst nicht, was ich gerade am Himmel gesehen habe.» Ich lasse mich auf einen der Besucherstühle fallen und starre Britta mit weit aufgerissenen Augen an.

Sie sitzt an ihrem Schreibtisch vor dem Computer und trägt immer noch ihr geringeltes Schlafshirt. Auch ihr Haar sieht genauso zottelig aus wie heute Morgen. Dem Drehbuch und den Papierstapeln auf dem Tisch nach zu schließen, ist sie übergangslos vom Bett an den Schreibtisch gewandert.

«Schäfchenwolken?», mutmaßt Britta, ohne vom Monitor aufzusehen.

«Ein kleines Flugzeug …»

«Tatsächlich?» Britta lacht. «Deine Glücksyoga-Stunde scheint ja eine tolle Wirkung zu haben, wenn du dich wie ein Kind über so etwas freust.»

«Nun, das würdest du auch», erkläre ich und fahre erst nach einer kleinen Spannungspause fort. «Wenn am Flieger ein Transparent mit einer Liebeserklärung flattert.»

Überrascht wendet sich Britta mir zu. «Was denn für eine Liebeserklärung?»

Aufgeregt erzähle ich von Bens romantischer Nachricht am Himmel über Moabit.

«Er hat sich nicht gescheut, seine Liebe vor der ganzen Stadt zu verkünden. Ich … Ich weiß gar nicht, was ich davon halten soll.» Diese fliegende Liebeserklärung hat mich total verwirrt.

Während meines Berichts hat sich Britta auf ihrem Stuhl zurückgelehnt. Nun sieht sie mich eindringlich an. «Glaubst du ihm denn?»

Unschlüssig zucke ich die Schultern. «Ich weiß nicht ... Ich weiß nur, dass ich es unheimlich romantisch finde. Ich meine, er würde doch nicht so einen Aufwand betreiben und viel Geld investieren, wenn er es nicht ehrlich meinen würde, oder?»

«Vergiss die Kosten», winkt Britta ab. «Männer scheuen keine noch so hohen Ausgaben, wenn sie etwas wollen ... Viel wichtiger ist doch, ob du dich davon beeindrucken lässt und ihm wieder vertrauen kannst.»

Ich seufze. Kann ich Ben tatsächlich glauben? Ihm vertrauen?

Vor meinem geistigen Auge erscheint noch einmal der silbrig glänzende Flieger am hellblauen Sommerhimmel, und ich spüre ein heftiges Kribbeln in der Magengegend. Ich kenne niemanden, der schon mal so eine romantische Liebeserklärung bekommen hat. Doch im nächsten Moment überfallen mich wieder Zweifel. Kann ich Ben einfach so verzeihen? Genügt ein flatterndes Transparent, und alles ist wieder gut?

Verdammter Mist! Warum muss Liebe so kompliziert sein?

«Vielleicht solltest du ihm tatsächlich eine Chance geben», schlägt Britta vor.

«Ich weiß nicht.» Ich bin hin und her gerissen. «Ich kann das verhängnisvolle Gespräch in der Praxis einfach nicht vergessen.»

«Aber vielleicht gibt es doch für alles eine plausible Erklärung.» Sie sieht mich aufmunternd an. «Was stand denn eigentlich in seinem Brief?»

«Welcher Brief?»

«Na, der am Samstag mit der Post kam.» Britta kräuselt die Stirn, dann fügt sie angriffslustig hinzu: «Vermutlich ist er in dem Chaos in deinem Zimmer untergegangen. Da sieht es nämlich aus, als hätte eine Bombe eingeschlagen, Nelly Nitsche.»

Mit hängenden Schultern trolle ich mich in mein Zimmer.

Pah!, denke ich trotzig, das fehlte mir gerade noch, eine Freundin, die sich wie meine Mutter aufführt!

Ich schmeiße meine Yogasachen in eine Ecke und sehe mich im Zimmer um. Tatsächlich herrscht hier das totale Chaos. Auf der Kleiderstange türmen sich die Klamotten. Benutztes Geschirr wartet darauf, in die Küche gebracht zu werden. Im Duschbad liegen die Handtücher auf dem Boden, als hätte ich Personal, das mir hinterherräumt und aus dem Waschbecken auch noch die Haare entfernt.

Beschämend.

Ich habe gehaust wie ein Messie. Britta hat recht. Hier ist nicht mal mehr Platz für einen Kopfstand. Und ich rechne es ihr hoch an, dass sie beim Anblick dieses Saustalls bisher weder den Kammerjäger gerufen noch meine Klamotten einfach aus dem Fenster geworfen hat. Nein, sie hat sich wie eine wahre Freundin benommen und meine Launen ertragen.

Aber jetzt ist Schluss! Eifrig mache ich mich ans Werk, das Chaos zu beseitigen, und nehme mir dabei fest vor, es nie wieder so weit kommen zu lassen.

Es dauert eine Weile, bis der Berg benutzter Klamotten sortiert, das Bett frisch bezogen und der Boden gewischt ist. Und tatsächlich fällt mir beim Aufräumen auch Bens Brief in die Hände. Ich beschließe, die therapeutische Putzorgie für heute zu beenden und endlich seine Zeilen zu lesen.

Nervös öffne ich den weißen, gefütterten Umschlag. Er enthält ein ebenfalls weißes Blatt, auf dem in einer gleichmäßigen, geschwungenen Schrift folgende Worte stehen:

Liebe Nelly,

leider hast du auf keinen meiner Anrufe reagiert, deshalb ist dies ein weiterer, verzweifelter Versuch, deine Verzeihung für mein Verhalten zu erlangen.
Immer mehr wird mir bewusst, wie feige es war, dir nicht sofort die Wahrheit über meine Firma zu gestehen. Es war egoistisch, dich diesem unmöglichen Gespräch mit Vera auszusetzen. Und das nur, weil ich Angst vor einer Szene am Bahnhof hatte. Mir war es schon immer peinlich, in der Öffentlichkeit aufzufallen. Das ist aber auch die einzige Wahrheit, die diese Frau über mich erzählt hat. Alles andere war gelogen, jedes einzelne ihrer abscheulichen Worte.
Ich schwöre dir, Nelly, ich habe keine Gefühle für sie und auch für keine andere Frau. Es gibt weder Zukunftspläne, noch war ich jemals verlobt. Die Sache mit Vera war nichts weiter als eine Affäre, die ich mein Leben lang bereuen werde.
Bitte, Nelly, gib mir eine Chance, dir alles in Ruhe zu erklären und alle Missverständnisse zu beseitigen. Melde dich, oder lass mich wissen, was ich tun kann, damit du mir glaubst!

Ich liebe dich
Ben

Der Brief berührt mich mehr, als ich erwartet habe. Vollkommen überzeugt hat er mich zwar nicht, aber irgendwo in meinem Hinterkopf befindet sich eine zaghafte Stimme, die mir zuflüstert, dass Ben sein Verhalten aus tiefstem Herzen bereut. Aber wieso hat er dann in der Praxis nicht gleich alles aufgeklärt? Warum hat er so verräterisch geschwiegen? Lasse ich mich vielleicht nur von seinem romantischen Werben beeinflussen?

Mist. Ich weißt überhaupt nicht mehr, was ich glauben soll.

«Willst du auch Tee?» Britta steht in der Tür und sieht mich fragend an. Dann kommt sie auf mich zu und legt mir einen Arm um die Schulter. «Ich hab es eben nicht so gemeint, Nelly. Verzeih mir. Das war unnötig.»

«Nein, du hattest recht.» Nachdenklich falte ich das Blatt zusammen und stecke es zurück ins Kuvert. «Vielleicht sollte ich wirklich erst mal in Ruhe über alles nachdenken und mein Leben sortieren.»

Ich folge ihr ins Arbeitszimmer, wo Britta die Teekanne stehen hat. Ein Blick auf den Computer zeigt mir, dass auch sie sich in der letzten Stunde intensiv mit Ben beschäftigt haben muss. Auf dem Bildschirm ist nämlich wieder die Facebook-Seite zu sehen mit den Bildern von Ben und Vera.

Ich komme nicht umhin, einen Blick daraufzuwerfen. Ben sieht wirklich gut aus, und seine grünen Augen strahlen, als ob –

Moment mal. Irgendetwas lässt mich stutzen.

«Bist du ganz sicher, dass der Typ auf dem Foto Fritz Möller ist?», frage ich Britta, die mir interessiert über die Schulter schaut.

«Hundertpro!»

«Mmm, aber irgendetwas stimmt da nicht. Irgendwie sieht er anders aus als der Ben Reuther, den ich kenne …» Und plötzlich durchfährt es mich wie ein Blitz. «Diesem Ben fehlt nämlich etwas ganz Wesentliches!»

«Was denn?», unterbricht mich Britta. «Das Wort *Idiot* auf der Stirn?»

«Quatsch. Ben hat eine Narbe rechts auf der Stirn. Aber bei diesem Mann ist nichts davon zu sehen. Er kann also gar nicht *mein* Ben sein. Möglicherweise hat er mich also doch nicht belogen», erkläre ich mit klopfendem Herzen und ärgere mich, im KaDeWe kein Foto mit meinem eigenen Handy gemacht zu haben.

«Schon mal was von Photoshop gehört?», murmelt Britta und blickt mich fragend an. «Statisten sind wie alle Menschen in dieser Branche sehr eitel. Er könnte die Narbe fürs Foto entfernt haben. Das geht ruck, zuck.»

«Möglich», gebe ich zu, doch mein krauses Gehirn spinnt schon eine neue Idee. «Aber ich weiß, wie wir herausfinden können, ob es tatsächlich mein Ben ist, der hier an Veras Busen klebt.»

25

«Und wie sollen wir das herausfinden?» Erwartungsvoll hebt Britta die Augenbrauen.

«Vielleicht sieht dieser Typ neben Vera meinem Ben ja nur ähnlich», mutmaße ich und ernte dafür einen skeptischen Blick. «Also, du bestellst diesen Fritz Möller hierher, und ich verabrede mich mit Ben zur selben Zeit in Mamas Praxis.»

«Und weiter?»

«Wenn es ein und dieselbe Person ist, muss er sich entscheiden: Karriere oder Liebe …»

«Du bist gar nicht so verpennt, wie du immer tust», grinst Britta, während wir die Telefonnummern vergleichen.

Britta hat eine Festnetz- und eine Handynummer, ich nur Bens Handynummer zu bieten. Wie wir feststellen, sind die Mobilnummern zwar nicht identisch. Aber Ben benutzt ja auch zwei Handys.

Britta erreicht Fritz Möller, und als sie von einer großen Rolle spricht, sagt er erfreut zu.

Jetzt bin ich dran.

Um bei diesem heiklen Telefonat ungestört zu sein, verziehe ich mich in mein Zimmer. Auf gar keinen Fall möchte ich von Brittas fragendem Blick gestört werden. Denn wenn ich ehrlich bin, habe ich einen riesigen Bammel vor dem Gespräch.

Als habe Ben nur auf meinen Anruf gewartet, meldet er sich nach dem ersten Klingelzeichen.

«Nelly! Endlich …», haucht er erfreut, noch bevor ich etwas sagen kann. «Wie schön …» Seine Stimme klingt unsicher. Hastig spricht er weiter. «Ich bin so froh, dass du anrufst, Nelly.»

«Ich hab den Brief gelesen», beginne ich unverfänglich.

Er räuspert sich verlegen. «Dann hast du sicher bemerkt, dass ich ein ganz miserabler Schreiber bin. Aber ich war so verzweifelt und wusste nicht, wie ich dich erreichen kann. Na ja … und da schien mir ein Brief die letzte Möglichkeit zu sein.»

Seine Nervosität berührt mich. Und plötzlich ist es gar nicht mehr leicht, cool zu bleiben und ihm nicht sofort zu gestehen, dass es mir im Grunde genauso ergeht.

«Ich hab mir überlegt, ob wir das nicht in einem Gespräch …»

«Wirklich?» Bens Frage folgt ein erleichterter Seufzer.

«Ja, ich meine … Wir sind doch erwachsen, und es ist kindisch, den Kontakt einfach abzubrechen, nur weil … weil vielleicht eine unglückliche Verkettung von Umständen … oder Schicksal … oder wie immer man es nennen möchte …»

Meine Güte, was rede ich denn da für einen Schwachsinn? Ein Glück, dass er mein glühendes Gesicht nicht sehen kann!

«Ähm, würde es dir heute noch passen?», frage ich schnell.

«Jederzeit, Nelly, wann und wo du möchtest.» Bens Antwort kommt wie aus der Pistole geschossen.

«Auch um fünf?»

Wieder erhalte ich seine Zusage ohne die kleinste Verzögerung. «Um fünf, um sechs, jetzt sofort, wann und wo auch immer.»

«Prima. Wir wäre es dann, wenn wir uns in der Praxis

treffen? Also, ähm, wenn du nichts dagegen hast», füge ich noch höflich an.

«Natürlich nicht. Die Praxis ist für mich der … äh, romantischste Ort, den ich kenne … Na ja, du weißt, wie ich das meine.»

Natürlich weiß ich, worauf er anspielt. Aber so leicht will ich es ihm auch nicht machen. «Dann sehen wir uns also um fünf», verabschiede ich mich absichtlich etwas förmlich.

«Ja, bis um fünf», flüstert Ben. «Ich kann es kaum erwarten, dich wiederzusehen.

Bereits eine halbe Stunde vor der verabredeten Zeit betrete ich die Räume von Mamas Praxis und bin einem Nervenzusammenbruch gefährlich nahe. Nur gut, dass Phillip nicht da ist. Der hätte mir gerade noch gefehlt!

Den Kopf auf die Arme gestützt, sitze ich in meinem weißen Kleid am Schreibtisch und versuche, mit geschlossenen Augen meinen flatternden Atem zu normalisieren. Vor Anspannung bestehe ich praktisch nur noch aus wildem Herzklopfen. Ich kann keinen klaren Gedanken mehr fassen. Aber ich muss unbedingt verhindern, dass mich Ben in diesem Zustand antrifft.

Es dauert eine ganze Weile, bis ich dank Meditationsübungen und leisem Summen endlich ruhiger werde. Mein Atem wird gleichmäßiger.

Plötzlich reißt mich das Klingeln meines Handys aus den Gedanken. Auf dem Display sehe ich Brittas Nummer.

«Fritz … ist hier», erklärt sie stockend.

«Wie spät ist es?», frage ich und schrecke zusammen. War Ben etwa vor mir hier? Oder habe ich sein Klingeln nicht gehört?

«Es ist Viertel nach fünf. Fritz war überpünktlich», entgegnet Britta, und es klingt beinahe entschuldigend.

Mir ist, als würde der Boden unter mir schwanken. Hat Ben sich also doch gegen mich entschieden?

«Hat er eine kleine Narbe auf der Stirn?», frage ich mit dem letzten Funken Hoffnung.

«Ach so, die Narbe … Moment. Da muss ich erst nachsehen.»

Es rauscht und knistert in der Leitung, und ich höre nur undeutlich, wie Britta etwas zu ihrem Besucher sagt. Kurz danach wendet sie sich wieder an mich. «Nee, die ist glatt wie ein Pfirsich.»

«Danke», höre ich eine relativ hohe Männerstimme im Hintergrund antworten. «Da is aber keen Botox drin, wenn de dat denkst.»

Keine Narbe!?

Die Bedeutung dieser Nachricht erreicht mein Bewusstsein erst nach Sekunden.

Tja, da hat die Schlampe also geschlampt. Sie hätte besser mit Photoshop arbeiten sollen, dann wäre ihr Plan vielleicht aufgegangen. Ich kann mich nicht erinnern, wann ich jemals so erleichtert war. Ich könnte jubeln. Aber vorher muss ich noch etwas anderes herausfinden.

«Gib mir den Statisten mal», bitte ich meine Freundin.

«Eine Kollegin möchte dich gerne etwas fragen», höre ich Britta sagen. Dann raschelt es wieder.

«Möller», meldet sich die quäkende Stimme, die überhaupt nicht an die von Ben erinnert.

«Nelly Nitsche hier. Ich hätte da ein paar Fragen zu den Fotos bei Facebook.»

«Jau. Danach hat mich Ihre Kollegin och schon jefragt.»

«Ja, also, wie kommt es denn, dass –»

«Die sind jut, wa?»

Volltreffer! Fritz ist also auf den Fotos und nicht Ben.

«Eigentlich interessiere ich mich aber für Ihre Partnerin, diese Vera», erkläre ich.

«Ach, sooo is det.» Fritz Möller schnauft enttäuscht. Anscheinend glaubt er, ich wolle Vera engagieren. «Sie is aber keene Schauspielerin, wenn Se det wissen wollen.»

«Dann ist sie einfach nur eine Freundin von Ihnen?», hake ich nach und muss mich sehr zusammenreißen, um ihn nicht zu sehr zu bedrängen. Schließlich hat er keinen Grund, Einzelheiten über private Fotos zu verraten.

«Nee. Sie hat mir engagiert und –»

«Engagiert?» Mann, das wird ja immer bunter.

«Also det war so», erklärt er bereitwillig. «Ick hab ihr uff 'ner Fete bei Desiree Engel jetroffen und erzählt, dat ick beim Film arbeite. Weil se mir immer so komisch anjeglotzt hat. Als würde sie mich irgendwoher kennen. Uff einmal wollte se, det ick ihr eenen Jefallen tu. Sie würde och 'ne Kleinigkeit springenlassen.»

Aha! Plötzlich ahne ich, was Vera mit den Fotos beabsichtigte. Ob sie Fritz nur mit Geld geködert oder ihm auch etwas über ihre schändlichen Motive verraten hat?

«Sie hat also Bilder von Ihnen gemacht?», hake ich nach. «Hat sie Ihnen denn auch erklärt, wofür?»

«Nee, aber mein Typ is die sowieso nich. Zu alt und dann … na ja, die ist janz schön bekloppt.»

«Ach, tatsächlich?» Ich unterdrücke ein gehässiges Lachen und versuche, Fritz Möller zum Weiterreden zu motivieren.

«Na, wer in eener komplett weißen Wohnung lebt, der iss doch och komplett überjeschnappt, oder? So wat hab ick überhaupt noch nie jesehen. Allet weiß und nich ein Staubkorn zu sehen. Ick hab mir jefühlt wie in 'ner antiseptischen Kühltruhe», berichtet er bereitwillig und prustet noch ein «Brrr» in den Hörer.

Nun kann ich ein befreites Lachen nicht mehr unterdrücken. «Danke, Fritz, Sie haben mir wirklich sehr geholfen.»

«Schon jut. Aber wat iss nu mit der Filmrolle?», nörgelt er ungehalten.

«Oh … Darüber weiß meine … ähm, meine Kollegin besser Bescheid», wimmle ich ihn ab und beende das Gespräch. Britta wird sich schon rausreden können.

Puh! Diese Vera muss ja wirklich komplett durchgeknallt sein. Vielleicht sollte sie sich in therapeutische Behandlung begeben. Einen Typen für diese Fotos zu engagieren, um … Ja, warum eigentlich? Sie konnte doch nichts von Bens Amnesie wissen, oder? Ist es also ein Fall von Geltungssucht? Wollte sie mit den Bildern einfach nur angeben? Und als sie gemerkt hat, dass Ben … nun, dass er Probleme mit seiner Erinnerung hat … Wollte sie da die Gelegenheit ergreifen und vortäuschen, sie wären tatsächlich ein Paar?

Ob ich jemals eine Antwort auf diese Frage erhalte?

Hauptsache, Ben hat mich nicht belogen! Na ja, ein kleines bisschen hat er das schon getan. Aber das verzeihe ich ihm. Wahrscheinlich wollte er wirklich auf den richtigen Moment warten, um mir von seiner Fitnesskette zu berichten. Schließlich kannten wir uns ja noch nicht, als er seinen Sportclub in Moabit eröffnet hat.

Aber wo bleibt er denn eigentlich?

Sofort weicht mein Glücksgefühl wieder der bangen Frage, wo er steckt. Es ist bereits halb sechs. Er müsste doch längst hier sein.

Ich versuche, ihn telefonisch zu erreichen. Doch eine Computerstimme verrät mir, dass der Anschluss zurzeit nicht erreichbar sei. Ob ihm etwas zugestoßen ist?

Ungeduldig drücke ich auf Wahlwiederholung.

Nichts.

Nach unzähligen, erfolglosen Versuchen bin ich schweißgebadet. Inzwischen ist es fast sechs, und immer noch gibt es kein Lebenszeichen von Ben. In meiner Panik sehe ich ihn blutend auf der Straße liegen und vergeblich nach Hilfe rufen. Dann taucht vor meinem geistigen Auge eine Szene auf, wie diese Wahnsinnige ihn in ihrer Eiswohnung gefangen hält.

Aus lauter Verzweiflung greife ich nach Mamas Notfall-Scotch, den sie in ihrem Schreibtisch verwahrt. Das erste Glas trinke ich in einem Zug aus. Als ich mir ein zweites genehmige, klingelt es an der Tür.

Ben!

Mit dem Glas in der Hand sause ich den Flur entlang und reiße die Tür auf.

«Endlich!», rufe ich erfreut, doch mein Strahlen erlischt sofort.

«Nelly?» Es ist Tante Tessa, die vor der Tür steht.

«Äh … Was machst du denn hier?», stottere ich verblüfft.

«Ich habe Ella aus dem Sanatorium geholt», erklärt sie verwundert und lässt Mamas Reisetasche fallen.

Mist. Über der ganzen Aufregung hab ich tatsächlich vergessen, dass Mama heute zurückkommt.

«Wo ist sie denn?», frage ich panisch.

«Sie kümmert sich um diesen armen Mann, der im Fahrstuhl eingeschlossen ist.»

Ben!

«Sie versucht, ihn nach allen Regeln der Therapeutenkunst zu beruhigen», fährt Tessa fort. «Sie hat was von einer Notrufnummer erzählt, die in ihrem privaten Telefonbuch verzeichnet ist. Ich geh mal suchen», verkündet sie und will sich an mir vorbei Richtung Sprechzimmer drängen.

Eilig drücke ich ihr mein Glas in die Hand und stürme los. Weitere Erklärungen sind jetzt sowieso unnötig. Ben sitzt gefangen im Aufzug fest.

Viel schlimmer aber ist, dass er von Mama bewacht wird. Eine Katastrophe!

26

Nicht mal als Kind bin ich so schnell gerannt.

«Ben», rufe ich beim Zwei-Stufen-Sprint nach unten. «Ich bin gleich bei dir.»

«Nelly», höre ich eine gedämpfte Stimme antworten.

Und dann sehe ich, was geschehen ist. Der Fahrstuhlkorb steckt zwischen der ersten Etage und dem Erdgeschoss fest. Und das einzig Positive an dem unzuverlässigen Museumsstück sind die verglasten Seitenwände, durch die man hineinsehen kann.

Statt Ben erblicke ich allerdings zuerst einen riesigen Blumenstrauß, den er im Arm hält. Und wie ich beim genaueren Hinsehen feststelle, hat er sich in Schale geworfen. Er trägt einen dunklen Anzug mit weißem Hemd, das ihm ausgesprochen gut steht.

«Atmen Sie ganz ruhig. Ein und aus. Und keine Panik …»

Das könnte von mir sein, denke ich, als ich meine Mutter höre, die auf einer Stufe sitzt und eine Art Treppentherapie abhält.

Sie empfängt mich mit vorwurfsvoller Stimme. «Antonella! Poltere hier nicht so durchs Treppenhaus. Und mach nicht so einen Lärm. Es ist Sonntag.»

Keine Begrüßung. Kein Lächeln. Gleich zur Sache. Sie scheint ganz die Alte zu sein.

«Hallo, Mama. Wie schön, dass es dir wieder gutgeht»,

entgegne ich schmunzelnd, beuge mich zu ihr und hauche ihr ein Begrüßungsküsschen auf die Wange. Dann wende ich mich Ben zu. «Halte durch, meine Tante holt Hilfe.»

Trotz aller Dramatik kann ich mir ein Grinsen jetzt nicht verkneifen. Irgendwie hat das Ganze etwas von einer schicksalhaften Strafe.

«Wer ist der junge Mann?», mischt sich Mama ein. «Kennst du ihn?»

«Das ist … Ben.»

«Wie Ben? Welcher Ben?» Mama klingt aufgebracht, als hätte ich den Fahrstuhl absichtlich kaputt gemacht.

Mist. Wenn ich seinen Nachnamen ausspreche, erinnert sie sich vermutlich an ihn. Und dann bin ich geliefert.

«Äh, dass ist Ben Reu-» Ich räuspere mich, verschlucke den Rest und schaffe es, so heftig zu husten, dass mein Gesicht rot anläuft.

«Du nuschelst», tadelt mich Mama sofort. «Ich verstehe kein Wort.»

Hilfesuchend blicke ich mich um.

«Ben Reuther», ruft Ben durch das Glas und deutet eine kleine Verbeugung an.

Tja, so viel zu meinem «Versteckspiel».

Nachdenklich wandert Mamas Blick zwischen Ben und mir hin und her. «Reuther … Reuther … Da klingelt was. Sind wir uns schon mal begegnet?», fragt sie und mustert ihn aufmerksam.

«Ähm, ich glaube nicht. Ben ist nämlich …» Stotternd versuche ich, das Schlimmste abzuwenden. «Ben ist nämlich …» Verdammt, wie komme ich jetzt nur aus diesem Schlamassel raus? «Ja … also Ben wollte …»

«Ich bringe die Blumen», ruft Ben, der die unangenehme

Situation offensichtlich durchschaut hat, und hält den Strauß hoch, als wäre er eine vergoldete Trophäe.

Die Blumen … Ben als Fleurop-Bote …

Genau!

«Der Strauß ist für dich, Mama. Deshalb bin ich doch auch in deiner Wohnung. Ich wollte … ähm … nachsehen, ob bei dir alles in Ordnung ist, und dich gebührend willkommen heißen.»

«Die Blumen sind für mich?» Mama ist sichtlich irritiert.

Ich sehe förmlich, wie ihr Hirn arbeitet. Offensichtlich zweifelt sie an dem Aufwand zu Ehren ihrer Rückkehr.

Auch Ben sieht mich fragend an, da schrillt eine Stimme durchs Treppenhaus.

«Notdienst ist unterwegs! Durchhalten!»

Auf Tante Tessa ist Verlass. Ich entspanne mich etwas und nutze die Gelegenheit zum Themenwechsel.

«Geh doch schon mal nach oben, Mama», schlage ich vor und helfe ihr aufzustehen. «Du willst dich sicher ausruhen? Tante Tessa wird dir eine Tasse Tee kochen.»

Abrupt zieht sie ihren Arm weg, streicht sich den schmalen Rock glatt und zupft den Kragen ihrer weißen Bluse zurecht.

«Ausruhen?! Ich bin doch nicht invalide», wehrt sie schnippisch ab. «Und für Tee ist es heute viel zu heiß.»

Oh, oh, Mama wie eine ältere, hilfsbedürftige Frau zu behandeln ist unverzeihlich.

«Nein, nein», bemühe ich mich um Schadensbegrenzung. «Ich meine ja auch nur, dass so eine … ähm … Sitzung auf der Treppe ziemlich anstrengend sein muss.»

Sie sieht mich verwundert an und fährt sich mit einer vertrauten Geste übers Haar.

«Man sitzt hier ja nicht gerade besonders bequem», fahre ich fort. «Und das laute Reden strengt doch auch an. Also ich würde davon einen ganz trockenen Hals kriegen und –»

«Schon gut», fällt sie mir ins Wort und streckt den Rücken durch. «Ich geh ja schon.»

«Die Blumen bringe ich später vorbei», ruft Ben ihr nach und winkt mit dem Strauß.

Als meine Mutter außer Hörweite ist, lasse ich mich auf eine Treppenstufe plumpsen und seufze tief.

«Iss das 'ne neue Yogaübung?», plärrt eine mir wohlbekannte Männerstimme von unten.

Gleich drauf schlendert mein Bruder, Arm in Arm mit Carina, die Treppen herauf.

«Phillip, wo kommst du denn her?», entfährt es mir, obwohl der Picknickkorb und die hochsommerlichen Klamotten der beiden eindeutig nach einem sonntäglichen Badeausflug aussehen.

«Wir waren auf dem Ku'damm flanieren», erklärt mein Bruder spitz. «Na, wo waren wir wohl, Schwesterherz?» Er schwingt den Korb durch die Luft und sieht mich fragend an.

«Ist er das? Dein Traumtyp?», flüstert Carina mir zwinkernd zu und deutet auf Ben, der sich mittlerweile auf dem ausklappbaren Sitz im Fahrstuhl niedergelassen hat.

Ich nicke lächelnd. «Aber er steckt im Lift fest.»

«Ha!» Phillip verdreht die Augen und kann es sich nicht verkneifen, hämisch zu lachen. «Da wär ich ja nie drauf gekommen.»

«Steh nicht rum, tu lieber was», befiehlt Carina streng und stößt ihm den Ellbogen in die Rippen.

Augenblicklich lässt mein Bruder den Picknickkorb fallen

und tritt an die verschnörkelte Aufzugtür. «Hast du schon mal gedrückt?», fragt er an mich gewandt. «Manchmal klemmt nur der Knopf.»

Er klingt wie ein Chefmonteur, der dieses Problem schon x-mal beseitigt hat, und drückt mehrfach hektisch auf den glänzenden Messingknopf.

Natürlich ohne Erfolg. Doch Phillip lässt sich nicht beirren. Vermutlich möchte er Carina imponieren, die sich mittlerweile neben mich auf die Treppe gehockt hat und dem Treiben belustigt zusieht.

«Ben, drück mal auf Erdgeschoss», ruft er in Richtung Fahrstuhl.

Die Drückerei geht eine Weile hin und her. Immer schön im Wechsel. Bis sich Phillip plötzlich am Kopf kratzt, irgendwas vor sich hin murmelt und Ben ein neues Kommando erteilt: «Bei drei nochmal gleichzeitig auf Erdgeschoss drücken!»

Gespannt recken Carina und ich die Hälse. Phillip zählt laut, und wir sehen, dass auch er bei drei den Messingknopf drückt. Und tatsächlich knarrt es daraufhin im Lift. Vielleicht war es aber auch nur Bens Gewichtsverlagerung, die das Geräusch ausgelöst hat. Er hat den Strauß vorsichtig auf den Boden gelegt und sich vor den Knöpfen postiert wie ein Türsteher vor einer beliebten Disco.

«Nochmal!», brüllt Phillip. «Eins, zwei – drei!»

Und zu unser aller Erstaunen bewegt sich der Fahrkorb nun ein kleines Stückchen. Er rumpelt und knarrt lautstark, und beim dritten Versuch ruckelt es gefährlich. Dann setzt sich das Ungetüm tatsächlich nach unten in Bewegung.

Instinktiv springe ich auf und renne die Treppen hinab.

Gleichzeitig kommen Ben und ich im Erdgeschoss an.

Überglücklich reiße ich die Tür auf und falle ihm um den Hals.

«Alles ist gut, Nelly», flüstert er leise und küsst mich zärtlich aufs Ohr.

Ich seufze erleichtert und muss gegen jäh aufsteigende Tränen kämpfen. Die ganze Aufregung hat mich doch ziemlich mitgenommen.

«Ich hab was gut bei dir, Schwesterherz!», ruft Phillip feixend durchs Treppenhaus und macht sich mit Carina auf den Weg nach oben.

Ben lässt mich los und deutet auf die Blumen, die immer noch im Aufzug liegen. «Die sollten wir deiner Mutter bringen, bevor sie endgültig verwelken.»

«Ja, gleich», entgegne ich. «Vorher musst du mir aber noch versprechen, nie wieder ohne mich in einen Lift zu steigen.»

«Alles, was du willst, Nelly. Hauptsache, du bist mir nicht mehr böse und sprichst wieder mit mir. Ich hatte solche Angst, du würdest mir die Tür vor der Nase zuknallen.» Ben sieht mich mit großen Augen an. «Es tut mir leid, dass ich zu spät bin. Aber ich dachte, dass es mit dem Lift schneller gehen würde, und ...» Er stockt und lacht amüsiert auf. «Was für eine bescheuerte Idee.»

Auch ich muss jetzt herzhaft lachen.

«Ich verzeihe dir», lächele ich großzügig, nehme seinen Kopf in meine Hände und küsse ihn zärtlich auf die Narbe.

Doch plötzlich ändert sich Bens heitere Miene. «Und ich verspreche dir auch, dich niemals mehr zu belügen», erklärt er ernst. «Ich wollte dir schon an unserem ersten Abend im Restaurant gestehen, dass wir ... na ja, dass wir in derselben Branche tätig sind. Aber ich hatte Angst.»

«Wovor?»

«Dass du sauer wärst. Ich hatte Angst, du könntest glauben, ich hätte deine Mitglieder bewusst abgeworben. Das Gegenteil zu beweisen ist fast unmöglich. Und dann wäre unsere erste Verabredung gleichzeitig die letzte gewesen.»

«Ja, wahrscheinlich wäre ich ausgerastet», stimme ich ihm zu und blicke nachdenklich zu Boden. «Erst hätte ich dir meinen Drink ins Gesicht geschüttet und dann mein Essen über deinen Schoß gekippt!»

Schuldbewusst senkt Ben den Kopf. «So was Ähnliches hab ich mir schon gedacht. Bei deinem Temperament …»

«Ich bin nur froh, dass dir nichts Schlimmes zugestoßen ist», erkläre ich versöhnlich. «Ich hatte schon Sorge, du wärst verunglückt. Oder die durchgeknallte Vera Paulsen hätte dir aufgelauert und dich gekidnappt.»

Ben zuckt zusammen. Ich kann sehen, wie sich die Narbe auf seiner Stirn dunkel färbt. «Wir wollen diese Wahnsinnige nie wieder erwähnen, ja?»

«Einverstanden. Wir lassen sie den grausamen Tod des Vergessens sterben.»

Doch kaum habe ich zugestimmt, bedaure ich, dass diese Eishexe dann ungestraft davonkommen würde. Herausfordernd blicke ich Ben an.

«Eigentlich hätte sie für ihre Gemeinheiten ja eine Strafe verdient.»

«Mir würden sicher ein paar schmerzhafte Schikanen einfallen», grummelt Ben mürrisch vor sich hin. «Aber lassen wir das, ich bin ja kein Krimineller.»

«Man müsste ihre weiße Couch komplett mit Kaffee versauen», schlage ich vor, als eine schrille Stimme durchs Treppenhaus ertönt.

«Antonella, alles in Ordnung?»

Mama!

Wir schrecken beide zusammen. Ben holt eilig die Blumen aus dem Lift, und ich streiche mein Kleid glatt. Wenigstens erfüllen wir heute beide Mamas strenge Kleiderordnung.

«Tja, gehen wir den Blumenstrauß abliefern», schnaufe ich kampfbereit und ziehe Ben hinter mir her.

Wird schon schiefgehen, rede ich mir ein, während wir die dreiundsechzig Stufen nach oben steigen.

Mein Bauch ist allerdings anderer Meinung.

27

«Herzlich willkommen!» Tapfer lächelnd übergebe ich Mama den Strauß.

Mürrisch nimmt sie ihn entgegen und reicht ihn gleich an Phillip weiter, der zusammen mit Carina und Tessa ein Empfangskomitee im Flur bildet. Alle starren gebannt auf Ben und mich, als erwarteten sie eine Ansprache.

Keine Ahnung, wie man sich in so einer seltsamen Situation benimmt. Plaudert man übers Wetter, über Politik oder über die Tücken der Technik?

Nach einer gefühlten Ewigkeit durchbricht Phillip die angespannte Stille.

«Also, ich finde, das schreit nach einem Gläschen Sekt», schlägt er vor und sieht freudestrahlend in die Runde. «Ist auch gut für den Kreislauf», fügt er noch schnell an, als Mama ihn entgeistert mustert.

Dankbar greift Ben den Vorschlag auf. «Uns allen würde eine kleine Aufmunterung nach der ganzen Aufregung bestimmt guttun.»

Auch Carinas Augen leuchten erfreut auf.

Mama dagegen zieht die Brauen hoch und betätschelt wieder ihr Haar. «Feiern können wir später», erklärt sie streng. «Erst habe ich noch etwas mit Antonella zu klären.» Sie fixiert mich ungnädig. «Kommst du bitte einen Moment ins Sprechzimmer?»

Vor meinen Augen tanzen plötzlich kleine, schwarze

Punkte, und mir wird schwindelig. Am liebsten würde ich die Treppen wieder runterlaufen oder mich zumindest unter einem Tisch verkriechen und so lange dort bleiben, bis Mama vergessen hat, was sie *klären* will. Denn dass sie heute mal ausnahmsweise nicht über mein Yogastudio herziehen wird, ist so sicher wie die Tatsache, dass ich ihre Tochter bin.

«Können wir diese ... ähm, diese Angelegenheit nicht später besprechen?», versuche ich stotternd meinen Hals aus der Schlinge zu ziehen. «Wir haben doch Besuch.»

Doch ohne meinen Einwand zu beachten, schreitet Mama voran. Ich sende Ben einen hilfesuchenden Blick zu. Ganz ruhig ergreift er meine Hand und nickt mir aufmunternd zu. Auch wenn er vermutlich keine Ahnung hat, was hier gerade los ist.

Mama dreht sich noch einmal um, mustert Ben kurz und erklärt dann: «Ich würde es vorziehen, allein mit dir zu sprechen. Und zwar jetzt gleich.» Ihre schneidende Stimme duldet keinen Widerspruch.

Als ich das Zimmer betrete, sitzt meine Mutter bereits hinter ihrem Schreibtisch und ist wieder ganz Frau Dr. Nitsche. Zufrieden schiebt sie ihre Brille auf die Nase, die sie in der Schublade gefunden haben muss.

Die Abendsonne spiegelt sich im gegenüberliegenden Fenster, wirft rötliches Licht in den Raum und sorgt für eine friedliche Atmosphäre.

Trügerisch, denke ich, denn die gesamte Szenerie wirkt, als sei nie etwas geschehen. Als sei meine Mutter nie ausgeflippt. Nie in der Klinik gewesen. Und als hätte ich nie Therapeutin gespielt.

Doch der aufgeschlagene Terminkalender, der vor ihr liegt, macht mir nicht gerade Mut. Hat sie die ausradierten Termine schon bemerkt? Ahnt sie etwas? Oder hat Tessa vielleicht gepetzt? Zugegeben, die Story von Ben als Blumenboten war ziemlich dünn, denke ich und wappne mich für die wahrscheinlich unangenehmste Moralpredigt meines Lebens.

«Dann schieß mal los, Mama», sage ich schicksalsergeben und lasse mich auf den Stuhl vor ihrem Schreibtisch fallen.

Überrascht hebt sie den Kopf. Aufmüpfiges Benehmen hat sie wohl nicht erwartet. Aber ich bin kein verängstigtes Kind mehr, das sich von ihr zurechtweisen lassen muss. Egal, was kommt. Ich werde es durchstehen. Sogar ohne Kopfstand.

Mama richtet sich auf und sieht mich streng an. «Ist dieser Ben Reuther identisch mit dem Reuther in meinem Kalender?»

Typisch, ohne lange Vorrede kommt sie direkt zum Thema. Na gut, kurz angebunden sein kann ich auch.

«Ja.»

Geduldig, als wäre ich ein Patient, blickt sie mich an. «Und weiter?»

«Nichts weiter», antworte ich schulterzuckend.

Zwischen ihren Brauen entsteht eine steile Falte, als sie jetzt die Augen zusammenkneift. «Du bist also mit einem meiner Patienten liiert? Mit einem Mann, der sich wegen einer retrograden Amnesie von mir behandeln lassen wollte?» Sie tippt mit einem Kugelschreiber mehrmals auf den Kalender, und ihre Stimme klingt plötzlich viel weniger geduldig.

Jetzt spüre ich wieder so ein unangenehmes Bauchgrummeln. Ihre Worte klingen ja gerade so, als wäre ich einer Straftat schuldig! Aber ich reiße mich zusammen, atme tief durch und nicke gleichmütig.

«Und das nennst du: *Nichts weiter*? Du willst mich wohl für dumm verkaufen!», poltert sie erbost los. «Ich verlange, dass du mir sofort erklärst, was hier gespielt wird. Und versuche ja nicht, dich rauszureden, Antonella Nitsche.» Ihr drohender Zeigefinger kommt mir plötzlich wie ein Lineal vor. «Tessa hat mir nämlich berichtet, dass sie dich mit Herrn Reuther auf der Couch … nun, dass sie euch dort überrascht hat.»

«… angetroffen hat», korrigiere ich selbstbewusst und muss ein Grinsen unterdrücken, als ich mir die Szene vor meinem geistigen Auge in Erinnerung rufe. «Es gab absolut nichts, wobei sie uns hätte *überraschen* können.»

«Gab es nicht?»

«Nein, Mama, es war völlig harmlos», versichere ich, was zumindest an jenem Tag ja auch der Fall war. «Tessa hat die Situation wohl falsch interpretiert, weil ich … Na ja, weil ich deine Kleider anhatte.»

«Meine Kleider?»

Ist es zu fassen? Sie wiederholt tatsächlich die Worte, um mich dadurch zum Reden zu animieren. Aber mittlerweile kenne ich alle Tricks der Therapeutin. Schließlich habe ich mich in der Rolle selbst gut geschlagen.

«Ich wollte einfach mal wissen, wie es sich anfühlen könnte … ähm … deine Nachfolgerin zu sein», gestehe ich die halbe Wahrheit.

Mama schweigt überraschend. Eine Antwort oder Frage bleibt aus. Entweder ist sie total überwältigt von meinem plötzlichen Interesse, oder sie glaubt mir nicht. Ihrer professionell-neutralen Miene ist leider nicht die geringste Emotion zu entnehmen.

«Ich meine, *du* predigst doch immer, dass ich mich für

diesen Beruf interessieren sollte», lege ich noch eins drauf. «Na ja … und du kennst doch die Redensart, dass Kleider Leute machen, und da wollte ich –»

«Aha!» Ein Ruck geht durch ihren Körper. «Und da wolltest du Herrn Reuther mal als Versuchskaninchen benutzen.»

«Natürlich nicht», wehre ich entrüstet ab. «Es war …» Ich erinnere mich, wie verblüfft ich war, Ben an jenem Tag an der Tür zu sehen. Und plötzlich weiß ich, was ich Mama erzählen kann, ohne sie anlügen zu müssen. «Ben und ich kannten uns bereits, bevor er sich bei dir angemeldet hat. Ich hatte dir nur noch nichts von unserer … ähm, von unserer Beziehung erzählt. Weil wir … na ja, weil wir noch nicht so lange zusammen sind.» Das ist nicht nur wahr, sondern auch eine absolut plausible Erklärung. Ich blicke Mama mit stolzgeschwellter Brust an.

Sie stutzt, und plötzlich steht ihr das blanke Entsetzen ins Gesicht geschrieben. «Ist er etwa auch Yogalehrer?»

Ob sie sich Ben bereits als Schwiegersohn ohne anständigen Beruf vorstellt?

«Nein, nein», sage ich schnell. «Ben ist Besitzer einer großen Fitnesskette mit neun Filialen, unter anderem auch in Stuttgart, Hamburg und Frankfurt.» Dass er gleichzeitig auch mein ärgster Konkurrent ist, braucht Mama ja nicht zu wissen.

«Soso … Fitnesskette», murmelt sie vor sich hin. «Und davon kann man leben?»

Ich nicke eifrig und bemühe mich um einen ernsthaften Gesichtsausdruck. «Er hat übrigens darauf bestanden, diesen opulenten Strauß für dich zu bezahlen.»

«Sehr aufmerksam von ihm.» Verlegen schiebt sie ihre Brille auf der Nase zurecht. «Wie dem auch sei, es geht mich im Grunde ja auch gar nichts an, was dieser junge Mann beruflich treibt.» Offensichtlich erinnert sich Mama wieder an ihre guten Manieren. «Was mich aber sehr wohl etwas angeht, ist deine Anmaßung, dich hier als Therapeutin aufzuspielen, Antonella.»

Durchatmen.

Und keine Panik!

«Wie kommst du denn auf so eine absurde Idee?», frage ich und lache bemüht herzhaft, um Mama zu verunsichern. «Ich hatte wirklich nur deine Kleider an, um einen guten Eindruck bei deinen Patienten zu machen. Ich würde aber niemals wagen –»

«Verkauf mich nicht für blöd, Antonella», fällt sie mir unwirsch ins Wort.

«Ich meine ja nur … Also, ich muss gestehen, dass ich deinen Beruf inzwischen mit anderen Augen betrachte», beeile ich mich zu erklären, um sie vorerst wieder zu beruhigen. «Ich … Ich könnte mir sogar durchaus vorstellen –»

«Bist du dir sicher?», unterbricht mich Mama mit freudigem Strahlen. «Das wäre ja … Ich meine, du könntest dir wirklich vorstellen, als Therapeutin zu arbeiten?»

«Ähm …» Huch! Da bin ich wohl ein wenig übers Ziel hinausgeschossen.

«Nelly, das wäre ja phantastisch!»

Nelly? Mama stottert und nennt mich Nelly?

Ein denkwürdiger Tag.

«Nicht so schnell», stoppe ich ihre Euphorie. «Ich finde manches daran wirklich interessant. Was mir Ben über seine Amnesie erzählt hat … ähm … Bei einem privaten Gespräch in einem Restaurant», erkläre ich eilig, damit sie nicht wieder auf dumme Gedanken kommt. «Und was ich in deiner

Abwesenheit so beim Blättern in den Fachbüchern gelesen habe … Also, bislang dachte ich ja immer, man müsse sich nur endlose Monologe von unglücklichen Menschen anhören, aber anscheinend ist die Thematik … na ja, sehr viel umfassender. Und für Bens Geschichte interessiere ich mich natürlich besonders.»

Mama hört mir aufmerksam zu und sieht mich mit großen Augen an. «Ja, die Amnesie ist wirklich ein höchst spannendes Feld. Wenn du willst, können wir das bei Gelegenheit gerne vertiefen … Ich bin auch schon sehr gespannt auf den Patienten.»

Hilfe!

Offensichtlich glaubt sie, Ben würde nach wie vor eine Therapie benötigen.

«Du meinst Ben?»

«Aber ja», antwortet sie irritiert und blättert in ihrem Kalender. «Zurzeit ist Ben Reuther mein einziger Amnesie-Fall.»

Wenn mir nicht sofort ein plausibler Grund einfällt, warum sich Ben nicht mehr behandeln lassen will, fliegt meine Schwindelei doch noch auf.

«Also da wäre … ähm, da wäre noch ein kleines Problem», beginne ich vage und rutsche unruhig auf meinem Stuhl hin und her, als würde ich auf einem Nadelkissen sitzen. «Es gibt da noch etwas, was du wissen solltest.»

«Oh, verstehe», entgegnet Mama zu meiner größten Überraschung.

Wie? Was versteht sie?

Keine Panik, sage ich mir und besinne mich auf mein *Talent* als Therapeutin. Ich wiederhole einfach ihre letzten Worte und formuliere sie als Frage: «Du verstehst also?»

«Aber natürlich», versichert sie, «Ben möchte sich nicht von der Mutter seiner Freundin behandeln lassen. Er befürchtet Peinlichkeiten, weil intime Dinge zur Sprache kommen könnten. Das verstehe ich natürlich.»

Sie nickt mir verständnisvoll zu, und ich will schon erleichtert aufatmen, als sie noch hinzufügt: «Ich werde ihn einfach an einen renommierten, männlichen Kollegen verweisen, und schon ist das Problem gelöst.»

Mir entfährt ein langer Seufzer.

«Schon gut, Nelly, ich verstehe die Situation voll und ganz», bestätigt sie erneut. «Deine Sorge ist unnötig. Und auch mein anderes Angebot steht nach wie vor.»

Arrrgh! Was kommt denn jetzt noch? Es ist zum Haareraufen!

Mama blickt mich eindringlich an. «Sobald du dich zu einem Studium einschreibst, begleiche ich deine Schulden.»

«Ähm … danke, Mama. Ja, ich werde darüber nachdenken», verspreche ich und bin heilfroh, dass ich für die ausstehende Miete erst mal den Scheck von Jeanette Krüger habe.

Aber jetzt nichts wie raus hier. Und zu Ben.

28

Heute ist der letzte Sonntag im August. Und es ist mein Geburtstag.

Ja, ich werde heute dreißig!

Die heißen Sommertage sind vorbei. Die Touristen werden weniger. Die Kinder gehen seit einer Woche wieder zur Schule. Paps auch.

Eigentlich haben sich alle Probleme in Luft aufgelöst. Ben und ich haben nochmal ausführlich über alles gesprochen und alle Missverständnisse geklärt. Mittlerweile können wir sogar über die schreckliche Vera Paulsen und ihren amateurhaften Schauspieler-Freund lachen. Ben fand zwar, dass Fritz Möller ihm überhaupt nicht ähnlich sieht, aber er war froh, dass mir die fehlende Narbe auf dessen Stirn aufgefallen war. Mama glaubt nach wie vor, dass ich irgendwann ihre Nachfolge antrete und nennt mich sogar weiterhin Nelly. Phillip hat die Piloten-Prüfung mit Auszeichnung bestanden und fliegt jetzt glücklich mit Carina durch die Weltgeschichte. Ben ist seit kurzem stolzer Besitzer einer roten Couch. Und ich von einer eigenen Homepage!

Ich blicke durch das gläserne Dach von Bens Lofts und genieße das Licht der aufgehenden Sonne, die alles in warmes Licht taucht. Offiziell wohne ich zwar noch bei Britta. Praktisch jedoch nur, wenn Ben auf Reisen ist. Wenn er in Berlin ist, verbringen wir unsere freie Zeit meistens zusammen.

Genau so habe ich mir das Glück mit ihm vorgestellt! Jeder einzelne Tag glitzert wie der protzige Ring am Finger der Eiskönigin.

Ja, manchmal drängt sich diese eiskalte Lügnerin noch in meine Gedanken wie ein blinder Passagier. Bei Ben ist es anders. Er scheint sie bereits vollkommen vergessen zu haben. Und doch gibt es Momente, in denen ich Angst habe, sie könnte wiederauftauchen und unser Glück zerstören. Außerdem schreit ihr dreistes Auftreten nach Rache. Zumindest nach einem Denkzettel. Und eines Tages bekommt sie den auch.

Bis vor einer halben Stunde hatten Ben und ich 'ne Menge Spaß unter seiner Dusche. Danach waren wir hungrig wie Hochleistungssportler, und Ben hat für uns ein Sektfrühstück gemacht. Seine Kochkünste sind zwar ähnlich unperfekt wie meine, aber für ein leckeres Rührei reicht es auch bei ihm. (Hab ich schon erwähnt, dass wir uns sehr ähnlich sind?) Dafür ist sein Kühlschrank immer gut gefüllt. Und zwar nicht nur mit Smoothies.

Wir kuscheln auf Bens neuem Sofa, das nicht nur reichlich Platz für zwei bietet, sondern auch für den Eisbären, unser Maskottchen. In solchen Momenten nehme ich die Umgebung nur durch eine rosa Brille wahr. Mein krauses Gehirn ist entspannt wie auf der höchsten Meditationsebene, und ich bin wunschlos glücklich.

«Hast du heute eigentlich schon was vor, Geburtstagskind?», fragt Ben und knabbert an meinem Ohr.

«Mmm», schnurre ich zufrieden wie eine Katze an ihrem Lieblingsplatz und atme seinen herben Duft ein. «Jede Menge Schülerinnen unterrichten. Du weißt doch, seit die mächtige Turmstraßen-Konkurrenz ihre Yogastunden gestrichen hat, brummt mein Laden. Und an den Sonntagen kann ich bald noch mehr Glücksyoga unterrichten.»

«Noch mehr Stunden?», protestiert Ben in gespielter Entrüstung.

Ich kichere vergnügt. Schließlich ist er für meine zahlreichen neuen Schülerinnen verantwortlich. «Tja, der Andrang ist überwältigend. Da reicht eine Sonntagsstunde eben nicht mehr aus.»

«Was habe ich doch für eine erfolgreiche Freundin!» Er sieht mich stolz an und wuschelt mir durch die Haare. «Aber schon bald wirst du ein zweites, drittes und viertes Yogastudio eröffnen und kaum noch Zeit für mich haben», jammert er. «Kannst du nicht noch eine Lehrerin einstellen? Immer nur Yoga ist doch kein Leben.»

Liebevoll knuffe ich ihn in die Seite. «Hast du dich etwa mit meiner Mutter verschworen?»

«Um Himmels willen!», wehrt er ab. «Um deine Mutter mache ich lieber einen großen Bogen. Sonst findet sie am Ende noch raus, wem ich die Rückkehr meines Erinnerungsvermögens wirklich verdanke. Und das wollen wir doch nicht, oder? Aber mal im Ernst: Was hältst du davon, wenn ich dich nach dem Unterricht abhole und wir raus ins Grüne fahren?»

«Du meinst so einen richtigen Sonntagsausflug zum See? Mit Kartoffelsalat, Buletten und Kaffee aus der Thermoskanne?» Ich liebe Ausflüge. Und ich liebe Picknicks. Und am allermeisten liebe ich diesen Mann mit seinen tollen Ideen!

«Mmm, ob ich bis heute Nachmittag noch Buletten auftreiben werde, kann ich nicht versprechen», erwidert Ben ausweichend und reibt seinen Fuß an meinem. «Jedenfalls solltest du feste Schuhe und eine Jacke mitnehmen.»

Diese seltsame Anweisung und der geheimnisvolle Ton in Bens Stimme machen mich neugierig. Denn so weit kenne ich meinen Traummann inzwischen: Seine Ideen sind nicht weniger ausgefallen als meine.

«Willst du etwa mit mir auf Fontanes Spuren durch Brandenburg wandern?», frage ich neugierig.

«So ähnlich», lacht er. «Einzelheiten werden aber nicht verraten. Freu dich einfach auf eine Sonntagsüberraschung. Ich möchte mich endlich für deine ungewöhnliche Therapie revanchieren.»

Nach dem Glücksyoga fühle ich mich wie in rosa Zuckerwatte gehüllt.

Gegen halb zwei lehne ich in Jeans und Trägershirt an der offenen Studiotür und warte auf meinen Traummann. Mein Haar ist mit einem Käppi gebändigt, und meine Füße stecken in Joggingschuhen, für die es eigentlich viel zu warm ist.

Ben erscheint in dunkelblauen Jeans, weißem Hemd und weißen Sportschuhen und eilt mit ausgebreiteten Armen auf mich zu.

«Nochmal: Happy Birthday, meine Süße.» Er umarmt mich und gibt mir einen Kuss. «Bist du bereit?»

«Ja, zu allen Schandtaten», hauche ich verzückt.

«Also, schließ schnell dein Studio ab. Dein Geschenk wartet nicht ewig.»

Noch mehr als ein Buletten-Picknick im Grünen liebe ich unerwartete Geschenke.

«Wo? Wo ist es denn?», platze ich neugierig heraus, und mein Herz macht einen Freudensprung.

«Auf der Straße», antwortet Ben und lacht. Er scheint sich köstlich über meine Aufregung zu amüsieren.

Eilig schnappe ich meine Jeansjacke und den kleinen Rucksack, in den ich vorsorglich zwei Flaschen Sekt gepackt habe, und versperre die Tür.

Ben nimmt meine Hand und befiehlt: «Augen zu.»

Ich lasse mich von ihm aus dem Hof führen. Wie eine Schar Ameisen krabbelt die Euphorie meinen Rücken hoch.

«Aufmachen», flüstert er kurz darauf.

Vorsichtig öffne ich die Augen und schnappe nach Luft.

«Ben!»

«Gefällt es dir?»

«Wie kannst du das fragen?», quieke ich begeistert.

Vor der Hofeinfahrt parkt das süßeste kleine Cabrio der Welt. Es ist rosa und sieht ein bisschen aus wie ein Spielzeugauto. Nur, dass dieses hier echt ist und genau die Farbe meiner Yogamatten hat. Auf der Fahrertür klebt der schwarze Schattenriss einer schlanken Figur im Schneidersitz. Darüber prangt die Adresse meiner neuen Homepage:

www.Yoga-Oase.de

Ja, ich habe das Studio umbenannt. Die Bezeichnung *Oase* beinhaltet Ruhe und Entspannung. Und darum geht es schließlich.

Zärtlich legt Ben seinen Arm um meine Schulter. «Dein Firmenwagen! Damit kannst du dann zwischen deinen Filialen hin- und herflitzen und wirbst mit jedem gefahrenen Meter neue Kunden.»

«Ben, das ist …», stottere ich ergriffen. «Das ist … So ein teures Geschenk kann ich nicht annehmen.»

«Nun vergiss mal deine gute Erziehung, Nelly Nitsche», tadelt er mich liebevoll. «Geschenke bewertet man nicht, man freut sich einfach über sie.»

«Wenn du meinst», antworte ich noch etwas unschlüssig

und falle ihm dann um den Hals. «Das ist ja wohl das coolste Auto der Welt! Und die absolut gelungenste Geburtstagsüberraschung meines Lebens … Ich weiß gar nicht, was ich sagen soll.»

«Dann sag nichts …» Ben angelt einen Schlüssel aus seiner Hosentasche und hält ihn mir vor die Nase. «Sondern steig ein, zu einer Probefahrt! Der Tank ist voll.»

Per Knopfdruck öffne ich die Tür und lasse mich hinters Steuer gleiten. Das Innere des Wagens duftet berauschend nach Leder und Sauberkeit. Der Sitz ist genau richtig eingestellt und sehr bequem. Zögernd lege ich meine Hände auf das Lenkrad. Ich muss erst mal tief durchatmen.

«Alles okay?», fragt Ben und öffnet das Verdeck.

«Ja, lass uns rausfahren!», erkläre ich glücklich und reiße mir das Käppi vom Kopf. «Ich würde zu gerne Gas geben und mein Haar im Wind flattern lassen.»

Nachdem Ben auf der Beifahrerseite eingestiegen ist, starte ich den Wagen – und los geht's.

Ben lotst mich durch die Stadt, Richtung Autobahn. «Ich sag dir Bescheid, an welcher Ausfahrt wir rausmüssen.»

«Wo ist eigentlich der Picknickkorb?», frage ich neugierig. Denn auf dem Rücksitz liegt nur mein Rucksack mit den Sektflaschen.

Doch Ben sitzt schmunzelnd neben mir und starrt nur geradeaus. «Vorerst verrate ich nur so viel», erklärt er. «Es gibt keine Buletten – sondern noch eine Überraschung!»

Nach etwa zwanzig Minuten auf der A9 nehmen wir die Ausfahrt «Linthe» und gelangen kurz darauf zu einem Landgasthaus, wo mich Ben auf den Parklatz fahren lässt und ich ein schattiges Plätzchen unter einem Baum finde.

Als wir aussteigen, winkt uns ein dunkelhaariger Typ in Jeans, Lederjacke und Sonnenbrille zu, der an einem Kombi lehnt und auf jemanden zu warten scheint.

«Einer deiner Club-Mitglieder?», frage ich beiläufig, während ich das Verdeck des Wagens schließe und nochmal zärtlich über das Dach streichle.

Ben ergreift meine Hand und zieht mich direkt zu dem Lederjacken-Typ. Das kenne ich schon. Egal, wo man mit ihm hinkommt, er trifft überall Bekannte.

«Nelly, das ist Freddie, ein guter Bekannter», stellt mir Ben den Mann vor. «Freddie, das ist meine süße Nelly.»

Mir schießt das Blut ins Gesicht, wie immer, wenn mir Ben im Beisein von Fremden Komplimente macht. Meine finanziellen Probleme konnte ich allein bewältigen, meine Schüchternheit nicht. Und in Situationen wie dieser weiß ich nicht mal, was ich sagen soll.

Freddie scheint weniger verlegen zu sein. Er streckt mir die Hand entgegen. «Herzlichen Glückwunsch, Nelly.»

«Ähm … danke», antworte ich irritiert. Ich kenn den Typ doch gar nicht. Woher weiß er, dass ich heute Geburtstag habe?»

Plötzlich dämmert es mir.

«Den Wagen könnt ihr hier stehenlassen», sagt Freddie und bittet uns, in seinen Kombi einzusteigen.

Die Fahrt dauert keine drei Minuten und endet auf einer großen, waldumsäumten Wiese. Nach dem Aussteigen bleibt mir vor Staunen die Spucke weg. Unfassbar, was ich da sehe: einen Heißluftballon, rot wie die Liebe, der anscheinend gleich abheben wird.

Ben legt seinen Arm um mich und flüstert mir ins Ohr: «Na los! Unser Picknick wartet.»

«Du meinst, wir …» Zum zweiten Mal an diesem Tag bin ich kurz davor, in Freudentränen auszubrechen.

«Genau, wir fliegen mit», vollendet Ben mein Gestotter.

«Oh, Ben», sage ich ergriffen. «Was für eine … Mist! Ich hab den Rucksack mit dem Sekt im Wagen vergessen!»

Lachend drückt mich Ben und zieht mich hinter sich her auf die Wiese. «Hab ich dir schon gesagt, wie außergewöhnlich du bist?»

Unter dem Ballon ist Freddie zusammen mit zwei Männern bereits damit beschäftigt, den Weidenkorb aufzurichten. Es dauert noch einige Minuten, dann hilft er uns beim Einsteigen und klettert danach selbst in den Korb. Er ist ganz offensichtlich der Pilot, und ich hoffe inbrünstig, dass er weiß, was er tut.

Während ich mich in Bens Arme kuschle und Freddies Anweisungen und Erklärungen zu den technischen Details lausche, kann ich es kaum erwarten abzuheben. Langsam, Millimeter für Millimeter, löst sich der Korb vom Boden und schwebt nach oben. Ich sehe Ben an. Und für einen kurzen Moment wirkt er so, als wäre ihm mulmig. Ob das die Erinnerung an seine Flugangst ist?

«Durchatmen und keine Panik», spreche ich ihm Mut zu und küsse ihn. «Halt dich an mir fest.»

Ben sieht mir tief in die Augen. «Meine süße Nelly, mit dir an meiner Seite kann mir doch nichts mehr passieren.»

VIELEN DANK

An Jennys «Hotel» in Prenzlauer Berg für die super Vollpension und die liebevolle Betreuung.

An Martin Müller und Peter Przygodda, meiner ganz speziellen Berlin-Connection für die Insider-Tipps.

An meine München-Connection Heidi, Bea und Babsi.

Ein herzliches Dankeschön auch an Gerhard Graßl von der Firma «Ballonhafen Berlin». Sollte ich jemals in die Luft gehen wollen, dann nur mit ihm.

An Michael Foertsch und Mido Jasper, den Inhabern des *Mädchen ohne Abitur* in Kreuzberg für das leckere Essen – und die phantasievolle Speisekarte.

Und mein ganz besonderer Dank gilt meiner Lektorin Ditta Kloth für die wundervolle Zusammenarbeit und die vielen Telefonate, bei denen sie nie die Geduld verliert. Wir sind ein klasse Team!